遺跡発掘師は笑わない

マルロの刀剣

桑原水菜

遺跡発掘師は笑わない

マルロの刀剣

The sword of MARURO

主な登場人物

西原無量　天才的な「宝物発掘師《トレジャー・ディガー》」。亀石発掘派遣事務所に所属。
相良忍　亀石発掘派遣事務所で働く、無量の幼なじみ。元文化庁の職員。
永倉萌絵　忍の同僚。特技は中国語とカンフー。
千波ミゲル　長崎・島原出身の発掘員で無量たちとは旧知の仲。萌絵に気がある。
犬飼さくら　新たにカメケンに入った山形の発掘員。あだ名は「宝物発掘《トレジャー・ディ》ガール」。
高遠さおり　亀石建設名古屋支社の発掘調査技師。
柳生篤志　亀石建設の社員で、埋蔵文化財調査士の資格を持つ現場監督。あだなは「十兵衛」。
シム・ソンジュ　発掘の手伝いとして呼ばれた韓国人青年。有名なインスタグラマー。

序章

西原無量《さいばらむりょう》にとって、それは青天の霹靂《へきれき》だった。

同居人の相良忍《さがらしのぶ》と、いつものように向かい合って夕飯を食べている時のことだった。

漬物のかぶを食べていた忍が、唐突に申し出た。

「ここを出ることにしたよ」

は？　とごはんで頬をいっぱいにした無量は訊き返した。

「いま、なんて？」

「急なことですまないけど、俺はここから出ていくことにした」

無量は思わず、つまんでいただし巻き玉子を箸《はし》から落としてしまった。言っている意味が理解できない。脈絡のなさに頭が追いつかなかった。あまりに唐突すぎる同居解消宣言だった。別にけんかもしていない。ついさっきまで全くそんなそぶりをみせなかったのに。

どうして？　同居生活に何か不満でも？　と尋ねたが、

「ないよ。不満なんて、ひとつもない」

「なら、どうして」

困惑する無量に、忍は穏やかな表情でこう告げたのだ。

「カメケンをやめることにしたよ」

＊

もちろん、それは永倉萌絵《ながくらもえ》にとっても想定外の出来事だった。

亀石《かめいし》発掘派遣事務所（通称カメケン）の同僚である萌絵が、忍からそれを聞かされたのは、無量が同居解消を告げられた翌日のことだった。すでに退職願は亀石所長に提出しており、亀石も受け取っていた。

ついては萌絵とキャサリンに「業務の引き継ぎについて相談したい」という。

「ちょっと待ってください。なんでですか。なんで突然そんな」

一身上の理由、と退職願には書かれてあった。

その「理由」が知りたいのだ、と萌絵は食い下がった。忍は少し眉《まゆ》を下げ、

「……急なことですまない。ふたりには本当にお世話になりました」

仏様みたいに穏やかな表情だ。思い詰めた様子も悲壮感もない。決して苦渋の選択などではなく、前向きな決断なのだと伝わってくる。だからこそ萌絵は動揺し、困惑した。だとしても、突然すぎる。

「何かの冗談ですよね。そうですよね、相良さん」

萌絵のすがるような目を見て、忍は首を振った。

「ふたりには迷惑をかけるけど、業務には極力支障が出ないようにしていくから」

事務所を去るまであと二週間もない。その間に引き継ぎや挨拶回《あいさつまわ》り、引っ越しの準備までしなければならない。寝耳に水で、呆然《ぼうぜん》と立ち尽くしている萌絵とキャサリンを後目《しりめ》に、忍は早々に退勤していった。

「うそでしょ、ほんとに相良さんやめちゃうの？　萌絵は知ってたの？」

「聞いてないよ。私だって今知ったよ。わけわかんないよ」

忍がカメケンをやめる話はすぐに、親会社でもある亀石建設発掘調査事業部の柳生篤志《やぎゅうあつし》や派遣発掘員の犬飼《いぬかい》さくらと千波《せんば》ミゲルの耳にも届いた。

問題は無量だ。あの無量が受け入れられるはずがない。

萌絵はすぐに無量を呼び出した。何か事情を知っていると思ったからだ。

いつものファミレスに現れた無量は、萌絵以上にショックを受けており、見るからに肩を落としている。

「相良さんと何かあったの？　けんかでもした？」

してない、という。

一番身近な無量にも、忍は理由を話していなかった。

「忍のやつ、ただ『やりたいことができた』って言うだけで、それが何なのか、何も教えてくれない。カメケン出てったあと、どこで何するのかって訊《き》いても『落ち着き場所が決まったら連絡する』としか答えてくれなくて」

　無量はかわいそうなくらい落ち込んでいた。

　ただ、忍自身は落ち着いていたようだ。恐山《おそれざん》で何かが吹っ切れたようで、柔和な表情をするようになった忍を見て、無量は素直に「よかったな」と安心していたのだ。忍の心にどんな変化があったのかはわからないが、きっと自分たちは良い方向に向かっていけるのだと信じていた。

　それがまさか、「カメケンをやめる」と言い出すとは。

「亀石サン、止めてくんなかったのかな」

「キャサリンによると、昨日、小一時間、所長の部屋で話し込んでたみたい。所長は私たちが聞いてない事情も聞いてるみたいなんだけど」

　その「事情」については、所長の亀石も、萌絵たちには明かしてくれなかった。

「……やっぱり、GRMのエージェント疑惑と関係あるのかな」

「わからない。俺にはなんとも」

「だよね」

　萌絵は、今のメンバーでカメケンから去る者がいるとしたら自分か無量だと思っていたから、不意打ちもいいところだ。何の根拠もなく「忍はずっといる」と思い込んでいた。忍が去ると決まったおかげで、自動的に萌絵はカメケンから離れにくくなってしまったとも言えるが。

「相良さんの〝やりたいこと〟……か。というか、相良さんは発掘コーディネーターになりたかったんじゃないの？」

「だったはずなんだけどね。ただ忍が〝本当にやりたいこと〟見つけて、進みたい方向にいくために退所を決めたんだとしたら、俺は喜んで送り出してやりたいって思う」

無量は自分にそう言い聞かせている。でも、やせ我慢にも見える。

「西原くんは、本当に相良さんが出ていっちゃっていいの？」

無量は答えず、指のささくれをいじり始めた。

「おうちは？　引き払うの？」

「いや、出てくのは忍だけ。急だし、俺まで出ていかせるのは申し訳ないからって、わざわざ家賃口座に三ヶ月先まで振り込んであった」

一応、詫《わ》び賃のつもりなのだろう。無量をひとり置いていくのも心配だったのか、自分が去った部屋にミゲルを住まわせようと考えたらしい。声をかけられたミゲルは「西原と折半なら家賃が今より安あがりになる」と素直に喜んでいる。

「ミゲルと同居なんて冗談じゃない。忍も余計なお世話だっつの」

そもそも無量は他人と住むなんてありえない性分なのだ。ひとりになれる時間がないとすぐストレスがたまるし、他人にペースを崩されるのも耐えられない。数日の旅行なら耐えられても、住むのはだめだ。ひとりが気楽だからとか、そんなのんきな問題ではなく、切実にひとりがいいのだ。ミゲルがどうとかではない。他人と生活を共にすることを想像するだけで胃が痛くなる。

忍は、いわば、無量にとって「奇跡の同居人」だったのだ。

「ミゲルとなんか住んだら、俺、三日で家出する」

萌絵はいたく同情した。

「私だって相良さんを引き止めたいよ。西原くんだって出てってほしくないよね」

「でも忍が決めたことだから。それにさ」

「それに？」

「忍がカメケンに来て俺のマネージャー買って出たのは、義務感もあったんじゃないかってうっすら思ってたし。じーさんがやらかした捏造《ねつぞう》を、忍の親父さんが告発したせいで、うちの家族がおかしくなっちゃったの知って、何か背負わせちゃったんじゃないかって。そんな忍がさ、やっと俺のためでも誰のためでもなく、自分のためだけに、何かしたいって思えたんなら、……俺は喜びたいし、口出ししない。つか、できない」

「だからって、いくらなんでも急すぎるよ」

だよな、と無量はささくれを引きちぎった。血がにじんだ。

「永倉たちだって忍にいきなりやめられて、迷惑でしょ」

「迷惑だとは別に……。まあ確かに、今の仕事ふたりで回すのは大変っちゃ大変だけど、調整すればやれないことはないし。……それより西原くんに相談もなしにやめるなんて相良さんらしくない」

「忍だって一日やそこらで決めたわけじゃないでしょ。いっぱい考えた末のことだろうし、引き止めたところで『じゃあやめるのやめます』なんて言うわけないし」

それが苦渋の決断だったたなら、まだ説得の余地もあるが、何か達観したようなあの表情の前では、口出しも無力だと感じているようだった。

「俺は見送ってやりたい。忍の決意を尊重したい」

「西原くん……」

でもやっぱり強がりに聞こえる。離ればなれになんてなりたくないだろうに。

ファミレスの窓の外を行き交う車のライトを見やって、無量はふっきるように、

「いつかこんな日が来るとは思ってた。お互い大人なんだしさ。いつまでもいっしょなんて、ありえないでしょ」

と言って苦笑いを浮かべ、

「なんもかんも忍頼みだったし。俺もいい加減自立しろってこと」

おどけて言うが、淋《さび》しそうだ。

萌絵も気持ちは同じだ。忍が決めたことなら、自分たちにできることは応援して送り出してやることだけだ。

だけど、やっぱり淋しい。本音はずっとカメケンにいてほしい。

アイス珈琲《コーヒー》の氷が崩れて、かろん、と音を立てた。

＊

無量も萌絵もどうすることもできないまま、あっというまに時間は過ぎて、忍がカメケンの所員でいるのも、残すところ、あと二日となった。

引き継ぎや片付けのために事務所に居残っていた忍へ、残業を終えた萌絵が声をかけた。

「……何か手伝うことありますか」

「いや、大丈夫だよ。あとは挨拶《あいさつ》メールを送るだけだから」

と、パソコンのキーを打つ手は休めずに答える。萌絵はそんな忍を見つめている。この席にいる忍も見納めだ。毎日当たり前のように見ていた。昭和に建てられた古いマンションの、雑然とした手狭な職場に、相良忍の姿があるのも、今日が終われば、もうあとたった二日しかないと思ったら、急に心の底から淋しさがこみあげてきた。

萌絵は空になっていた忍のマグカップに、温かいココアを注いで差し出した。

忍がやっとパソコンの画面から目線を外した。

「ありがとう」

萌絵は苦笑いを返した。

「……相良さんが来た日のこと、まるで昨日のことみたいに覚えてます。めっちゃ舞い上がったなあ。これから毎日相良さんと働けるなんて夢みたいって」

「はは。そうだったの？」

「だって同僚になれるなんて思ってもみないじゃないですか。はじめのうちは出勤するたびドギマギして仕事が手につかなかったですよ。カメケンに入ってホントによかったぁって、神棚に手ぇ合わせましたもん」

「てっきり、めちゃめちゃライバル視されてるんだと思ってたよ」

萌絵はすっとぼけるようにあさってのほうを見た。

「……。本当にやめちゃうんですか？」

不意に声のトーンが落ちた。忍も真顔に戻り、

「君とキャサリンには迷惑かけて申し訳ないと思ってる」

「そういうことじゃないです。発掘コーディネーターはどうするんですか。資格とるんじゃなかったんですか」

忍は口をつぐんだ。萌絵はためらいがちに、

「確かに相良さんは私のライバルでもあって。ていうか、私なんかよりずっと有能な相良さんが相手だったから、喰《く》らいついていけたんです。なのに、資格もとらないでやめちゃうなんて、なんだか納得できないんですよ。ほかでもない私が」

すまない、と忍は頭を下げた。

「中途半端になってしまったことには悔いもある。でもカメケンには永倉さんっていう

頼もしいコーディネーター候補がいるし。僕は心置きなく去れるよ」

「そんなこと言ってるんじゃないんです。不戦勝みたいな形でコーディネーターになれても私が納得できないんです」

萌絵はこらえきれず本心をぶちまけた。

「発掘コーディネートよりやりたいことが他に見つかったなら仕方ないです。淋しいけど。私だってもう社会人ですからキャリアのことはわきまえてるつもりです。人それぞれ事情があることも。でも……去る前に、西原くんにはせめて本当の理由を話していってくれませんか」

忍は意表を突かれたのか、驚いた顔をした。

「相良さん、前に私に言いましたよね。『僕は僕の意志で、いまこの状況に身を置いている。そのことに一片の嘘もない』って。カメケンを去る理由は、相良さんがカメケンに来た理由とも関わりあるのなら、それを西原くんに伝えてあげてくれませんか」

忍は黙って、萌絵が注いだココアに口をつけた。熱《あつ》！　と唇を離し、また考えた。

「確かに僕がここに来た理由は、無量だ。でも、去る理由は無量とは関係ない」

「じゃ、やっぱりお給料に不満が？」

「カメケンに不満なんてないよ。あるとしたら……所長の酒癖と珈琲の苦さくらいかな」

忍は下まぶたを持ち上げて笑う。冗談を言うときに見せる独特の笑顔も、もう見納めなのだと思ったら、萌絵はたまらなくなってしまった。急に悲しくなってきて、涙がこみあげてきてしまい、思わず忍の腕を強くつかんでしまった。

「永倉さん」

行かないでください！

の一言が今にも口から溢《あふ》れ出てしまいそうだ。萌絵は下唇を噛《か》み、口角を下げて必死でこらえた。忍を見上げる目にも涙が溢れ、一度でも瞬《まばた》きをしたらこぼれて止まらなくなりそうだったので、はちきれんばかりに目を見開いたら般若《はんにゃ》のようなすごい顔になってしまったが、萌絵はかまわなかった。そうしていないと、子供のように、わんわん泣いて縋《すが》りついてしまいかねなかった。

困った忍は笑みを浮かべ、摑《つか》まれた萌絵の手に、手を重ねた。

「ありがとう……。君には心から感謝してる」

「ここをやめても音信不通になったりしないでくださいよ」

「ちゃんと返信するよ」

「くれなかったら、龍禅寺《りゅうぜんじ》の笙子《しょうこ》様に言いつけますよ。これでも一応まだ『結婚前提の彼女』って設定になってるままなんですから」

「うっ。まだ覚えてたの？」

「笙子様の前で『相良さんにだまされた』って泣いてやりますから」

「それは困るな。かなり困る」

本気でうろたえている忍を見て、萌絵は鼻を真っ赤にしながら、やっと涙を拭《ぬぐ》った。

「……相良さんがいなくなるのは淋しいです。本当はずっとここにいてほしいです。でも止めません。がんばって。そして相良さんの『やりたいこと』を達成してからでもいい。いつでも帰ってきてください。カメケンは相良さんのホームだと思って」

その言葉は思いのほか、忍の胸に響いたようだった。忍は目元を和らげ、

「うれしいよ。ありがとう」

と微笑んだ。

ふたりでココアを飲んだ。忍はその甘さを十分味わうように目を閉じている。

忍がカメケンにいたのはほんの二年と少しだったが、たった二年とは思えないほどいろんなことがあった。日本中の遺跡を掘っては、百面相で駆けずり回って、ひとつトラブルを乗り越えるたびに絆《きずな》は強く太くなっていった。

そんな日がずっと続くのだと萌絵は思っていた。

目の前にいたひとがもう職場に来なくなる。もういい社会人だから人の出入りには慣れているし、別れは日常茶飯事のはずだったのに、忍だけは特別だ。同僚が去ることをこんなに淋しいと思ったことはない。身をもがれるような淋しさだ。

また涙目になりそうになって、萌絵は無理矢理、首を曲げ、窓のほうを見やった。向かいのビルの看板の明かりが、やけにまぶしかった。

＊

その日は無量と忍にとって、ふたりで過ごす最後の夜となった。

すでに引っ越し荷物は段ボール箱に詰めて送ってしまい、共用の家具や家電は大方置いていく。荷物の送り先は岐阜にある龍禅寺家で、一旦《いったん》、笙子のもとで世話になるという。その後、どうするかは、教えてくれない。

忍の手料理を食べるのも、今夜が最後だ。

どうしても口数は少なくなってしまう。食卓には、いつもの皿にいつものだし巻き玉子がのっている。

「……これが最後になるのかな」

ぽつり、と無量がつぶやくと忍は苦笑いして、

「またいつか作るよ」

それがいつになるのかは、まったくわからない。その「いつか」が本当にあるのかすら、わからない。無量は焼き魚を口に運びながら、忍の手料理を当たり前に食べていた日々のありがたさを嚙みしめていた。

「……断ったよ」

と無量がつぶやいた。怪訝《けげん》な顔をした忍に、

「マクダネルへの移籍、断った。俺はカメケンにいることにした。降旗《ふるはた》さんに『移籍はしない』って返答した」

海外の発掘会社への移籍話をきっぱり断ったという無量に、忍は目を丸くして驚いた。だが、納得もできたのだろう。そうか、とうなずき、

「でもなんで」

「青森でさ、藤枝《ふじえだ》にいろいろ言われたでしょ。俺、ぐうの音も出なくてさ。めっちゃ悔しかったけど、『あいつすげえな』ってちょっと思っちゃったわけ」

藤枝幸允《ゆきのぶ》——筑紫《つくし》大学の教授で、無量の父親だ。無量は家族を捨てた藤枝を恨んで、ずっと目の敵にしていたが、青森では力を合わせて厄介な偽書を暴くことに成功した。

「俺はあいつが嫌いだし、どんな事情があったにせよ、俺はともかく母さんをひとりにさせたこと許してないけど……。少なくとも藤枝は紛《まが》い物を見抜く目を持ってる。それを証明してみせる言葉も持ってる。俺なんか全然かなわない。悔しいけど」

「藤枝教授みたいになりたいと思った？」

「うん、ちょっとね。……つか俺たち家族がばらばらになった原因は、じーさんの捏造《ねつぞう》でしょ。俺の右手がこんなふうになったのも元凶はそれなの。じーさんが紛い物の歴史を作ろうとしたことが元凶なの。だから」

「だから？」

「俺もさ、藤枝みたいに戦えるようになんなきゃって思ったの。紛い物の歴史を本物の

歴史にさせないために。使命感なんていいもんじゃないけど、それってきっと俺が背負わなきゃだめなことなんだわ。それが俺なりの〝カタの付け方〟なんじゃないかって」

無量独特の言い回しを忍は読み解いて、

「〝右手〟の〝カタ〟を、かい？」

「うん。あれ？　ケリの付け方だっけ？」

あの事件は無量にとってはつらい記憶でしかない。理不尽な思いは、いくら呑《の》み込もうとしても呑み込みきれるものではない。右手を焼いた祖父を恐れ、恨み続けることは、生涯暗い沼に浸《つ》かり続けるようなものだ。そんな人生から無量は這《は》い上がりたかった。這い上がって、この右手で殴りつけたいものがあるとしたら、それは名誉も功績も失って身も心も弱り切った祖父ではない。その祖父を過ちに駆り立てたものだ。

承認欲求や功名心、真実をねじ曲げてでも自分の望む歴史をゴリ押ししようとする人間の心、そういうものだ。

「やっぱ掘ってるだけじゃだめなんだ。いざ紛い物が目の前に現れた時、これはちがうって言い切って根拠も言えるようになりたい。俺は文献屋じゃないし、今すぐ藤枝みたいになれるとは思ってないけど、せめて発掘屋の立場から看破して論破できるように。そのために必要なものが、今の俺には足りてない。日本のこともろくに知らない俺が、のんきに海外の遺跡なんか掘ってる場合じゃないでしょ。研究者なら自分の研究のために対象となる遺跡を掘るって目的があるけど、俺はそれとは違うし。掘るエキスパートを名乗るなら、ジャッジできる目を鍛えないと。日本にはたくさん師匠がいるし、今は日本で学びたい。……って降旗さんにも説明した」

「降旗さんはなんて？」

「五時間くらい説得されたけど、気持ちは変わらないって伝えたら、そうかって」

降旗も最後には諦《あきら》めて、引き下がったという。

「化石発掘のほうは？」

「少しの間、休業かな。まあ、新種の恐竜見つけたい野望はあるけど、それは俺がジジィになってもできるから。いまはこいつとの決着が先」

と無量は右手を見た。ふと忍の表情が曇ったのに気づき、無量は慌てて、

「……あ、断ったのは別に忍がカメケンやめることとは関係ないから。その前から考えてたことだから。だけど」

「だけど？」

「俺がマクダネルに行かないってわかったら、忍はカメケンに留《とど》まったりする？」

忍は目を見開いた。

箸《はし》を置いて少し考え込むような目になったが、「いや」と首を振り、

「俺がカメケンを去る理由も、無量の移籍とは関係ないからね」

「……。だよね」

無量があからさまに落胆したのを見て、忍は「おかわりする？」と訊《たず》ねてくる。無量

が汁椀《しるわん》を差し出し、忍が味噌汁《みそしる》をよそって手渡した。味噌汁の湯気でお互いの姿がにじんだ。
「……楽しかったよ。忍との二人暮らし。俺、絶対、家族以外と同居なんて永遠にムリっ
て思ってたけど、忍とはさ、ずっと離ればなれだったのにすぐなじんだ。同居っつーよ
り、なんか毎日キャンプでもしてるみたいでワクワクしてた」
淡々と話す無量を、忍が湯気の向こうから見つめている。
「たまに怒られたりしてもヤじゃなくてさ、『もーっ、忍のやつ』って思うことあって
もストレスとかじゃ全然ないんだよね。あと俺、たまに夜中にじーさんの夢見て怖くて
目ぇ醒《さ》めることあるんだけど」
無量には時折、夜中にうなされることがあるのも、忍は知っていた。
「目ぇ醒めた時って部屋も真っ暗だし、いつもなら不安になっちゃって、しばらく眠れ
なくなるんだけど、いまは隣の部屋に忍がいるんだって思うと、すぐにほっとして、安
心してまた眠れた」
「………。そうか」
「忍はさ、やっぱ友達っつーより家族なんだよ。俺にとっては」
無量は豆腐を箸先で崩しながら、
「俺のたったひとりの『兄ちゃん』なの。忍は。だから他人じゃないんだよ。だから一
緒に暮らせたんだよ」

無量の言葉に、忍は何かの「解答」を見いだしたようだった。自分でもうまく説明できなかった事柄にようやく明快な理由を見つけ、腑《ふ》に落ちたのか、忍は表情を和らげた。

「俺もだよ、無量。ただの幼なじみじゃない。おまえは俺の『弟』だから」

「忍ちゃん……」

無量はふいに涙ぐみそうになってしまい、慌ててだし巻き玉子に箸をのばした。それを見た忍が「そうだ」と言い、

「だし巻きの作り方を教えてやろう。無量が自分で作れるようになったら、俺のだし巻き玉子、いつでも食べられるだろ」

その発想はなかった。

びっくりしている無量に、忍はとびきりの笑顔を見せ、

「相良忍秘伝のレシピを伝授してやる。ちゃんと作れるようになるまで今夜は特訓するぞ」

「特訓って……今から？」

「ああ、ふわっふわに焼ける秘訣《ひけつ》があるんだ。それをマスターすれば、無量は毎日でも俺のだし巻きを食べれるようになるぞ」

無量は「うそでしょ」と泣きそうになり、

「そんなの急にできっこないって。俺、ぶきっちょだし」

「いや、できる。無量ならできる。なんなら俺の味噌汁も教えてやる」

「やだよ。だって忍ちゃんの教え方スパルタなんだもん」

夕食を平らげた後、忍は宣言通り、無量に自分のエプロンをつけさせて「だし巻き玉子」作りをたたき込み始めた。忍流のレシピをメモさせて、冷蔵庫の卵をあるだけ使って、菜箸《さいばし》を持つ手もつたない無量に手取り足取り、教えこむ。何度も焦がして失敗作を皿に重ねながら、ふたりは夜遅くまで肩を並べてコンロの前に立った。

幼なじみが同居する最後の夜は、だし巻き玉子の焦げた匂いとともに静かに更けていった。

＊

とうとう忍がカメケンを去る日がやってきた。

事務所ではささやかなお別れ会が開かれて、亀石たち所員だけでなく、無量とミゲルとさくら、鷹崎《たかざき》美鈴《みすず》や柳生たち親会社の面々までやってきて、忍との別れを惜しんだ。湿っぽくなるのを避けて忍が明るく振る舞うので、余計に淋《さび》しさが募ったのか、花束の贈呈式になると、さくらは泣きじゃくり、つられて萌絵たちまで泣き出す始末だ。

「本当に皆さん、お世話になりました」

「餞別《せんべつ》だ」

と亀石がとっておきのウィスキーを差し出した。

「疲れたらチビチビやってくれ」

「何から何まで本当にありがとうございました。所長」

「カメケンの可能性を広げられたのは、おまえがいてくれたおかげだ」

発掘員の斡旋《あっせん》業がメインだったカメケンは、今や発掘調査だけでなく、博物館の再生事業や旅行業者への企画提案まで手がけるようになっていた。それも忍が精力的にアイディアを出し、周りに働きかけたおかげでもある。

「こんなにやる気に溢《あふ》れた所員を手放すのは惜しいが、これもまた人生。ひとまわり大きくなってこい。がんばれよ」

亀石の激励に、忍は「はい」と深く頭を下げた。世話になったひとりひとりと挨拶《あいさつ》を交わす。柳生と美鈴にも礼を言った。

「いろいろあったな。猪突猛進《ちょとつ》がおまえさんのいいところだが、無茶はほどほどにな」

「忍くん……ほんとに名残惜しいわ。いつでも帰ってきてね。待ってるからね」

「ありがとうございます。おふたりともお元気で」

さくらは涙で顔がぐしゃぐしゃになってしまっている。忍は、さくらのために買ってやったいつもの弁当箱を手渡した。

「もうお弁当作ってあげられないけど、これからは冷凍食品でもいいから、ちゃんと早起きして自分で詰めるんだよ。できるね、さくら」

「相良さん……。もう会えねぇんだか？」

「きっとまた会えるよ。がんばって、日本一の発掘師になるんだぞ」

頭を撫《な》でられて、さくらは泣きじゃくりながら何度もうなずいた。

忍がミゲルに渡したのは、マンションの合鍵《あいかぎ》だ。

「あとは頼んだよ。ミゲル」

「うっす。まかせてください。俺、西原にも負けんA級発掘員《ディガー》に必ずなりますけん」

「ああ、約束だぞ」

同僚キャサリンとはがっしりとハグをして「グッドラック」と励まし合った。

隣にいる萌絵の目は真っ赤だ。でも笑っている。笑顔で見送ると決めたのだ。

「相良さん。体に気をつけて」

「永倉さんも。君ならなれる。きっと一流のコーディネーターになるよ」

万感をこめて固い握手を交わす。

ライバルでもあり、盟友でもあった。萌絵にとって誰よりも頼もしく、誰よりも発破をかけてくれる存在だった。常に手本であり続けてくれたし、こんなふうになりたい、ならなければ、と目標にして、その背中を追いかけてきた。前の職場で心が折れて向上心を失っていた自分を奮起させてくれた。時に互いのために体を張り、時にかばい合って、時に補い合った。

──君は僕のパートナーじゃないか。

いつか忍に言われた台詞《せりふ》だ。

むろん「仕事上の相棒」という意味で他意はない。今は確かにそうなれた瞬間もあったと自負している。自分たちは無量を支える「無敵のパートナー」だったと。

「無量のことを頼んだよ」

「任せてください。相良さんの分も必ず」

忍は満足そうにうなずいた。

無量はドアにもたれてつまらなそうに待っている。こちらは素っ気ないものだ。

「早く行かないと、最終の新幹線乗り遅れっぞ」

「無量、あんまり永倉さんに世話かけるんじゃないぞ」

「かけるかっつの。こっちがかけられるほうだわ」

相変わらず憎まれ口をたたいて、口をとがらせている。

「音信不通だけは勘弁な」

「わかってる。無量も元気でな」

忍は皆に見送られてカメケンを去っていった。小脇に花束を抱えて背中にノートパソコンを入れたリュックを担いで、駅へと歩いていく長身の背中を、マンションの前に勢揃いして見送った。一度だけ振り返って手を振った忍に手を振り返し、雑踏の向こうに見えなくなるまで見送った。

「行っちゃったね」

さくらがこぼした一言が、思いのほか重く胸に響いたか、萌絵も無量も寡黙になった。

灯火《ともしび》が消えたような寂寥感《せきりょう》が胸に迫ってくる。

ふたりの肩を、亀石がガシリと力強く抱え込んだ。

「しょげた顔するんじゃない。こんな時は飲みに行くのが一番だ。相良との思い出話を酒の肴《さかな》に、今夜はおもいっきり盛り上がるぞ」

亀石が明るく言ってくれたおかげで湿っぽい空気が消え、ミゲルも乗っかって「今日はしこたま飲むぞー」と景気よく拳《こぶし》を振り上げた。カメケン一行は淋しさを吹き飛ばすため、行きつけの居酒屋へ揚々と繰り出していったのだ。

＊

無量が帰宅したのは、午前二時過ぎだった。

思いのほか、酔ってしまった。明日は休みだから仕事に影響はないけれど、いつも以上に飲んでしまったのは、忍が去った家に帰りたくなかったからかもしれない。

真っ暗な部屋は、しん、と静まりかえっている。

「ただいま」

と言っても、

「おかえり」

の言葉は返ってこない。忍が出張中もこんなだったし、まして、ひとり暮らしをしていた時はこれが当たり前だったから、別になんとも思わなかったのに。

居間の真ん中に倒れ込むようにして転がった。大の字になって天井を見上げ、部屋の静かさに驚く。

――無量、そんなとこで寝るなよ。

こうしていると、今にも忍が部屋からひょっこり顔を出してきそうだ。

だがもう怒ってくれる忍は、家にいない。

「元気でな……、か」

無量はぼんやりと暗い天井を見上げた。

そんな台詞を忍の口から聞く日が来るとは。

ついこの間まで考えもしなかった。いや、いつかは来ると思ってはいたけれど、それは自分がカメケンを旅立つ日のはずだった。

「あれ？」

涙が一粒、頬を伝った。

「なにこれ。ちがうって、そんなんじゃないって」

酔っぱらって感情過多になっているだけだ。言い訳しながら、目の上に腕をのせると、どんどん涙が溢れてくる。歯を食いしばってこらえた。

これからはずっと一緒だと。

どこにも行かないって約束したくせに。

「元気でな、なんて……一生聞きたくなかったよ。忍ちゃん」

時計の針が時を刻む。

忍の気配が消えた部屋で、無量はひとり嗚咽《おえつ》をかみ殺しながら、「突然の別れ」に打ちひしがれている。

第一章　尾張名古屋は何で持つ

忍《しのぶ》がカメケンを去ってから、仕事は増えた。格段に。

萌絵《もえ》とキャサリンだけではこなしきれないため、亀石《かめいし》が自らフォローに回り、派遣発掘員の面接や外回りを一手に引き受けたので、萌絵は内勤に専念できるようになったが、一番ダメージを受けたのはもっぱらモチベーションのほうだった。

「全然やる気が出てこない……」

昼休みも外に出る気になれず、萌絵はカップラーメンをすすりながら深いため息をついた。

「相良《さがら》さんの存在って、ほんとに私のやる気を支えてたんだなあ」

「だね。顔を上げれば、向かいにイケメンがいる職場、マジ贅沢《ぜいたく》だったわ」

キャサリンも鉛のような目で菓子パンをかじっている。先週まで忍がいた机は空席になり、机の上は更地のごとしだ。ほどよく雑然としていた机が仕事に対する熱量を伝え、できるサラリーマンの象徴だった。その奥から、忍ににっこり笑顔を向けられると、残業の疲れもふっとんだものだ。

「推しが引退したひとの気持ちって、こんなんなのかな……」

「写真でも置いとく？」

「やめよ？　遺影じゃないんだから」

そこへ亀石が所長室（という名の作業室）から出てきた。

「いつまで、しおしお引きずってんだ。しゃきっとしろ、しゃきっと」

「所長ぉ。なんで相良さんがやめるの、止めてくれなかったんですかぁ」

半泣きのふたりを見て、仕事が増えてつらいのだろう、と思ったようだ。

「安心しろ。新しい所員、募集してるから」

「そういうことじゃないんですぅ」

「それより心配なのは無量《むりょう》だな。どうしてる」

「西原《さいばら》くんなら明日から十兵衛《じゅうべえ》さんと出張試掘です。あっ、経費の精算が」

ばたばたする萌絵を見て、亀石は肩をすくめた。

「しばらくは俺もフォローにまわるからテンパる前に声かけてくれよ」

とマグカップを持って部屋に戻っていく。萌絵が慌ててメールを打つ横からキャサリンが同情気味に、

「西原クンも凹《へこ》んでるだろうね。かわいそうに」

忍に置いていかれてしまった無量が、萌絵も気がかりだった。

その無量は、マクダネル発掘調査事務所への海外移籍話を正式に断ったという。

無量にとっては飛躍のチャンスだったし、条件もすこぶるよかったから、萌絵はびっくりしたが、無量の決意は固く、降旗《ふるはた》のあの手この手の説得も通じなかったようだ。無量が残ってくれることには諸手《もろて》を挙げて喜んだ萌絵だが、身代わりのように忍が去ってしまったので手放しでは喜べない。

忍は無量が移籍話を蹴《け》ったと聞いても、退所の意向をひるがえさなかったという。退所がマクダネルと関係あるかはわからない。忍がカメケンをやめたあとで何をするつもりなのか。それともGRMから何か指示されたのか。

でも、やけに吹っ切れたような表情だった。他者からの指示で泣く泣くカメケンを去る様子ではなかった。

謎を残したまま忍は去り、取り残された無量の心中は察するにあまりある。強がりの無量が、忍のいなくなったあの部屋でひとり、どんな思いで生活していることか。

「やっぱり頼りはミゲルくんしか……」

「ところで、西原クンの次の現場はどこなの？」

「え？　ああ、名古屋《なごや》」

「へえ、珍しく都会だね。どこ？　名古屋城とか？」

「親会社が受注した現場で試掘なの」

亀石建設は近年、仕事を請け負う地域を拡大しており、東海《とうかい》地方に進出を果たしていた。大きめのショッピングモールも手がけ、発掘事業部の柳生《やぎゅう》が遠方へ試掘調査に赴く機会も増えていた。無量も派遣の仕事がない時は、柳生の助手として同行している。

「うちに残ってくれた西原くんに応《こた》えるためにも、西原くんの望む仕事を私がちゃんととってこれるようにならないと」

萌絵が呟《つぶや》くと、キャサリンがじーっと見つめてくる。

「な、なに」

「あの萌絵が一人前な台詞《せりふ》を吐くようになったもんだなと」

「そりゃなるよ。もう相良さんには頼れないし、実質私がカメケンの次期コーディネーター背負っちゃったんだもん」

荷が重い。今までどれだけ忍を頼りにしていたかがわかり、ありがたみが身にしみた。だが弱音を吐いてもいられない。その余裕もない。コーディネーターに向いているとかいないとか、悩んでいる場合でもなくなった。

萌絵も腹をくくった。

「やるしかないか」

＊

朝の新幹線は、ビジネス客や旅行客でほぼ満席だった。

試掘調査の現場は、亀石建設の名古屋支社が受注した現場だ。建設現場では着工前にまずあらかじめその場所が埋蔵文化財の包蔵地であるかどうかを確かめる。地元の埋蔵文化財センターが作成した遺跡地図に基づいて判断し、該当するとわかったら、試掘調査が入る。

本来なら名古屋の発掘事業部員が受け持つ案件なのだが、今回はたまたま緊急調査と重なって人手が足りず、助《すけ》っ人《と》として柳生が本社から出向くことになり、それに無量もついていくことになったのだ。

「おまえ大丈夫か」

その無量は、柳生から心配されてしまうほど、元気がない。いつにもまして言葉数が少なく、時々深いため息をついたりして、ひどい落ち込みようだ。

「目の下ひどいクマだな。体調悪いなら断ってもよかったんだぞ」

「家に帰りたくないんすよ。当分」

夜遅くまでふらついている。

ひとりぼっちの家にいて、忍がいなくなったことを実感する時間がいやだったのだ。

「それが理由で出張を引き受けたのか？　おまえそんなに淋《さび》しがり屋だったか？」

「いや別に淋しいから引き受けたわけじゃないっす」

無量はいっこうに溶けないカチカチに凍ったアイスクリームにスプーンの先を突き立てた。忍が去ってからずっとこんな調子だ。現場に出ても覇気がなく、いつもなら誰よりも手際がよくスピード勝負の無量が、新人アルバイトよりものろい。体調が悪いわけではないが、終始、猫背でうなだれている。

「みんな心配してたぞ。そんなんでほんとに仕事できんのか？」

「……やりますって。ちゃんと」

「目が死んでんぞ」

そう言っている合間にもため息を漏らしている。

忍が去ったせいで無量がここまで使い物にならなくなるとは、さすがの柳生も思わなかった。

「うちの作業場の女子どもが噂してんぞ。『西原君が同棲《どうせい》してた彼女と別れて落ち込んでる』って」

「もーなんでもいっす。どーでもいいっす」

「この先どうすんだ？　ミゲルと住むのか」

「あいつと同居する気はないんで今の部屋は引き払おうかと。どうせ寝に帰るだけだから三万くらいのやっすい物件で十分だし」

無量のことだ。発掘以外には無頓着《むとんちゃく》なので、忍がいなくなった途端またずぼらで不健康な生活に戻るのは目に見えている。自炊どころか毎日牛丼で済まそうとするだろうし、たとえミゲルと住んだところでせいぜい「牛丼」が「コンビニ弁当」に替わるだけだろう、と柳生は思った。

「だらしないな。いつまでもそんなこっちゃ、相良もがっかりするぞ」

無量は真顔になった。気に障ったか、と柳生が顔をのぞき込むと、

「十兵衛さん。ひとつ訊《き》いてもいいすか」

「なんだ？」

「ずいぶん前に十兵衛さん、俺に『相良忍には気を許すな』って言ったっすよね。なんであのとき、あんなこと言ったんすか？」

前にも一度同じ質問をしたことがある。そのときは「そんなこと言ったか？」ととぼけられた。今回もまた柳生は首をかしげ、

「そんなこと言ったか？」

「十兵衛さん、はぐらかしたってだめっすよ。俺は覚えてる。忍の何に警戒したんすか。何か根拠があったんでしょ。俺が幼なじみの忍に気ぃ許しちゃいけない理由ってなんだったんすか」

柳生は冷めた珈琲《コーヒー》を飲むふりをしながら電光掲示板を眺めていたが、小田原《おだわら》の駅を通り過ぎたところでついに観念したのか、

「あいつを見たことがあったんだよ」

「見た？　どこで」

「……何年か前に海外の研究者から妙な噂を聞いた。某国の領有権問題にまつわる話だ。その国はある土地の領有権を争って国際司法裁判所にも提訴してたんだが」

領土問題で国際司法裁判所に提訴されると、当事国は互いに過去に遡《さかのぼ》ってその土地が

どちらの国に帰属していたかを証明しなければならない。係争地の「歴史的権原」がどちらにあるか、過去の条約や史料を徹底的に調べるのだが——。

「その裁判では係争地にある遺跡から出土した遺物が証拠のひとつとして提出された。それが受け入れられて某国の主張が認められ、長年の係争に決着がついた。それが前例になり、埋蔵文化財が係争地の権原を主張する際の根拠として、国際的なアピールに利用されるようになったんだ。……まあ、家と家にたとえるなら、お互いに自分んちの土地だと言い張ってる境界部分から片方の家のご先祖様のお茶碗《ちゃわん》が出てくるようなもんだな。そのお茶碗を根拠にして土地問題を決着させるわけだ」

土の中に埋まっているものは動かない。「いついつに境界の書き換えをした」と明示した文書が出てこない限り、それは有力な証拠になる。

無量も聞いたことがある。かつてカンボジアで発掘をしていた時、プレアヴィヒアという寺院の帰属権を巡ってタイと武力紛争が起きていた。世界遺産への登録がきっかけだったが、やはり最終的には国際司法裁判所に伺いをたて、結局カンボジア側の帰属が認められた。その際に発掘での出土品が証拠品として出されたという噂を何かで聞いた覚えがあったのだ。

「土地の帰属権争いに勝つために、係争地の発掘調査を利用しようとする動きも出てきた。それどころか、そのための発掘調査をわざわざお膳立《ぜんだ》てする連中も」

無量の表情がこわばった。……まさか。

柳生はペットボトルの水を含んで、口を潤し、

「そいつらは表向き学術調査として現地に入る。だが真の目的は、領有権争いを有利にする証拠遺物を出土させることだ。それらを請け負う腕利きのコーディネーターがいてね。そいつの名前が」

「ジム・ケリー」

柳生は驚いた。

「知ってるのか」

無量はこくりとうなずいた。神妙な顔で、

「……十兵衛さんは会ったことあるんすか」

「昔シリアの発掘現場で一度な。アメリカ人の遺跡発掘コーディネーターで、紛争地帯の遺跡保護と調査を請け負っていると言っていた。ユネスコにも顔が利くほどの人脈持ちで、現場の砂埃《すなぼこり》が似合わない男だったが、ヤバいくらいの情報通だった。……そのジム・ケリーを数年前、ひょんなところで見かけた」

「どこです」

「京都で開かれたユネスコの会合だ。俺は自分が担当した遺跡が何ヵ所か世界遺産申請してたんでたまたま顔を出したんだが、その席に、ジム・ケリーが相良忍によく似た日本人を連れてきてたんだ」

「それ、いつの話っすか」

「相良がカメケンに来る半年前だな」

無量も固唾《かたず》をのんだ。忍が文化庁をやめた後の話だ。

「まるでジム・ケリーの秘書みたいに振る舞ってた。片時も離れず」

「本当にそれ忍だったんですか」

「あんな目立つやつ、見間違えるかよ」

その時はまだ忍と面識がなかった。忍は文化庁職員とも親しげに話し、物腰が柔らかいくせに隙がなく、穏やかそうに振る舞っていても目だけは鋭く、大物相手でも怖《お》じ気づくことなく自然体で接する姿は、いかにも「切れ者」という印象だった。

「知人によると〝ケリーの通訳〟として同行してたようだったが、ケリーは日本語も堪《たん》能《のう》なはずだから妙だと感じた。相良がカメケンに入ったあと、本人にも確かめたが『まだ文化庁にいた時のことだろう』だなんてはぐらかされたから、怪しいと思った。ジム・ケリーにはきなくさい噂がついてまわってたから、余計にね」

「きなくさいとは」

「領有権争いの当事国の軍と繋《つな》がっていて、多額の報酬をもらってるってやつだ。なんなら遺跡で捏造《ねつぞう》もしてるんじゃないかって」

その時の不信感が「気を許すな」という一言につながったのだ。

「つまり、ケリー氏と忍がつながってるって、うっすら勘づいてたと？」

「はっきりそう思ったわけじゃないが」

紛争地域での海外経験も豊富な柳生には、きなくさいものを嗅《か》ぎ分ける嗅覚《きゅうかく》がある。

領有権の証拠固めが目的の発掘では「鍵《かぎ》」となる出土品を必ず発見しなければならない。証拠遺物を確実に掘り当てる知識と技量を持つエキスパート。「宝物発掘師《トレジャー・ディガー》」などと呼ばれて海外でも評判が高い無量はうってつけの人材といえた。

「相良はもしかして、おまえを引き抜くために近づいてきたんじゃないかって」

無量は言葉を失ってしまう。

青ざめている無量の右手を、柳生は軽くたたき、

「まして、おまえにはこいつのこともある。遺物を嗅ぎ分けるっていうこの〈鬼の手《オーガ・ハンド》〉の噂が、厄介な連中の耳に届いて目をつけられたんじゃないかって。捏造工作はばれたときのリスクが大きすぎるし、できるのならば本物を出すに限るしな」

「そう……だったんすか」

無量は理解した。

ようやくすべてを把握したと感じた。

「おまえこそ、ジム・ケリーをなんで知ってんだ」

「そいつ、GRMっていうアメリカの民間軍事会社のエージェントっす」

「民間軍事って……米国の息がかかった連中だったってのか！」

アメリカが他国の領土問題にまで首を突っ込むのは、それが国際テロ組織との戦いに影響するからだ。味方となる当事国の政府をあらゆる面で支援する。同盟国の領土問題

はテロ組織や敵対国を攻撃する大義名分にもなっている。

「そういうことだったんすね……」

無量にもようやく見えた。自分の周りで何が起きていたのか。

「それが……ほんとうの理由」

忍は、GRMは「恐竜化石や出土遺物を売って資金にしている」などと言っていたが、おそらくそんな単純な話ではなかったのだ。領有権などという国と国の生臭い事情が絡んでいるなら、超高額での引き抜きも納得できる。そもそも出土遺物や恐竜化石がいくら金になるとは言っても限度がある。戦争のための巨額な資金からみれば、微々たるものだ。

「……でも、相良はいっこうにおまえを連れていこうとはしなかった。かいがいしく面倒みてたのも、おまえを引き抜くためになつかせようとしてるんじゃ、なんて疑ってたが、さすがの俺も見てるうちにわかったんだよ。相良には裏表はなかった。俺の思い過ごしだったって」

「そっすよ……。忍は元から怪しくなんかなかったんすよ」

無量はスプーンの先で、固いアイスを悔しそうに掘り続ける。

「はじめっから、俺を守るためだったんすよ」

「無量」

「やっぱ……そうだったんすよ……」

目が真っ赤になっている。鼻の頭も。

指先でしきりに目元を拭《ぬぐ》う無量に気を遣ったのか、柳生は気づかぬふりをして車窓を見やった。

物凄《ものすご》い速さであっというまに過ぎていく景色の向こうに、太平洋《たいへいよう》が青く横たわる。

朝日を受けて、やけにまぶしい。

＊

新幹線は定刻通りに名古屋駅に到着した。

その足で名古屋支社に挨拶《あいさつ》に赴き、発掘事業部に顔を出す。待ち受けていたのは、東海支部の発掘調査技師・高遠《たかとお》さおりだった。

「お忙しいところ、本当にありがとうございます、十兵衛さん。私が担当するはずだったんですが、着工した建設現場で土器が出て、緊急調査が入ってしまって」

高遠は四十代の社員だ。ふっくらした顔立ちで、笑うと目が糸のようになり、なんとも福々しい。夫も亀石建設の社員で、小学生と中学生の子供がいる。かつては本社の発掘事業部にいたのだが、数年前に夫とともに名古屋支社に異動となり、今は東海支部で発掘調査を請け負っている。柳生がまだカメケンのエース発掘員《ディガー》だった頃からの顔なじみで、共に掘ったことも何度となくあった。

「全然かまわないよ。ちょうど手が空いてたところだから。無量もつれてきたぞ」

「お久しぶりっす、高遠さん」

「誰かと思ったら無量くん？　見違えちゃった！　大人になったねえ、すっかり頼もしくなっちゃって。前に会った時はまだ十代だったもんね」

　再会を喜びあいながら、さっそく試掘の打ち合わせに入る。

　今回ふたりが赴く現場は、名古屋の繁華街——大須《おおす》だ。

「法円寺《ほうえんじ》。お寺……すか」

「住職が社長の知り合いらしい」

　亀石建設の社長は、カメケンの所長・亀石弘毅《ひろき》の長兄でもある。

「庫裏《くり》が古くなったんで、納骨堂つき鉄筋五階建てのビルに建て替えることにしたそうだ。尾張徳川《おわりとくがわ》家のご城下ってこともあり、事前に調査することになった」

「確かに江戸《えど》時代からある古いお寺なら、なんか出てくるかもしんないすね」

「実は戦後に移転してきたお寺なの」

「えっ。最近っすね」

　高遠が広げたのは江戸時代の名古屋城下の地図だ。

「元々はこの辺にあったんだけど、お寺の上に戦後、若宮大通《わかみやおおどおり》っていう大きな道路ができてしまってね。知ってる？　名古屋の街の真ん中には若宮大通と久屋大通《ひさやおおどおり》っていう馬鹿っ広い道路があって〝百メートル道路〟って言われてるんだけど」

「道幅が百メートルってことすか？　広！」

中央分離帯が公園になっていて、そこも含めて約百メートルだ。

「ただし、片側五車線。標識が複雑でドライバーの間では初見殺しと言われてる」

と柳生が実感をこめて五本指を広げた。

「しかし、よくそんな広い道路作れましたね」

「名古屋の中心地は戦時中の空襲でおおかた焼けてしまってね。戦後の復興計画で将来を見越して道路を広くしたり、大きな区画整理をしたりしたの」

百メートル道路というのも元々は日本政府が発案した戦災復興計画基本方針のひとつで、都市の防災や美観を目的としていたが、完成に至ったのは名古屋の久屋大通と若宮大通、広島の平和大通り《へいわおおどおり》だけだった。中でも名古屋は田淵寿郎《たぶちじゅろう》という戦災復興都市計画のエキスパートがリーダーシップを発揮して、終戦後、いち早く、着手したという。

「名古屋の城下町は一辺が百メートルの区割りがあったので、区画整理もしやすかったみたい。でもお墓の移転でお寺さんたちと揉《も》めて、今は全部、平和公園《へいわこうえん》に移ったの。法円寺の移転先は、このへん。城下地図で見るとぎりぎり町家と武家屋敷にかかってるから、まあ、何か出てくるとしたら、お寺関係のものよりも武家屋敷の遺物かな。ただ今回の試掘は条件付きなんです。調査には絶対に秘密が守れる人間をよこせと」

無量は首をかしげた。……秘密だと？

「なんかヤバいもんでも埋まってるんすか。死体とか」

「さあ。ただ御住職がとにかく守秘義務にこだわって」

無量は「なんすかそれ」とあきれた。

「別に何が出ても口外なんかしないっすけど、……えっ。まさか都合が悪いもんが出た時は届け出も報告書にも書くなっていうんすか。それはちょっと」

「よくわからんが、そういう可能性があるって含みなんじゃないか？　うちの発掘事業部なら社長の鶴の一声でどうとでもなると思ったのかもな」

ただ、そういう例はないでもない。公共工事ならいざ知らず、個人の所有地では「公にはできない遺物」がまれに出てしまうことがあって、発注者から口止めされることもある。明らかに事件性がある場合は別だが、個人のプライバシーに関わるようなものの場合は「廃棄物」扱いにして見なかったことにする時もある。

「しかも社員だけでやってほしいんだとさ」

「俺、派遣なんすけど」

「おまえはうちの準社員みたいなもんだろ」

「でも本掘になったら人手がいるでしょ。パートさんやバイトさんが入りますよ」

それがですね、と高遠は渋い顔をした。

「できるだけ本掘にはしたくないようなんです。遺構を当ててくれるなってことですね。……まあ、そう思われるのはいつものことですけど」

調査員の立場からすると、遺構があるなら間違いなく掘り当てたい。だが本調査になるのを嫌がる事業主もいる。自宅の場合は自治体が費用を出してくれるが、事業用建物となるとそうはいかない。本調査（本掘）は行政が試掘調査の結果を見て判断するのだが、判断には三つあって「本調査が必要」「工事に立ち会いが必要」「慎重に工事せよ」のどれかが下される。もちろん、嫌がられるのは「本調査が必要」の判断が出た時だ。

「おまえみたいに鼻が利くやつが一番嫌がられるよな」

「まさか、それで俺をつれてきたんすか。さすが十兵衛さん、性悪っすね」

「工事中に出てきて現場がストップするよりゃマシだろ。しかし、よほど人目にさらしたくないもんが埋まってるんだろうなあ」

神社仏閣では「境内を掘る」というだけで罰当たりのように言われる時もある。神域や聖域を理由に発掘調査を拒否されることも。

「センシティブな現場ってやつか。やっぱ殺人事件かも。通報しましょ」

「なんでもかんでも事件にするな」

「名古屋空襲ではたくさん人が亡くなっているから、もしかしたら犠牲者の遺体が埋葬されたりはしているかも」

ただ、寺院自体が移ってきたのは戦後のことだ。

「戦前はなにがあったんすか？」

高遠が用意した地図は、江戸時代と昭和三十年代のものだったので、その間がなんだったかはわからない。武家屋敷だったなら個人住宅か、場所柄、商店だろうか。

「とすると〝都合の悪い遺物〟は、前の土地主のもの？　知り合いだったのかな」

「へそくりや借用書とかが出てくることもあるからな。あんまり厄介なものが出てこないよう、仏に祈るとしよう」

なにはともあれ、現場の寺院を訪れることにした。

＊

法円寺は名古屋の繁華街——大須の真ん中にある。

昔ながらのアーケードにたくさんの店が軒を連ねている。大須観音の愛称で親しまれる古刹《こさつ》・寶生院《ほうしょういん》の門前町だ。東京で言うところの浅草《あさくさ》の観音様のような大きな寺院で、門前町でもある大須はアーケード街が縦横無尽に延びており、平日の日中でも多くの買い物客が行き交っている。大須商店街は「日本一元気な商店街」を標榜するだけあって昼間からシャッターのおりた店は（定休日以外）ひとつもない。小さな建物が密集した様子はいかにも下町だ。名古屋駅や栄《さかえ》のあたりとは違って庶民的な雰囲気で、休みの日ともなると、通りが人で溢《あふ》れるほど賑《にぎ》わうと言う。

「めちゃめちゃ活気あって、いいっすねココ」

無量も楽しくなってきた。

「名古屋っつーと地下街が異様に栄えてるイメージだったけど、地上も結構賑わってたんすね」

「安くてうまい店があちこちにあるんだ。名古屋で飲むなら俺は断然、大須だな」

「なんすか。あそこ」

商店街の真ん中にド派手な一角がある。レインボーカラーの提灯《ちょうちん》や電飾で彩られた表側は、歌舞伎座《かぶきざ》のような建て構えで、中の天井はきらきらしく飾り立てられている。よく見ると御守売り場があり、賽銭箱《さいせんばこ》もある。奥には不動明王を祀る須弥壇《しゅみだん》があり、傍らにはお札の自動販売機やICカードで払える賽銭受けがあるではないか。その一角には赤い鳥居が立ち並んでいたので神社かとも思ったが、龍《りゅう》の巨大オブジェがあったりもして、向かいのゲームセンターに負けないほどのアミューズメントぶりだ。無量が目を白黒させていると突然大音響とともに音楽が流れてきて、電光掲示板に龍のアニメーションが流れ始めた。

「なんすかこの神社」

「神社じゃない。お寺だ」

「お寺なんすか」

「万松寺《ばんしょうじ》という由緒正しいお寺さんだ。創建は古くて確か戦国時代、織田《おだ》家の那古野《なごや》城時代からの古刹のひとつ。境内には織田信長《のぶなが》の父・信秀《のぶひで》の墓もあるぞ」

少し離れたところから見ると、七階建てくらいのビルになっていて、外観は寺と言うより城だ。城を模した建て構えになっており、壁からは信長のからくり人形も出てくるという。このド派手さは信長ゆかりの寺だからか、それとも名古屋人の好みか。単に住職の意向かもしれない。

「まさか、俺らが掘る寺も……」

心配には及ばなかった。

無量たちが調査する法円寺は、いたって伝統的な建て構えだった。

法円寺がある通りは、大須の北、矢場町《やばちょう》に近い。矢場とは、尾張藩の藩主が弓矢の修練のために使った施設から来た名だという。

市街地を南北に貫く大津通《おおつどおり》の東側にあり、商業ビルに囲まれたその寺は、一歩境内に足を踏み入れると、商店街の雑踏が嘘のように閑静だ。よく掃き清められた白い砂利道を歩いていくと、甍《いらか》の美しい本堂が待ち受けている。手入れされた庭木にはメジロたちが飛び交っている。

昭和に建てられた本堂は木造で、そろそろ築《かく》七十年といったところか。真言《しんごん》宗智山《ちさん》派の寺で、屋根付きの香炉では線香が焚《た》かれ、芳しい煙が漂っている。

まずは参拝と思い立ち、本堂に向かうと、読経《どきょう》する声が聞こえてきた。格子越しに覗《のぞ》き込むと、外陣の畳に老夫婦が座って、ご本尊に般若心経《はんにゃしんぎょう》を唱えている。

「いたって、普通のお寺すね」

庫裏《くり》の玄関で呼び鈴を鳴らしたが、誰も出てこない。

「本堂かな？　ちょっと探してくるわ」

待つ間、無量は境内をうろついた。

秋のすがすがしい青空も、いまの無量の目には虚《むな》しく映る。スマホを見たが、忍からの返事はない。

あれからLINEのやりとりはなんとなく続けていたが、数日前から既読になったまま、返事がない。「やりたいこと」の準備で忙しいんだ、と自分に言い聞かせたが、このまま既読無視が続いたら、と思うと怖くて、追いLINEもできない。

降旗のほうも無量が移籍を断って以来、音沙汰《おとさた》がない。もうジム・ケリー絡みの一件は完全に終わったと考えていいのだろうか。

柳生の話を聞いてから、忍の言動を思い返しては答え合わせをしている。はじめから事情がわかっていれば、無量自身がジャッジできた。ジャッジさせてほしかった。そうさせてくれなかった忍を「過保護だ」となじることもできたが、事情を知ったら知ったで、無量は忍のために「マクダネルに行く」と答えていたかもしれない。

だから忍は言えなかったのか。

──俺が騙《だま》されてないと困るんだなって。

──忍ちゃん、本当は俺にマクダネルに行ってほしいんじゃないの？

──忍のこと、信じてるから。

「どう考えても俺が圧かけたよな……」

無量は岩手の冷麺《れいめん》屋での発言を猛省した。あんな言い方しないで、俺のことで困ってるなら相談して、と素直に言えばいいだけの話だったのだ。

やっぱり依存していたのは自分のほうだった。この数日でいやというほどわかった。本当はなんでもよかった。いっしょにいられるなら。かっこつけたりしないで引き留めればよかった。やせ我慢しないで本音を伝えればよかった。

「帰ってきてよぉ……忍ちゃーん……」

泣き言とともに鰐口《わにぐち》を鳴らした時だった。

無量の視界に入ったのは、鐘楼のそばのベンチに寝転がっている若い男だ。ヘッドホンで耳を塞《ふさ》いでスマホを見ながら、いかにもSNS映えしそうなカラフルなワッフルにかじりついている。大須の商店街には韓国や台湾などのアジアンスイーツの店があちこちにあり、若い男女が食べながらそぞろ歩いているのを見てきたばかりだ。

寝転がっている若者は黒髪のマッシュヘアで、白い頰はむき身のゆで卵みたいにツルッとしている。だぼっとした服に明るい色の小物使いが垢抜《あかぬ》けていて、いかにもおしゃれ上級者だ。足下には大きなショッパーが置かれている。連れが見当たらないところからすると、ひとりで買い物にでも来た学生だろうか。

ふいに若者が、無量の目線に気づいたか、こちらを見た。

目が合った。

「食います？」

と若者がかじりかけのワッフルを差し出してくる。

無量は面食らった。そんなに食べたそうに見えたのだろうか。

「……いや。いっす」

若者は「そ」とスマホを見始める。まつげがくるんと上を向き、ツンとした唇が紅をさしたようにほんのり赤い。アイドルにいそうな容姿だ。無量は関わり合いになるまいと立ち去ろうとした。

そこへ柳生が戻ってきた。作務衣《さむえ》を着た老僧をつれている。

「御住職の加藤清龍《かとうせいりゅう》さんだ」

小柄で細面の住職は、無量を見ると大仰に驚いて「君が西原無量か」と言い、

「宝物発掘師《トレジャー・ディガー》だなんて言うでハリウッド映画に出てくる大男を想像しとったわ」

「すいませんね、ちっこくて」

「小兵だが足腰は丈夫そうだ。よろしゅう頼むがね」

世間話もそこそこにさっそく試掘の話になる。加藤住職は身振り手振りで納骨堂の建築計画をおおまかに説明しはじめた。

「建て替えるのはそこの庫裏《くり》だが、鐘楼の手前まで広げて鉄筋コンクリートのビルを建てる。一階と二階が庫裏兼ホール、三階から上が納骨堂や。このあたりは土地が足らんで、檀家《だんか》さんのお墓は移転の時に平和公園に移ったが、近所のもんにも納骨堂でもあったら便利がええなあ言われとるんだわ」

郊外の霊園まで行くのはおっくうなご年配でも気軽に墓参りできる納骨堂は、名古屋

の街でも近年需要が高まっているようだ。

「まだ庫裏が建ってるってことは、試掘範囲はあの鐘楼の手前っすか」

「南北にメイントレンチを入れて東西に三ヵ所直交する形でサブを入れる」

柳生も発掘計画の図面を広げながら、大まかな範囲を指さした。

「武家屋敷跡だったなら、なんらかの遺構は出てくるだろうから、位置と規模にあたりをつけて本発掘の下準備までできればいいな」

加藤住職は何が出るのか、気がかりなのだろう。柳生が気を利かせ、

「ご心配なく。遺物が出土したら必ずそのつど御住職に報告しますから」

「……つか、埋まってるものに心当たりでもあるんすか」

住職は我に返り、いや、と手を振って、

「心当たりいうのではにゃー（ない）が、このへんは昔、空襲でひどう焼けたで遺骨の類《たぐ》いは出てくるかもしれんな」

空襲での死者の遺体は、身元不明のまま墓地ではないところに葬られることがある。改葬されないまま眠っている亡骸《なきがら》もあるかもしれない。

「そういうのって、よそのひとに知られるとまずいもんなんすか」

「まずいということはにゃーわ。ただ正式な埋葬ではなかったでな。無縁仏さんにしてしまっては気の毒だで、身元も調べにゃああかん。もちろん供養は当寺で手厚くするつもりだが」

どことなく歯切れが悪い。柳生も気になって、

「こちらのお寺は終戦後よそから移ってきたと聞きましたが、この場所は元々何があったんですか。住宅ですか、それとも」

「あれだ」

と加藤住職は鐘楼の隣にある小さな社《やしろ》を指さした。赤い鳥居が建っている。

「神社……ですか」

「いや。商家の屋敷神だったお稲荷さんだ。昔は立派な呉服屋があったが、戦災で焼けて一家が消息不明になってまったで、その跡地に当寺が移り、社の管理も任されるようになったんだわ」

「その呉服屋さんとはご面識が？」

「うちの檀家だった。親戚の計りゃーで移らせてもらった」

無量は柳生と顔を見合わせた。

「では試掘計画と作業スケジュールを詳しく説明させてもらいます。立ち話もなんなので、庫裏のほうにお邪魔してもよろしいでしょうか」

「その前に、あんたがたの作業を手伝ってくれるもんを紹介するがね」

は？　と聞き返した。手伝いだと？

「知り合いのつてで呼ばせてもろた作業員さんや。発掘経験はあるで役に立つだろう思うに」

「いや、ちょっと待ってください。急に言われましても」

「土掘りならひとりでも手が多いほうがええだろ。雇い賃のことなら心配せんでええ。こっちで用意して直接渡すで」

「いやそういうわけには」

「ほら。そんなところでつっ立っとらんで、こっち来て挨拶《あいさつ》しやあ」

振り返った無量はぎょっとした。そこに立っていたのは、さっきまでベンチに寝転がってワッフルを食べていた、あの若者ではないか。

若者はヘッドホンを外して首にかけ、クイッと頭を下げたのだ。

「発掘お手伝いさせてもらいます。シム・ソンジュと言います。よろしくお願いします」

＊

妙なことになった。

庫裏《くり》の控えの間に通された無量と柳生は、座卓を挟んで若者と向き合っている。

ふたりだけで行うはずだった試掘に突然、頼んでもいない助っ人《すけと》が現れた。

シム・ソンジュと名乗ったその若者は、韓国人だという。

そのわりには日本語が大変流ちょうで、多少、韓国なまりがある他は日本人と名乗っても全く違和感がない。それもそのはずで母親が日本人なのだという。

「子供の頃は日本に住んでました」

「今はこちらに？」

「市内にある母方の祖母んちに居候させてもらってます」

「大学生？」

「いえ、大学は少し前に卒業しました。今はバイトとかしてます」

加藤住職のもくろみは大方想像がついた。お手伝い、とは表向きで、要は柳生と無量に対するお目付役なのだろう。見張り役とも言うか。どうしても作業に参加させたいと請われたらこちらも断れないのを見越しているのだ。

「ひとりでも働き手が多いほうが作業も短う済むだろう。あんたらも楽だし、こっちに泊まっとるなら宿泊代も浮かせられるがね」

それはそうなのだが、経験の浅い素人が試掘現場に入るのは正直足手まといなので、無量は「断ってくれ」としきりに目で訴えるが、柳生は折れてしまった。

「わかりました。……ただし、労災保険に入ってもらう必要があるので、どういう形にするかは会社と相談させてもらいます」

「そうかね。ソンジュくん、よかったな」

「日本の遺跡に興味があったのでうれしいです」

無邪気な笑顔を見て、無量は頭を抱えた。

結局、加藤住職に押し切られる形でソンジュを押しつけられ、明日から共に作業することになってしまった。

「まあ、言葉は通じてるし、最低限の発掘知識があるなら、なんとかなるんじゃないか？」

夕食の味噌煮込《みそにこ》みうどんをすすりながら、柳生はのんきなことを言っている。もつ入り味噌煮込みうどんを頼んだ無量は、鍋《なべ》の蓋《ふた》を取り皿がわりにしながら、あつあつの汁がはねないよう、うどんを少しずつ口に運んだ。

「使えるとは思えないんすけどね」

「見張り役のつもりかもな」

「だからって、よりによってあんなチャラいの連れてきます？」

無量とは年は近いが、真逆のタイプだ。あの手の若者とは縁がないし、周りにもいない。キラキラした業界の人間なら「佐分利亮平《さぶりりようへい》」という俳優はいたが、男前な筋肉系で種別がちがう。そもそも肉体労働である発掘現場であんなキレイめな男子を見た例《ため》しもない。

「言うほどチャラくはないぞ。韓国人らしく目上には礼儀正しかったし」

「きっとうわべだけけっす。あんなの永倉《ながくら》に会わせたらエラいことになるぞ」

「永倉さん、韓流《ハンりゆう》にも弱そうだしな……」

「バイトでふらふらしてるくらいだから多分インスタグラマーかなんかなんすよ。普段は大須の食べ歩きとか載せてバズらせてるんでしょ。なんでよりによってこんな小汚い発掘現場なんかに」

無量はソンジュの見た目に先入観がありまくりだ。

「増えた人件費分、発掘費用もお寺が多めに払ってくれるっていうし、人手が増えたと思えばいいじゃないか」

「なんか裏がある」

うどんがなくなったモツ煮込みに、無量は白飯をぶちこんでグルグルかき混ぜた。

「作業員じゃなくて工作員なんじゃないすかね。なんか都合の悪いもんが出た時に、なかったことにするための」

「さすがにそりゃ考えすぎだ」

物騒な事件に出くわしてすぎて無量は疑心暗鬼が常態と化している。柳生は「それはそれとして」とビールを飲み、

「シム・ソンジュくんか。どっかで聞いたような名前だな」

「韓国の芸能人に似た名前がいるとかじゃないすか」

「お母さんが日本人で幼い頃は日本で育ったと言っていたが、国籍は韓国なのかな。あっちは兵役もあるから、俺だったらつい日本国籍を選んじゃいそうだが」

「あんなひょろっとした体つきで軍隊の訓練なんかできるんすかね」

「案外おまえよりもいい体してるかもしれないぞ。腹筋がバキバキに割れてたりして」

「俺だって割れてますよ」

「ほんとか？　なら見せてみろ」

「ヤですって」

「俺と比べてみるか」

「あ、ちょっと、こんなとこで腹出さない」

味噌煮込みうどんを平らげて、ふたりは店を出た。夜の大須は飲みに来たサラリーマンや夜遊びの若者で賑《にぎ》わっている。柳生は飲み歩きたい誘惑に駆られていたが、明日もあるので、泣く泣く宿泊先に戻ることにした。

「ゆっくり休めよ。お疲れ」

簡素なホテルの狭い部屋は、発掘道具を広げたらもう足の踏み場もなくなる。無量は風呂《ふろ》からあがると明日の作業に備えて持ち込む道具を選別する。大通りに面している窓からは、ひっきりなしに車が行き交う音がする。バイクの排気音やら緊急車両のサイレンやらで、決して静かとは言えないが、このくらいの環境に身を置くほうが、いまの無量にはいいのかもしれない。

夜の街の喧騒《けんそう》に包まれながら、無量はやっと熟睡することができた。

境内のキンモクセイがたわわに花をつけて、発掘現場には朝から良い香りが漂っていた。

＊

まずは測量をしてトレンチを設定し、重機で表土を剝《は》がしていく。バックホウが土をすくいあげては隅に積み上げていく。

「あいつサボる気満々じゃないすか……」

無量があきれながらベンチを見やった。ヘルメットを腹に載せたソンジュは、昨日と同じ姿勢で寝転がってスマホに夢中だ。

「まあ、ユンボが動いてる間はトレンチに入れないしな。いいんじゃないか」

「顔がかわいいからってあいつに甘くないすか、十兵衛さん」

「おまえこそ、相手がイケメンだからって、つらく当たるなよ」

ソンジュはいたってマイペースだ。昼休みに姿が見えなくなったかと思うと、商店街で人気の食べ歩きスイーツを買って帰ってきてお裾《すそわ》分けもしてくれる。

表土剝がしも終わり、いよいよ粗掘りだ。トレンチを区分けして、三人それぞれの持ち場で作業を行うことになった。

「うーん、こっから右、明らかに土が明るいな。なんか埋めてんな。無量、おまえはこっちを掘り下げてくれ。ソンジュはB区な」

作業が始まった途端、無量は度肝を抜かれた。

隣で掘り始めたソンジュの手つきはとても素人には見えない。ジョレンは使わない。地面に覆い被《かぶ》さるようにして手ガリで土をガシガシと削っていく。道具の扱いも慣れていて確信的な手さばきは堂に入っており、どこからどう見てもプロの仕事ぶりなのだ。

「やべえな、あいつ」

ちょっと、どころではない。完全に専門作業員の手つきではないか。

バイトでかじったとかではなく、おそらくガッツリやっていて場数もこなしている。

「これなら住職の言うとおり早く終わるかもしれんぞ」

それにしても速い。無量も手際の良さには定評があるが、それに負けないスピードだ。途端に対抗心が頭をもたげ、「負けてられるか」とばかりに無量ものめりこむように掘った。おかげでみるみるうちに作業は進んだ。柳生がちょっと目を離した隙にありえない範囲が掘り下げられていたものだから、二度見したほどだ。

空襲の時のものとおぼしき瓦礫《がれき》の一部や当時の瓶などもぽつぽつと出てきたが、それらは想定内だ。さらに時代を遡《さかのぼ》るべく掘り下げを進めていったところ、

「お、また土が変わったな。固いな。そろそろか？」

「穴、出ました」

ソンジュが柳生を呼んだ。

土の表面が弧を描くようにくっきりと変色している。何かの土坑跡のようだ。

「来たな。ゴミ坑か、それとも穴蔵か?」

江戸時代の屋敷地を掘ると、地盤の土に掘り込んだ大小の穴の跡がよく見つかる。裏庭や中庭、人目につかない床下などに穴を掘り、穴蔵と呼ばれる地下倉庫を作ったり、あるいは不用品を廃棄したりしていた。それらを掘ると大量の遺物が出てくることから、タイムカプセルのようなものなのだ。

「無量、そっちはどうだ」

「土変わんないす。やっぱコレだいぶ最近に埋めてるっすね」

無量が言った。土壁の土層を指さし、

「この下んとこ、そっちの暗灰褐色土と一緒でしょ。階段くさいんすよね」

「階段だと? 地下室か?」

「土をかぶせたのは最近かもだけど、いつ掘ったかは保留っすね。穴蔵の転用かも」

無量はじっと足下を凝視する。右手の指がピクピクする。気のせいか、土の下に熱源めいたものを感じる。どうした? と声をかけられ、我に返り、

「あ、いや……。もうちょい掘り下げて、天井つきっぽかったら一旦《いったん》置いときましょ。とりあえず、ここだけきれいにしときます」

設定範囲からは五基の土坑と区割り溝、柱穴の跡が見つかった。

無量が掘っていた土坑はやはり何らかの穴蔵の跡らしく、大きさは調査区外に達して

おり、階段付きで深そうだったので一旦作業を止めた。

「残りの四つは廃棄坑っぽいな」

「AからCまではちっこいから後回しにして、ソンジュんとこの先に掘ってみます？

立ち上がり比べると、そこが一番古そうだし」

見たところ、二メートル超の楕円形《だえんけい》をした穴だ。半分は調査区外まで達しているが、何が埋まっているかがわかれば、おおよその時代もつかめてくる。

「ただのゴミ穴にしちゃやけに大きいな」

「そろそろ掘ってもいいですか」

記録を取り終えたソンジュが待ちくたびれたように急《せ》かしてくる。柳生のゴーサインで無量とふたりがかりで掘ることにしたが、ほんの十センチも掘らないうちに皿やら何やらが次々と顔を出してきた。

「うへー。やっぱゴミ穴っすね。……めっちゃ捨てまくってる」

「深さはわからんが、この穴いっぱいだとしたら、えらい量だぞ」

青くなる無量たちの隣で、ソンジュは子供のように目をキラキラさせて土に向かっている。どんどん出てくる供繕具の数々に興奮し、実に楽しそうだ。

「こっちもきれいな磁器だなあ。これ人形なんじゃないですか」

着物姿の女性をかたどった磁器でできた人形だ。柳生は「おっ」と目を見張り、

「こりゃ柿右衛門《かきえもん》だなあ」

「柿右衛門って、有田焼《ありたやき》の？」

ソンジュが猫のように目をまん丸くした。

「ああ、色絵ってやつだ。柿右衛門様式は赤の発色が独特で赤絵ともいう。釉薬《ゆうやく》の上に赤・青・緑・黄の色絵の具で模様を描いて焼くんだ。これは型作りで成形されてるな」

「一品物《いっぴん》じゃないってことすか」

「日本で磁器が焼かれるようになるのは十七世紀のはじめ、江戸時代のはじめだな。文《ぶん》禄《ろく》・慶長《けいちょう》の役で連れてこられた朝鮮の職人から技術が広がったところに、有田にある肥《ひ》前泉山《ぜんいずみやま》ってとこで磁器の原料になる陶石が見つかって、一大産地になったんだ」

有田焼、伊万里焼《いまりやき》と呼ばれる磁器は、鎖国していた日本ではまたとない輸出品になり、十七世紀の中頃にはヨーロッパにも盛んに輸出されて人気商品になった（ちなみに伊万里港から出荷されたものが「伊万里焼」と呼ばれたという）。

「こっちは初期伊万里っぽくないすか」

無量が土から顔を出した皿を見て言った。

「よくわかったな」

「こないだ青森で出したばっかなんで」

出土物を藤枝教授がさらっと特定したのを見て、無量は帰宅後、猛勉強したのだ。

「見たところ、一気に捨てた感じだな。引っ越しか？」

「火事とか地震とか？」

「その可能性はある」

土層観察畦《セクションベルト》のもとにしゃがみこんだ柳生が土色の違う筋を指でたどりながら、

「ピットの立ち上がりを見るに焼土層とは一致してないが、地震はあるかもな。江戸時代には南海《なんかい》トラフを震源域にする大地震が二度起きてる。宝永《ほうえい》地震かもしれんな」

「宝永って、富士山《ふじさん》が噴火した頃のやつっすか」

「噴火は地震で誘発されたんだろう。名古屋城でも石垣や櫓《やぐら》なんかが崩れたはずだ。三《さん》の丸《まる》遺跡でも宝永地震の際の大量廃棄坑が見つかっているし、ここも同じような廃棄坑かもしれんなあ」

柳生は顎《あご》に手をかけて、考えを巡らせた。

「とりあえず、ここの廃棄坑の遺物を全部取り上げて、その下もひっぺがしてみよう。戦国以前の遺構も見てみんとな」

といっす、と無量が腕まくりした時だ。横からソンジュが、

「西原さん。競争してみません？」

「は？」

「僕とあなた、どっちがたくさん掘れるか」

マイペースなソンジュの目が、やけに挑戦的だと感じた。普段なら「発掘は競争じゃない」と突っぱねる無量だが、なぜかスルーできなかった。

「いいけど？」

「なら負けた方がホットクおごりで」

土層観察畦を挟んで「よーいドン」で取りかかる。ふたりは猛然とピットに埋まった大量の遺物を掘りまくり始めた。

「おいおい、雑に掘んなよ。もっとゆっくり丁寧に」

と柳生が釘《くぎ》を刺したが、手さばきのほうはふたりとも正確だ。ただスピードが異次元に速い。ビデオの早回しでもみているようだ。無量だけでなくソンジュの手際も異常なくらい見事で、全く雑でもないし、技量はほぼ互角と柳生の目には映った。ほとんど休みもなく驚異の速度で廃棄坑の遺物を次々と出しまくり、あっというまにコンテナが埋まった。

日が傾いて作業終了だ。

結果は、無量が十八個。ソンジュは二十個。

「ソンジュの勝ち、無量の負け」

「ちょちょ待ってくださいよ。俺のは大皿二枚もあったでしょ。そっちは皿が五枚重なってたじゃないすか」

「往生際が悪いぞ、無量。負けを認めろ」

無量が仕方なくホットクを買ってきてやるとソンジュは喜んで、

「お疲れ様でした」

かじりながら上機嫌で帰っていく。無量は困惑しきりだ。

「あいつ一体何モンなんだ」

しかし妙だな、と呟《つぶや》いたのは、トレンチの中にいる柳生だった。

「この柿右衛門の大皿も完形だ。廃棄で割れたものはあるようだが、地震で割れたから捨てたのでもなさそうだ」

「……どういうことです？」

「不用になったのか、耐火倉庫がわりにしていたのか。……ん？」

柳生が茶器に目をとめた。

なんすか、と無量も覗《のぞ》き込む。色絵の図柄だ。二枚の編笠《あみがさ》が描かれている。

「……家紋だ。二階笠《にかいがさ》の家紋。もしかして柳生家の」

「柳生家の屋敷跡？　十兵衛さんのご先祖様のお屋敷だったっていうんすか！」

「うちのじゃない。すこぶる遠い親戚《しんせき》ではあったかもしれないが」

スマホで検索し、画面を無量に向けた。

「柳生家の家紋・二階笠だ。正確には替紋だが、柳生笠とも呼ばれてて、こっちのほうが有名だな。茶碗《ちゃわん》の色絵とおんなじだろ」

「柳生っていうと、あれでしょ。剣術の」

「柳生新陰流《しんかげりゅう》。剣で徳川幕府の中枢に食い込み、将軍の兵法指南役に上り詰めた、あの柳生一族だ」

説明する声が心なしか誇らしげだ。

「指南役になったのは柳生但馬守宗矩《たじまのかみむねのり》。家康《いえやす》・秀忠《ひでただ》・家光《いえみつ》と三代に仕えた。柳生新陰流は大勢の門弟を抱え、数ある剣術の流派の中でも名門中の名門だ。なにせ将軍家御用達《ごようたし》ブランドだからな」

一般によく知られているのは、宗矩よりもその長男。十兵衛三厳《みつよし》だ。隻眼の剣豪として、映画やドラマや小説の題材になった。

「十兵衛さんのあだなの由来になった人っすよね」

「三代将軍・家光の小姓だったんだが、何かで将軍から勘気を被って蟄居《ちっきょ》させられたんだ。その間、公儀隠密《おんみつ》として全国を渡り歩いたんじゃないかって説のせいでエンタメの題材になりやすかったんだろうな。本当のとこは地元にこもって新陰流の研鑽《けんさん》に励み、兵法の書をまとめたりしてた」

「その柳生家の本拠地が名古屋なんですか」

「いや、奈良だ。柳生庄っつってな、東大寺《とうだいじ》から山ひとつふたつ越えた、ひなびた村なんだが、今も新陰流の正木坂《まさきざか》道場がある」

「じゃ、なんで名古屋に屋敷が？」

「宗矩の甥《おい》っ子《こ》の柳生兵庫助利厳《ひょうごのすけとしとし》って剣豪が、尾張藩に仕えてたんだ。初代藩主・徳川義直《よしなお》の兵法指南役になってな。その後、尾張徳川家では藩主自らが新陰流の道統を引き継いで『御流儀』として伝え続けたそうだ」

柳生兵庫助の跡を継いだのが、柳生厳包《としかね》（連也《れんや》）だ。こちらも剣豪として有名だ。

妻子がなかった厳包は、晩年は「連也斎《さい》」を名乗り、自分に続く新陰流の道統を尾張藩主に直々に継いでもらったという経緯がある。

「さすが詳しいっすね」

「そりゃ高校ん時めっちゃ調べたからな。……連也斎は自分の死後は屋敷地を藩主に返上し、私物は長持に入る分だけとっといて、あとは捨てるなり焼くなりしろって遺言したんだ。その屋敷跡ってのが」

十兵衛は通りの向こうを指さして、

「あのへんにある清浄寺《しょうじょうじ》。通称・矢場地蔵」

「つまり、このへんも柳生連也さんの屋敷だったと？」

そんな話をしているふたりのもとに、お参りに来たとおぼしき年配女性が声をかけてきた。

「あら、珍しい。発掘しとるのね」

桶《おけ》にひしゃくをさしたご婦人は子供の頃からこの界隈《かいわい》に住んでいるという。興味津々でトレンチを覗き込み、「発掘ってそうやってやるのねえ」と感心している。

「そういえば、ここに昔、防空壕《ぼうくうごう》があった話は聞いとる？」

「防空壕ですか」

「子供の頃、空襲警報が鳴るとよう逃げ込んだのよ。確か、このあたりに階段が」

と婦人が指さしたのは、無量を掘り当てた穴蔵とおぼしき痕跡《こんせき》付近だった。

「やっぱコレ、階段の途中だったんすね」

階段口は発掘区域外にあったようだ。まだ上に続く階段が数段、土壁の中にあるのだろう。

「でも使えんくなってまったのよねぇ。憲兵さんから『ここは崩れたから他を使え』って言われて板で塞《ふさ》がれちゃって」

「崩れちゃったんすか」

「その割に土が落ちた様子ものうてね。……しかも私、見ちゃったの。その前の夜に、国民服着た男の人たちが何度も出入りしとったのを」

ご婦人はお向かいの家の住人だった。空襲で家が焼け、この近くに小屋を建てて住んでいたが、ある夜、用足しで起きたとき、五、六人の男たちが軍用車のようなもので乗り付けて、その防空壕に何かを運んでいたという。

「今思うと軍属やったのかな。ひとりだけ陸軍の将校さんの服を着とったのを憶《おぼ》えとるの。何か大きな筒のようなもんを運び込んどるように見えたけど」

「大きな筒……？　大砲とかでしょうか」

今となってはわからない。防空壕は封鎖されたまま、まもなく終戦を迎え、空襲で焼けた街は復興し、ご婦人も今の今まですっかり忘れていたという。

「それっていつごろの話ですか」

「七月の終わり頃かねぇ。蒸し暑い夜やったなあ」

終戦の直前だろうか。すると、ご婦人は急に自信がなくなったのか、

「逆かもしれんね。運び出《だ》いとったのかも。家族は誰も見とらんというし、寝ぼけて夢とごっちゃになったのかもしれんね。そうだったらごめんなさい」

言い残して、ご婦人は帰っていった。柳生と無量は足下を見下ろして、この地下にあった防空壕のことを考えた。

「もう取り出してますかね」

「わからんぞ。奥のほうの地下空間がまだ残ってる可能性もある」

「何か運び込んでいた、か。もしかして、御住職が心配してたのもそれか？」

ますます謎が深まっていく。やはり掘るしかないということか。

作業は明日に持ち越しとなった。

＊

「おはようございます、無量さん」

今朝もソンジュは時間通りやってきた。ヘッドホンを首にかけ、亀石建設の刺繍《ししゅう》が入った作業着を着ている。よくある地味な作業着なのにちょっとした襟の抜き具合やベルト使いでセンスよく着こなしている。この恰好《かっこう》でいきなりヒップホップを踊り始めてもおそらく違和感ゼロだ。

「おまえ、家からそのカッコなの？」

「普通に地下鉄乗ってますけど何か」

イラッとする無量を気にもとめず、ソンジュはヘルメットをかぶり、

「で、今日はどこ掘るんです？」

防空壕だったと言われた階段部分だ。地下空間が埋まっていない可能性もある。もしその防空壕に地盤を掘り残してできた天井部分があった場合、このまま掘り下げてしまうと天井が崩落する可能性もある。危険なので土中の状態を確認することになったのだ。

「へえ……。面白そうですね」

無量とふたりがかりで階段部分を掘り進めることになった。

「……やっぱ天井付きですね。中も埋まってるかな」

「なんか運び込んでたっていうし、弾薬とか信管とか出てきたりして」

旧陸軍の弾薬庫などがあった場所では、まれにある。空襲があった地域では、発掘で不発弾が出土することもある。もちろんそうなったら発掘は中止だ。爆弾処理班が駆けつけ、近隣住民も避難して大騒ぎになった現場もある。

埋土と階段の境目に注意しながら、とにかく掘る。あっというまに汗だくになり、Tシャツ一枚になった。一時間ほど作業を続けた頃だった。

無量の握るスコップの先が何か硬いものに当たった。その一瞬の感触だけで無量にはわかった。

「陶器？」

え？　とソンジュが無量を見た。

土の中から茶褐色の物体が顔をのぞかせている。

「筒……？」

作業を進めると、それは陶器製の大きな筒だった。長さ六、七十センチほどある。筒径はおよそ三十センチか。

呼ばれた柳生が覗《のぞ》き込み、

「こりゃあ……下水管だな」

「下水管？　これが？」

「昭和の中頃までよく使われていた陶管だ。こんなとこを通してたんだな」

その歴史は幕末に遡《さかのぼ》る。釉薬《ゆうやく》を塗った陶管は、素焼きの土管よりも耐久性があり、百七十年近く経った今でも現役で使用されているものが見つかった例もある。現在は主に硬質塩化ビニル製や鉄筋コンクリート管（ヒューム管）が使われているが、陶管は耐熱性があり、酸などの薬品耐性もあるため、今でも工場排水や温泉排水などで使われている。

「でもこれ、つながってませんよ」

無量が指さした。前後がつながっていない。

「んー？　どういうことだ？」

下水管として実際に使われていたものではないことがわかった。だとすると、なぜ、こんなところに埋まっているのか。

「防空壕の跡を土管倉庫に転用したとか。この下にまだ積んであるかも」

でも変ですよ、とソンジュが手を動かしながら口を挟んだ。

「この陶管、前後に蓋《ふた》がしてあります。セメントかな」

「いや、漆喰《しっくい》っぽいな。たしかに、設置する前の陶管に蓋をするとは妙だ」

柳生が首をかしげていると、無量が「もしかして」と声を潜め、

「昨日のご婦人が言っていた、軍属が運び込んでた大きな筒ってコレのことなんじゃないすか？」

急に風向きが不穏になってきた。

「この中に弾薬が入ってる、とか？」

「運び込んだ後、封鎖してるくらいだからな。何か一般人に見つかってはまずいもんだったかもしれない」

なにはともあれ、記録して取り上げてみることにした。

「薬品や燃料が入ってる可能性もある。気をつけて上げろよ」

無量とソンジュ、ふたりがかりで地上に運び、ブルーシートの上に置いた。

「思ったほど重くはなかったな」

「筒の前後ともがっちり蓋してますね……」

中身がわからない以上、うかつには手が出せない。

ソンジュが陶管に耳をあて手ガリでコンコンと叩《たた》いた。

「……。中に空間がありますね」

「わかんのか」

「響き方で。でも何か入ってはいます。空っぽじゃない」

「運んだ時の感触だと、液体が中でたぷんたぷん揺れてる感じでもなかったから、燃料とかではなさげだけど」

と無量は言いながら青ざめて、

「まさか、ほんとに爆弾が入ってるんじゃ……」

にわかに緊迫した。何かあってからでは遅い。柳生も険しい顔つきになり、

「マジで爆弾だったらシャレにならん。念のため、警察にも伝えよう。掘るのは一旦《いったん》中止とする」

第二章　その土管に触れるべからず

正体不明の陶管が出土したせいで、翌日、騒ぎはさらに大きくなった。

加藤《かとう》住職にも説明をしたところ、陶管の中身に不安をかき立てられたのか「危険性はないのか、建設に影響は出ないのか」と畳みかけられた。

「もしかして防空壕《ぼうくうごう》があったというのはご存じでしたか？」

「檀家《だんか》さんから話だけは聞いとった」

近所の人々の間でもその防空壕の中に何かが運び込まれていたことは噂になっていたようだ。だがそれが何かは誰も知らず、噂に尾ひれがついて、高射砲の砲弾とか敵の上陸作戦に備えた毒ガスではないか、などとも言われたようだ。

「そういうことは先に言ってくださいよ」

柳生《やぎゅう》が怒ったのも無理はない。そんな危険なものが埋まっているとしたら、ゆゆしきことだ。発掘中に事故が起こる可能性だって大いにあるからだ。

「いや、あくまで噂だと思ったで」

だが、加藤住職が発掘をしたがらなかったのは、その噂のせいだった。

うっかり変なものを出してしまったら、危険地帯とみなされて建設許可が下りなくなるのでは、と恐れていたらしい。

変なものが出たらこっそり取り除くように、とソンジュに頼んでいたことも後から白状したのだが、ソンジュは「ムリ」と思ってスルーしたようだ。

確かにこんな街のど真ん中に毒ガスや砲弾の山を隠すとは思えないが、それは平時の考えかもしれず、当時の戦況を思えば、どんなことが起きたとしてもおかしくはない。

それが本当なら爆弾処理班が出動する案件だ。

警察とも相談しながら作業が進められることになり、発掘現場のある境内は立ち入り禁止、近接する道路も通行止めにされてしまった。大きさからすると、高射砲の砲弾である可能性もゼロではない。とにかく中身を確認しないことには動かすこともできないため、急遽《きゅうきょ》、ポータブルX線撮影装置を手配することになった。

専門のX線技師が現場に駆けつけて、陶管のX線CT撮影が行われた。無量《むりょう》たちも固《かた》唾《ず》をのんで見守った。

モニターに映された透過撮影の画像を見て、思わず絶句した。

「これは……」

陶管の内部は空洞になっていて木箱のようなものが収まっている。

「弾頭、ではありませんね」

その点は胸をなで下ろしたものの、問題は木箱の中身だ。まるで陶管のサイズを測ったかのように空洞にぴったり収まる横長の木箱で、しかもその箱の中身は……。

「刀……？」

とおぼしき影が透けて見える。

「反りがない直刀だな。しかも両刃じゃないか？　だとすると刀じゃなく剣だな」

「鞘《さや》なしの剣か。刃先の形が独特ですね。柳の葉みたいな」

どういうことだ？

ここはなんですかね、と無量がモニターを指さした。

「この箱、二重底になってません？　下層には何かが充填《じゅうてん》してある。真ん中になんか四角い物体が収まってますよね」

その物体の部分だけ、きれいに真っ白になっている。無量たちは腕組みをして首をかしげてしまう。

「レンガかなんかですかね」

何はともあれ、爆発物や危険物ではないと判明し、立ち入り禁止と通行止めが解除された。砲弾や毒ガスの類《たぐ》いでなかったのはよかったが、おかげで謎が深まった。

「なんすかね、骨董品《こっとうひん》か何かを地下に避難させたとか？」

蔵などを持たない住宅密集地では、貴重品をあらかじめ防空壕に避難させて焼失を免れようとしたという話も聞く。

「でも軍属が絡んでるくらいだぞ。ただの骨董品とは思えん」

「高級将校が所有してた刀剣コレクションとか？」

軍の所有する刀剣かもしれない。だが、軍の所有物なら何もあんな街の真ん中の防空壕などに隠さずとも、もっと安全なところがありそうなものだが。

「軍の施設には置いとけない理由でもあったのかな。日清《にっしん》戦争あたりの略奪品とか」

ソンジュがちらりと柳生を見た。やけに鋭い目つきだった。

「日本軍が大陸から略奪してきたってことですか」

「そういう代物が存在することは確かだが、これがそれだとは言いきれん。普通に購入した美術品かもしれないしな。だがわざわざ防空壕をひとつ封鎖するくらいだ。曰《いわ》く付きの可能性は大いにある」

「ひどい話だ。そこに逃げ込むはずだった人たちを追い出したってことでしょ」

ソンジュが急に冷たい目つきになったので、隣にいた無量もドキリとした。

いつもとは別人のように暗く目を据わらせて、

「人の命よりも刀剣のほうが大事だってことですよね？」

「なんの事情があったかは知らんが、ともあれ、危険物でないことはわかった」

陶管は出土遺物として通常の手順通り整理作業にまわすことになった。

ワンボックスカーに載せて作業所に運びこんだ後は、無量たちだけ一足先に現場へ戻って発掘作業の続きだ。

「……しかし、なんでまた土管になんか入れたんだろうな」

市営地下鉄は平日の昼間でもそこそこ混んでいる。少々年季の入ったブカブカするシートに腰掛けて、腕組みした無量は「違和感」を口にした。

「いくら新品かもしれないとはいえ、下水道とかに使う土管だぞ」

「陶管は耐熱性もあるっていうし、防火のためじゃないですか」

隣に座るソンジュがスマホをいじりながら答えた。

「もしくはカムフラージュかもしれないですね。ぱっと見、下水管が積んであるように見せかけられただろうし。てか、刀剣ってそんなに高価なんですか？　日本じゃ、ついこないだまで武士はみんな刀差して歩いてたんでしょ」

「百五十年前は〝こないだ〟とは言わない。値打ちはピンキリだな。数打っていう量産の安い無銘刀もあれば、有名刀工が打った国宝級の刀もあるし」

「ふーん。そうなんだ」

「ひとつ気になることといえば、……あの刃先の形」

駅でドアが開き、観劇に向かうとおぼしき着飾ったマダムたちがにぎやかに乗り込んできた。

「あれって珍しいんですか」

「日本刀は大体、片刃で刀身が湾曲してる。反りのない刀剣は『直刀』と言って、日本では大陸から伝来したりした上古代の刀剣に多いかな」

「そういえば、韓国の時代劇に出てくる剣はみんなまっすぐだなあ。ああ、だから十兵《じゅうべ》衛《え》さんは大陸から持ってきたんじゃないかって言ったんですね」

「けどあの手の形状は、日本じゃ古墳とかで出てくるやつだぞ」

ソンジュは興味が薄いのか、スマホをいじるのをやめない。

栄駅に着いた。現場の最寄りである矢場町駅は乗り換えなければいけないが、電車を待つのも面倒なので歩くことにした。地上に出ると目の前に銀色の鉄塔がそびえ立っている。ランドマークのミライタワーだ。少し前までは「名古屋テレビ塔」で知られていた。例の百メートル道路・久屋大通の中央にあり、一帯は久屋大通公園という市民の憩いの場になっていて、水辺の両脇に小洒落《こじゃれ》た小さな店が並び、休日ともなればカップルや家族連れで賑《にぎ》わうが、今は平日の昼前とあって閑散としている。タワーのてっぺんを見上げると雲行きが怪しく、今にも雨が降り出しそうだ。

広小路通《ひろこうじどおり》の交差点を急ぎ足で渡り、大須の繁華街に戻ってきた。みっしり立ち並ぶビルの壁に囲まれた法円寺に着くと、庫裏《くり》の玄関で、見覚えのある若い女性が住職と話し込んでいるところだった。

「あ！　西原《さいばら》くん、お疲れ様」

萌絵《もえ》がいる。

無量は腰を抜かした。名古屋に来るなどとは一言も聞いていなかったからだ。

「なんでここに」

「県の埋文《まいぶん》の先生と打ち合わせがあって、ついでに寄ってみたの」

と言うと、隣にいるソンジュに気づいて、萌絵は目をビー玉のように丸くした。

「もしかして、あなたがお手伝いに入ったシム・ソンジュさんですか？」

ソンジュがそうだと答えると、萌絵は興奮してしどろもどろになってしまう。予想通りの反応に無量はげんなりした。実はソンジュに用があったと言い、トートバッグから書類を一式取り出した。亀石建設に雇われる形になるので、一旦《いったん》カメケンで派遣登録の手続きを踏むことになり、説明に来たという。

「登録しないとだめですか」

「だめってことではないんだけど、親会社の発掘作業員登録は一応うちを通すことになってて、便宜上……。心配しないで。お給料から中抜きとかしないし、作業期間が終われば、すぐ抹消もできます」

ソンジュは少し考え、

「マネージャーに連絡してみてもいいですか」

萌絵と無量の頭上に「？」が浮かんだ。

「ええと……マネージャーっていうのは、芸能事務所か何かのことかな」

「そうじゃないけど、マネジメントしてくれてる人がいるんです」

「なんの？」

「いろいろです」

ますます意味がわからない。本当に何者なのか。

そうこうするうちに大粒の雨がボトボト落ちてきた。天気予報より降り出しが少し早かった。雨脚は強くなっていき、雨雲が去る気配もないので、電話して柳生の指示を仰いだところ、午後の作業はまるっと中止となってしまった。

「ふたりとも、おなかすいてない？　よければ、お昼ごちそうするけど」

無量とソンジュは顔を見合わせてから「お願いします」と仲良く頭を下げた。

＊

大須の商店街にある老舗《しにせ》のとんかつ屋は昼時には少し早かったためか、席はまだ半分くらいあいていた。壁に貼られたメニュー表は日焼けして黄ばむどころか茶色くなっている。横には有名人のサイン色紙が隙間なく並んでいた。元気な女性店員が注文を取りに来て、味噌《みそ》カツ定食とエビフライ定食をそれぞれ頼んだ無量とソンジュは、発掘のおまかな経緯を萌絵に語った。

「ええっ！　柳生兵庫のおうちかもしれないの？」

萌絵が食いついてきたので「知ってるの？」と訊《き》くと、

「柳生新陰流といえば『柳生一族の陰謀』とか『柳生武芸帳』とかでしょ。尾張柳生はね、石舟斎《せきしゅうさい》の長男の血筋で、本家と元祖みたいな争いがあったりしてね」

萌絵は古き良き時代劇のタイトルを挙げてワクワクしている。

「その柳生屋敷かもしれないところで見つかった直刀……かぁ」

「上古刀だとしたら、それこそ古墳とかから出てくるやつでしょ」

「直刀は上古刀とは限らないよ」

え？　と無量が目を丸くすると、

「忍者の刀なんかもまっすぐだし、江戸時代の中頃にもまっすぐな刀がはやった時があったみたい」

ソンジュが記憶をたどり、

「それは、ちょんまげの殿様がいた頃の話ですか？」

「戦国時代が終わって、太平の世になった頃ね。剣術の稽古《けいこ》に竹刀が使われるようになって、竹刀に合わせて刀もまっすぐになったりしたんだって。尾張柳生家の刀だった可能性もなくない？」

「十兵衛さんが話してた〝遠いご先祖様〟ですか。ケンゴーの」

「柳生家だけに〝将軍家を裏で操った魔刀〟とか。実はなんかものすごい陰謀が隠されているんじゃ」

エビフライを食べていた無量が吹き出しそうになった。

「時代劇の見過ぎ」

「でも、あの防空壕《ぼうくうごう》は穴蔵の転用かもしれないんだよね。柳生家の穴蔵だったのかも」

「だとしても陶管は近代のもんでしょ。やっぱ外から持ち込んだんじゃない？」

「西原くんはほんと歴史のロマンを潰《つぶ》すよね。ロマンに恨みでもあるの？」

無量はごはんをおかわりして、四本目のエビフライに噛《か》みついた。萌絵は日本刀のうんちくをソンジュに語って聞かせた。

「……でね、直刀は突いたり叩《たた》いたりして使うんだけど、湾刀は曲がってるから、こう、引いて斬りやすいのね。ただ江戸時代とかでも短い小脇差《こわきざし》の中には反りがないように見えるものもあるんだけど、長さはどれくらい？」

「うーん……。これくらい？」

とソンジュが腕を広げて見せた。

「しかも両刃だった」

「えっ。剣だよ、それ。刀じゃない」

「正体は実物見てみないとなんとも言えないけど、気になるのは防空壕に出入りしていた軍属らしき男たち、か」

目撃した女性によると、その男たちは国民服を着ていたという。当時の一般男性には国民服が普及していたので、服装だけでは軍属かどうかは判断できない。ただ、ひとりだけ陸軍将校の軍服を着ていたというから、少なくとも軍人が関わっていたのは間違いなさそうだ。

萌絵がスマホで検索をしつつ、

「名古屋にいた陸軍といえば第三師団だね。人員は二万五千」

「そんなに」

あまりに大所帯で手がかりにならない。

その後もいくつかの師団が名古屋で結成されていて、出兵先は大陸だったり南方だったりしたが、こちらも手がかりにはなりそうもない。

「……とはいえ、遺物の由来や正体を突き止めるのは、俺たちの仕事じゃないしな」

あくまで「発掘して出土させて記録して取り上げる」までが無量たちの仕事だ。

三人は食後のほうじ茶で腹を落ち着かせると、午後の仕事のために店を出た。


雨で作業が中止になっても仕事がなくなるわけではない。

無量たちは遺物の整理作業をしている発掘事業部の作業所に戻ってきた。

ずらりと並んだ机の前では、女性スタッフたちが各々の作業にいそしんでいる。細筆を白いポスターカラーにつけて遺物にラベリングする者、パズルピースのような土器片の接合に挑んでいる者、キャリパーで土器の厚みを測る者……。発掘現場とはちがって、ひとつひとつの遺物に集中して向き合う細やかな作業だ。

女性が多いせいか、時折聞こえてくる話し声も和やかだ。そんな女性スタッフたちに、無量たちが挨拶《あいさつ》をすると、視線が一斉に集まった。

いや、視線を集めたのはソンジュだ。

場違いなほどオシャレな男子の登場に、作業場全体が華やいだ。

「おっ、ひとり増えたな」

奥から柳生が出てきた。萌絵を見つけてニヤニヤしている。萌絵が加わると発掘が穏便ではなくなるというジンクスがまかり通っているせいだ。

「失礼ですね、トラブルを呼ぶのは私じゃありません。西原くんです」

「ひとになすりつけるな。なんでついてきたの」

「言われなくてもすぐ帰りますー。こっちも相良《さがら》さんが抜けて大変なんだから」

例の刀剣入り陶管は作業所へと運びこまれていた。外の洗い場で土を落とされ、すっかりきれいにされている。萌絵はしげしげと覗《のぞ》き込んで、

「これが噂の防空壕から出てきた陶管ですか……。昔の下水管はこんないいものを使ってたんですね」

茶褐色の釉薬《ゆうやく》がつやつやしていて、劣化や破損も見られない。ひびもなく、つい昨日埋めた新品だと言われても納得してしまうだろう。いかにも頑丈そうだ。

そこへ高遠《たかとお》さおりが現れた。こちらも雨で現場作業が中止になり、運び込んだ遺物の整理作業にやってきたところだった。

「これはまた珍しいもんが出ましたね。昔の下水管に当たっちゃいましたか」

「いや、未使用品のようだ。X線で見たら中に刀剣が入ってた」

「土管の中に刀剣？　つまり容《い》れ物に転用されたってことですか」

高遠は興味津々で陶管を覗き込んで、

「常滑焼《とこなめやき》やね」

と看破した。無量たちは驚き、

「わかるんすか」

「わかるよ。だって常滑《とこなめ》に行けば、こんな陶管ゴロゴロあるし」

高遠は常滑の出身だった。知多《ちた》半島にある常滑は、焼き物の生産地として古くから栄えた町だ。日本六古窯《ろっこよう》のひとつとして数えられる常滑焼は、平安《へいあん》時代末期から窯業が始まり、甕《かめ》などの「大物」と呼ばれる大型陶器を得意としてきた。

「急須《きゅうす》なんかも有名だけど、近代に入ってあちこちで下水道が整備されてくると、常滑では土管の大量生産が始まったのね。発掘で江戸末期の常滑製の土管が出てきたこともあるの。まさに日本の近代化を土の中から支えたのが、この、常滑の土管」

高遠がスマホを見せると、実家の近くだという斜面の壁に土管がみっしりと並べられている。製陶所の敷地に大量に積まれているものもあるが、他にもプランターに使われていたり、塀代わりにされていたり、町なかでよく見かけるという。

「めっちゃ有効活用してますね」

「そりゃもう、昔は土管の町と呼ばれたくらいだもん。私の小さい頃はそこらじゅう陶管が積まれとったわ」

今でこそ生産はだいぶ減ったが、昭和の頃は土管を作る製陶所の煙突があちこちに立って、毎日煙を吐き出していた。最盛期だった昭和二十年代には「飛んでいるスズメも黒くなる」と言われるほど、年がら年中、空が煤《すす》で煙っていたそうだ。

「この陶管から何かわかることあります？」

萌絵に聞かれて、高遠は眼鏡をかけると、陶管の表面をしげしげと観察しはじめた。

「この形はたぶん、大正か昭和のはじめ頃に土管機で作ったものだと思うけど」

「土管機」

「ロール式土管機。はじめは手びねりとか木型とかで作ってたから時間かかったんだけど、土管機が発明されてからは大量生産しやすくなったの。私は博物館で見たけど、上から粘土を投入するとローラーで押し出されて、ブレーキレバーを解除すると、土の圧力で『むにゅー』って出てきて土管の形になるのが面白くて……、あれ？」

高遠がソケット（接合部分）に小さな刻印を見つけた。目をこらして、

「これ……丸丁さんのとこのだわ」

「丸丁」

「江戸時代からあった老舗《しにせ》の窯。原山《はらやま》製陶株式会社。店章が〇に丁だから〝丸丁〟って呼ばれとったの」

確かに〇の中に丁という字が入ったマークが刻印されている。

「……あら、製造番号も入ってる。珍しいわ」

「その会社は今もあるんですか」

「ありますよ。昔はこーんな大きな土管もいっぱい作っとったんだけど」

と高遠は両手をめいっぱい広げて見せた。ここ二、三十年で需要は急速に減ってしまい、十年ほど前に大手メーカーに買収されたらしい。ただ製造元の会社自体は今も存続しているという。柳生が喜び、

「そりゃ助かるな。報告書も書きやすくなる」

「陶管は土に埋めても頑丈だし、ソケット部もしっかりしてて水漏れしないから、何かを埋める容れ物として使うのはいいアイディアだと思うけど」

でも、なんでまた？ と高遠も首をかしげている。

陶管の筒部分は両端が漆喰《しっくい》で塗り固められ、蓋《ふた》がされているため、中のものを取り出そうとすると漆喰を壊さなければならない。性急には進められないので、しばらくそのまま保管することになった。

萌絵は事務所に用事があると言って去り、残った無量たちは法円寺から出土した他の遺物の洗浄作業にとりかかることになった。

ソンジュはどう見ても経験者だ。遺物の扱いが手慣れている。手順を説明しなくても慣れた手さばきでどんどん洗うし、素材ごとに適した道具を自然に選んでいる。驚くことに、ばらばらだった皿や碗《わん》の破片を元の形に沿って展開図のように、洗いかごの中に並べているではないか。

出土写真と照合したわけでもないのに、と無量は度肝を抜かれた。元の形を類推するのは、ベテランでも時間がかかる。トランプの神経衰弱のように接合しあう破片を見い

だすのは、勘と経験がいる作業だ。破片を順番に洗っているだけで、接合の答えが頭の中に組み立てられるというのか。だとしたら、立体パズルの天才だ。

無量が呆気《あっけ》にとられていると、ソンジュがヘッドホンを外し、

「……ああ、これですか？　こうしといたほうが接合する人の手間が減るでしょ」

とまるで特別でもなんでもないようなそぶりだ。

無量がそれを柳生に伝えると、

「そんな芸当ができるのは、俺が知る限り、おまえぐらいだぞ」

「いや、俺にもむりっす。目の前に全部置いてあるならまだしも」

一個ずつ順番に見て、記憶して、組み立てている。パズルのピースをひとつずつ見せられて、脳内でパズルを完成させるようなものだ。人間離れしている。

「あいつ、やばいぞ」

無量にそこまで言わせるのは、やはり、ただごとではない。

終業のチャイムが鳴り、片付けを終えたソンジュが、萌絵のもとにやってきた。

「マネージャーから返事きました。登録してもいいそうです」

「よかった。なら書面に目を通して、問題なければ、署名してくださいね」

書類を渡すと、スマホで撮影してどこかに送っている。

「提出は明日でもいいですか」

「もちろん。ＷＥＢでも手続きできるから、ＵＲＬ送りましょうか？」

「なら連絡先交換しましょ。インスタとか、やってます？」

サクサクとフォローしあって「じゃ」と素っ気なく帰っていく。いかにもSNSを使いこなしており、同世代の若者でも無量とは真逆だ。ソンジュのアカウントを覗いてみると「ｓｅｏｎ」という名で活動していて、頻繁に自撮りがある。食べ歩き動画などもあって顔を出すのに全く抵抗がないようだ。

「……フォロワー数やば」

萌絵が青ざめたほどだ。

ただ遺跡発掘に関わる動画や画像は、ひとつもない。

「マネージャーって、インスタグラマーのマネジメントしてる事務所のことかなあ」

「今って、そんなのまであんの？」

「インフルエンサーの子たちがたまに広告とかイベントに出演したりしてるでしょ。そういうのって大体、広告代理店経由で話が来るんだけど、中には事務所に所属しててそこが窓口になったりしてるみたい」

だが、事務所に所属できるくらいのインフルエンサーが、そもそも遺跡発掘調査なんて地味な仕事をわざわざ引き受けるだろうか。もっと割の良い仕事など、いくらでも舞い込んできそうなものだが。

「住職さんから頼まれたって言ってたけど、まさかインスタ経由じゃないよね」

「あのいかにも〝おしょーさーん〟て感じのご年配がインスタ見てるとも思えない」

祖母が名古屋にいると言っていたから、身内経由だろうか。ヘッドホンをつけて帰っていくソンジュを窓越しに見て「それよりもさ」と言い、

「あいつ、なんか忍《しのぶ》に似てない？」

萌絵はきょとんとした。

「相良さんに？　けど背も高くないし、お顔も別に」

「顔じゃない。なんつか……、雰囲気ってか、目つきっていうか」

普通にしているときは温和で素直そうな若者なのだが、不意に鋭い目つきをすることがある。その落差にドキリとした。青白い刃《やいば》を思わせるひんやりとした眼差《まなざ》しは別人のようだった。

その冷ややかさが忍と重なる。忍もそういう目をする時があった。

萌絵はソンジュのそんな瞬間は見ていないのでピンとこない。同情するように無量の肩に手を置いた。

「なにこの手」

「全然似てない人まで相良さんに見えてくるほど、相良さんロスなんだね……」

「別にロスじゃない」

「そっか、わかるよ、わかる。強がらないでいいんだよ」

よしよしと慰められてしまった無量は不本意このうえない。そこへ、それまで我慢していた女性スタッフたちがどっと押しかけてきて無量たちに詰め寄った。

「あの子インスタで見かける韓国の子でしょ! どういうこと?」

「なんで『seon』ちゃんがここにいるんですか!」

どうやら名古屋の食べ歩き動画でバズっていたらしく、スタッフの中にフォロワーまでいる始末だ。無量たちは説明に困った。

「ほんと……なにもんなんだ、あいつ」

戦力としては心強いが、なんだか正体がつかめない。

発掘現場の寺に奇妙な電話がかかってきたのは、その翌日のことだった。

*

「陶管の持ち主が名乗り出たって、それほんとですか!」

小雨が降る少し冷え込んだ朝だった。

ぐずついた空模様だったが、無量たちは少しでも作業の遅れを取り戻すべく出勤してきたところだ。濡《ぬ》れたブルーシートをどけていると、朝の勤行を終えた加藤住職が庫裏《くり》からやってきてそう伝えた。

「ゆうべの九時くらいだったか、電話がかかってきたんだわ。防空壕《ぼうくうごう》の中にあった陶管の所有者だと名乗っとった」

無量たちもこれには驚いた。

「どんな方でしたか。ご近所の方ですか」

「電話だったで顔はわからんが、声からするとご年配だなあ。名前は〝板垣辰五郎《いたがきたつごろう》〟さんと」

加藤住職もその名に聞き覚えはないという。板垣なる人物は、古い知人を通じて法円寺が発掘調査中だと知ったそうだ。

「防空壕に隠した陶管の中には自分の家の骨董品《こっとうひん》を収めとったそうだ。空襲で焼けないように地下に避難させとったらしい。所有権を手放したわけではにゃーで、取りに行くまでそのまま手をつけずに置いておいてほしいそうだ」

柳生と無量は顔を見合わせた。ソンジュがふたりの困惑顔を覗《のぞ》き込んで、

「この場合ってどうなるんです？　持ち主に返さなきゃなんないんですか？」

「うーん……、警察に埋蔵物発見届を出しちゃったからなあ」

埋蔵文化財は法律上は拾得物扱いになる。古い遺物は所有者も不明なので、そのまま自治体や国が引き取ることになるのが通例だ。

まれに土地主の先祖が埋めたものだったりすることもあり、その場合は（証明できれば）土地の所有者のものになる。

そのように所有権を主張するのが土地主だったならまだ筋道も立てられるのだが、防空壕のあった場所は、いまは法円寺の境内だ。法円寺の所有地の地下だ。過去によそから運び込んだものについて所有権を主張するとなると、証明するだけでもなかなか煩

雑な手順をはさむことになる。

「たまーに埋蔵金的なやつで起きるパターンだな」

「それをいうなら、うちの土地だぞ。出土品はうちのもんになるのではにゃーのか？」

と加藤住職が疑問を口にしたので、無量がぴしゃりと、

「ならないっす。昔からここにあったお寺ならともかく、このお寺、戦後に移ってきたじゃないすか。ほら、拾得物も持ち主にしか返せないでしょ。出土品は拾得物と一緒で、このお寺とは関係ない誰かが置いてったものだから、このお寺のものとはならないっす」

住職は「なんだそうか」とつまらなそうな顔をした。ただ見つけた人間には（持ち主が現れなかったら）一定の権利が発生する。が、発掘調査は発掘事業者が発見者となるため、掘り当てた個人に所有権が渡ることはなく、その際の遺物はたいてい文化財認定されるため、国庫に入ることになる。

「じゃあ、この場合はどうなるんですか」

「大昔のものならともかく終戦前のことだしなあ。断固として所有権を主張するなら、所有者に証明してもらうしかないなあ。警察か教育委員会に相談してみて、こじれたら、最悪、裁判所とかの判断に」

「ああ、その板垣とかいうひと、陶管の番号を控えとった言っとったわ」

加藤住職がメモを取り出した。そこには加藤が電話口で聞いた「陶管の製造所と製造

番号」が記されている。

【㊜丙25607】……とある。

「十兵衛さん。そういえば、あの陶管、製造番号が入ってるって、高遠さんが」

「……雨降ってきたな」

ぽつぽつ、と大粒の雨がトレンチの底を染め始めた。

「おまえたち、作業所行って陶管の製造番号を照合してきてくれ」

「現場はどうするんです」

「天気予報だと昼まで降りそうだ。俺は残るから行ってこい」

柳生に促されて、無量はソンジュと一緒に作業所に向かうことにした。

地下鉄の出口から出ると、雨は本降りになっている。無量たちは別棟の保管庫に向かい、隅に置かれていた陶管を観察した。

「高遠さんが言ってたのは、これかな？　丸丁の刻印」

ソケット部に小さな丸いハンコのような刻印がある。その隣に数字らしきものが入っている。判読しづらかったが、虫眼鏡とライトをあててメモと照合した。

「確かに〈丙25607〉と読めます」

「まじか」

板垣なる人物が伝えてきた陶管の製造番号と一致した。終戦前から土に埋まっていた陶管の番号を知っているのは、それを扱ったことのある人物だけだ。

加藤住職によると、板垣なる男は陶管の中身については何も触れなかったようだが、所有者だというならば、当然中身のことも知っているはずだ。

「つまり、土管の中に隠してある刀を返せってことですかね」

「うーん」

無量は茶褐色の釉薬《ゆうやく》が塗られた陶管に手を置いて、じっと考え込んでしまう。

防空壕をひとつ封鎖してまで保管したとなると、よほど高価な刀剣なのだろう。

「でも、そんな高価なもんなら、なんで戦争が終わった時に取り出さなかったんだ?」

「言われてみれば、確かに」

ソンジュも拳《こぶし》を口元にあてて首をかしげている。防空壕が埋められたのは戦後の復興工事のためだったが、所有者がいたならなぜ、中のものを取り出さなかったのか。

「何か取り出せない事情でもあったんでしょうか」

ふたりして頭を悩ませていると、事務室から職員がやってきて声をかけてきた。

「電話? 俺に……っすか?」

「はい。法円寺の発掘で出土した遺物について問い合わせたいことがあるそうで」

無量はソンジュと顔を見合わせた。——誰だろう。

例の「板垣」なる「陶管の所有者」だろうか。

とりあえず、電話に出てみることにした。

「……お電話かわりました。法円寺の現場を担当してます西原です」

『お忙しいところ、恐れ入ります。ちょっとおたずねしたいことがあってお電話いたしました。法円寺さんの発掘調査についてなのですが』

受話器から聞こえてきた落ち着いた声は女性だった。六、七十代くらいだろうか。

加藤住職に電話をかけてきた「板垣辰五郎」は年配の男性だと聞いていたので、あれ？と思った。

『発掘で防空壕が見つかったかと思うのですが、中に埋まっていたものは、もう取り上げてしまいましたか？』

「ええ……はい。全部じゃないですけど」

『それはもしかして、土管でしたか？』

無量はソンジュに目配せした。やはり、陶管の関係者のようだ。

「……あー……すいません。まだ調査中ですので、出土物の詳しい内容についてはお話しできないんですが、もしかして法円寺の御住職のもとに今朝お電話をかけてきた方のお身内ですか。所有者でいらっしゃるという」

すると電話口の女性の声がにわかに緊迫した。

『所有者を名乗る者が連絡をしてきたんですか？』

「え……ええ。お寺さんのほうに」

『もしかして、その人〝板垣辰五郎〟と名乗っていませんでしたか？』

「え！　ええと……まあ、そんな名前だったような」

いけません！　と女性が電話の向こうで怒鳴った。

『その人は所有者なんかじゃありません。嘘をついてます！』

受話器の外まで聞こえる声だったので、ソンジュもびっくりしている。

『その人は泥棒です。板垣少佐は中の宝物を盗むつもりなんですわ！』

無量は一度受話器を遠ざけてから、おそるおそる、

「失礼ですが、お名前を伺ってもよろしいですか」

すると電話の向こうの女性は我に返ったのか、もとの口調に戻って、

『大変失礼いたしました。わたくし、山下明代《やましたあきよ》と申します。……あの土管を防空壕《ぼうくうごう》に運び込んだのは、私の父です』

＊

「板垣氏は所有者じゃない？　そう言われたのか」

結局作業を中止して現場から作業所に戻ってきた柳生に「山下明代」と名乗った人物の話をしたところ、柳生は腕組みをして首をかしげてしまった。

山下明代は名古屋生まれの七十代、結婚前の旧姓は森島《もりしま》で、天白《てんぱく》区に住んでいるという。

父・森島健次郎《けんじろう》は二十年ほど前に逝去していたが、亡くなる少し前に「戦時中、防空

壕に陶管を埋めた話」を明代に打ち明けていたという。

――私の父は、名古屋師管区部隊の名古屋地区第一特設警備隊にいたそうです。

師管区部隊とは、終戦間際の一九四五年に本土決戦を想定して地域防衛のために各地域で組織された陸軍部隊のことだ。留守師団や補充隊の者、在郷軍人や非戦闘員など、寄せ集めのような組織だったという。

地区特設警備隊は空襲などがあった時にその都度召集されるもので、一隊三百人ほどで構成されていた。常時はそれぞれ職についていて、明代の父もそのひとりだった。

終戦間近の七月のある日、ある将校の命令で、陶管の運搬を任されたという。その中には「名古屋城にあった刀剣」が入っていた。そう証言していたそうだ。

「やっぱり、あの陶管のことか」

が、柳生はかしげていた首を反対側に倒し、

「名古屋城にあった？　司令部のことか？」

「第三師団の司令本部は三の丸にありましたけど、師管区部隊の司令部なら旧昭和塾堂ですよ」

コンテナボックスを運んできた高遠さおりが、横からスルッと答えた。さすが、名古屋の旧跡に詳しい。

「名古屋城にあった刀剣らしいんだ。尾張徳川家の、だろうか」

「尾張徳川家が持っていた文化財なら、徳川美術館が収蔵してたはずです」

明治維新以降は、尾張徳川家十九代・義親《よしちか》氏が徳川家に伝わる大名文化を後世に残すため収集に努め、昭和十年徳川美術館を開館、美術品の所蔵管理をしていた。所在地は徳川家の大曽根《おおぞね》別邸にあり、城からはだいぶ離れている。

「その美術品も戦時中は伊那《いな》の図書館に疎開してたって話ですよ」

つまり、伊那の図書館から持ち出されたということか？

「しかも、山下さんはこんなこと言ってたんすよ」

——徳川家康公ゆかりの門外不出の宝剣だったそうです。それを板垣少佐が狙っていたので、防空壕に隠したんだと父は言ってました。

「家康ゆかり……。なんかすごそうだな」

板垣辰五郎のことは「少佐」と呼んでいた。

「板垣さんは軍人だったってことですよね」

「元軍人が所有者を名乗って手に入れようとしていると？」

けど、と口を挟んできたのはソンジュだった。

「少佐ってキャリア的に見てそこまで若くはないですよね。今いくつなんですか」

「たしかに。百歳以上ってことにならない？」

そんな高齢者がわざわざ？　とソンジュが違和感を唱えた。

「でも今は百歳超えても、元気なひとは元気だからなあ……」

「山下さんは『板垣少佐は所有者じゃない。嘘をついてる』って言ってましたけど、どうします？」

柳生は困り果ててしまう。まだ発掘中の案件だし、所有者が誰かでもめる段階でもない。

当時なんらかの込み入った事情があったことは想像に難くないが、発掘調査は発掘調査として粛々と進めるしかない。

「板垣さんと山下さんのことは、とりあえず俺が引き受けるから、おまえたちは何も気にしないで、いつも通りに作業を進めてくれ」


無量は保管庫に戻り、率先して、陶管の実測作業にあたることにした。

遺物保管庫には独特のにおいがする、と無量は思う。土器片や陶片が入ったコンテナボックスが天井まである棚に整然と並んでいる。保管庫内は一定の温度と湿度で保たれているのだが、土から出てきたもの特有のにおいがする。それは古文書類の料紙が発するどこか湿った黴《かび》まじりの甘いにおいとも違っていて、どちらかというと乾いた岩稜の平原を思わせるにおいなのだが、不思議と落ち着くのは、かつて化石を掘っていたコロラドの夜を思い出すせいか。

しゃがみこんだまま、しばらく陶管と向き合う。

屋根を打つ雨音が響いている。

無量は革手袋をはめた右手を陶管に置いた。

手のひらに伝わってくるのは、熱だ。この中には熱源がある。
灼熱を帯びた焼けた鉄だ。鍛冶水《かじみず》につけて一気に冷やすと、じゅっと激しい音を立て
て蒸気が上がる。そんなイメージが脳に浮かぶ。もちろん実際のところは熱源などはな
い。右手が勝手にそう感じるだけだ。
もうひとつは粗熱を抱く黒い溶岩だ。無骨なこのイメージはなんだ。刀剣らしい冴《さ》え
た冷たさではない。深い闇に潜むようにして不気味な何かが眠っている。蛍のような火
の粉を発しながら。これはなんだ。
「……そうやってると、なんか見えてきたりするんですか」
声をかけられて我に返ると、ソンジュがいつのまにかそばに立っている。値踏みする
ような眼差《まなざ》しで、無量を見下ろしている。
「しねーし。表面の感触みてるだけだし」
「そんな分厚い手袋はめて？」
突っかかるニュアンスを感じて、無量はにらんだ。ソンジュは薄く笑うと、
「その右手。ずっと手袋してるけど、けがでも？」
「古いヤケドの痕があんの。あんま人前にさらすのもね」
「そんなヤバいヤケドなんですか？」
と不躾《ぶしつけ》に覗《のぞ》き込んできたので、無量はさっと右手を後ろに隠した。ソンジュは慌てて
体を引いて眉《まゆ》を下げ、

「す、すみません。つい鬼の顔のようにでもなってるのかと」

無量の顔つきが変わった。思わず目を剝《む》いてにらみつけ、

「……なんなの、おまえ。それ誰に聞いたの？」

「わあ、ごめんなさい、これって禁句でしたか」

ソンジュはおろおろしながら言った。

「無量さんは凄腕の発掘師だって十兵衛さんから聞いたので、思わず検索しちゃったら〈鬼の手〉なんてかっこいいあだなが出てきたものだから」

「ひとのこと、なに勝手に検索してんだよ」

息をするように検索を使いこなすソンジュは、すぐに非礼をわびた。

「でも〈宝物発掘師《トレジャー・ディガー》〉のほうもかっこいいですね」

「少しは懲りろ」

ソンジュはおとなしく隣で陶管の実寸を測る手伝いをし始めた。

「今時こんなやり方、原始的だなあ。３Ｄ撮影してデータ化しちゃえば早いのに」

口ではそんなことを言いつつも、初心者は扱いに手間取るディバイダー（遺物の厚みなどを測る道具）も慣れた手つきで器用に使いこなしている。

「……おまえ、どこで発掘やってた？」

ソンジュは大きな瞳《ひとみ》を丸くした。

「バレました？」

「韓国にいたとき、大学の夏休みに遺跡掘るバイトをやってました。ほんのちょっとの間でしたけどね」

「バレるだろ。普通」

無量は疑《うたぐ》り深い。「ほんのちょっと」のわけがない。ソンジュは西部劇のガンマンが拳銃《けんじゅう》をくるくる回すようにディバイダーを指先で器用に回しながら、ソケット部の厚みを要領よく測っていき、

「それより、妙だと思いませんでしたか。さっきの話」

「さっきのって、山下明代さんの？」

「明代さんのお父さんたちは板垣少佐から刀剣を隠すために陶管に入れて防空壕に運んだって言ってましたよね。でも、電話をかけてきた〝板垣辰五郎〟さんはこの陶管の製造番号を知ってたわけじゃないですか。山下さんたちが番号を把握してたんならわかるけど、板垣氏のほうが知ってるのは変じゃないですか？」

言われてみれば、と無量も考えを巡らせた。

「逆とか。板垣少佐が刀剣を手に入れるために陶管に隠した。それに気づいた山下さんたちが刀剣を守ろうとして、その陶管ごと持ち出して防空壕に隠したんじゃね？」

「その後わざわざ防空壕を封鎖までして？　余計怪しまれません？」

ソンジュは違和感を抱いている。実は無量も同じだった。どちらの言い分も、何かそのまま受け止めてはいけないものがあるようだ、と。

そもそも、この陶管の中にある刀剣は、いったい何なのか。

山下によれば「家康公ゆかりの門外不出の宝剣」だというが。

「少し、調べてみたほうがいいんじゃないですか」

とソンジュが言った。

「手伝いますよ」

いたずらっぽい目で覗き込んでくる。無量はツンとそっぽを向き、

「いい。そういうの俺らの仕事じゃないし」

「そんなこと言わないで、いっしょに調べましょうよう」

身をよじって無量の腕をひっぱる。ミゲルやさくらともちがう独特の人なつっこさで距離を詰めてくるソンジュに、無量は手を焼いている。しまいには子供のような甘え声でせがむので断り切れなくなった。

「なら決まり。明日から休みだし」

「でもどっから調べるんだよ」

「めっちゃ手がかりがあるじゃないですか。これですよ、これ」

ソンジュが指さしたのは陶管の製造番号だ。製造元から調べるつもりか？

いくらなんでもそれは、と無量は及び腰になったが、ソンジュはもうお出かけ気分で電車の時間まで調べている。

「名鉄《めいてつ》名古屋駅の南口改札んとこに八時集合でどうですか」

押しの強さに無量は勝てなかった。

そんな経緯を萌絵に電話で伝えたところ、

『私も行く』

「は？　なんでそうなる？」

萌絵はまだ名古屋にいた。一時間後の新幹線で帰るつもりだったが、急遽《きゅうきょ》とりやめてビジネスホテルを取ると言い出した。

「目当てはソンジュか。そうだろ」

『西原くんのマネージャーとしてです。大体、名刺も持たない怪しい男子ふたりがいきなり押しかけて、昔のとはいえ顧客情報を簡単に教えてもらえるとでも思うの？』

一理ある。カメケンも業種こそ派遣業だが、一応「発掘」の二文字がついているし、親会社が大手建設会社ということで社会的信用度は（ふたりよりは）確かと言える。

そんなこんなで萌絵も同行することになった。

「まったく、どいつもこいつも……」

無量は陶管を見下ろして、また真顔に戻る。

漆喰《しっくい》の蓋《ふた》があるため、中身はまだ取り出せないが。

「尾張徳川の宝剣……か」

屋根を打つ雨音が響いている。

無量はしゃがみこむと、冷たく横たわる陶管に手をあてて、恐竜の卵でも聴診するように耳を押し当てた。

＊

名古屋駅前は帰宅時間とあって、ひとでごった返していた。

円筒状にそびえ立つ高層ビルの下には傘の花がいくつも開いている。信号が点滅し、足早に横断歩道を渡っていく。華やかなブランドロゴを照らす明かりが、濡《ぬ》れた路面に反射している。

高層階にあるカフェの窓際で、駅前の雑踏を見下ろしながら珈琲《コーヒー》を飲む男がいる。頭上から「お疲れ様です」と声をかけられて顔をあげた。

「だいぶ待ちました？」

と男の顔を覗《のぞ》き込んだのは、ソンジュだった。

傘が濡れていないところを見ると地下からあがってきたらしい。

「いや、さっき来たところだよ」

待ち合わせ相手は、ソンジュよりいくらか年上とみえる。秋らしいカーキのテーラードジャケットを白Tシャツの上にさらりと羽織ったその男は、ノートパソコンをたたんでテーブルにスペースを作った。ソンジュは荷物をおろし「腹減った」とハンバーグプレートを頼んだ。

「お疲れさま。今日の作業は外かい？」

「屋内。ちょっとの雨なら作業したいけど、まあ、濡れると着替えが面倒だし」

ソンジュは背もたれに腕をかけ、大きなあくびをした。男は苦笑いを浮かべ、両手を組んで身を乗り出し、

「そっちの様子はどうだい？」

「ずいぶんお近づきにはなれたと思うよ。さすが『宝物発掘師《トレジャー・ディガー》』……と言いたいところだけど、今のところはまだそんな。ちょっと手際のいい作業員て感じかな。あれが〝世紀の捏造事件〟を起こした西原瑛一朗《えいいちろう》の、孫、ねぇ……」

ソンジュは頬杖をついて、少し遠い目になり、

「……まあ、祖父に苦労させられた孫の気持ちは、多少、わからないでもないかな」

「朝から大変だったね。作業状況を聞かせてくれ」

お冷やを一気に飲んで、ソンジュは今日までの出来事を語って聞かせた。

ジャケットの男は珈琲を飲みながら、黙って聞いていた。

「そうだ。例のカメケンのひとにも会ったよ。永倉《ながくら》さんだっけ。バカ強いっていうから筋肉ゴリラみたいなの想像してたのに、普通でびっくりした」

「その〝普通〟な見た目から、あきれるほどの格闘術を繰り出すんだよ」

「僕とどっちが強いかな」

痩《や》せの大食いを地で行くソンジュはハンバーグだけでは足りずドリアまで注文する。

食べっぷりに感心しながら、男は言った。

「君の報告によると、今のところ〈鬼の手〉はまだ本領発揮とまではいってないようだ」

「……いまいち想像できないな。手が遺物を感じ取るなんて」

ソンジュは氷の入ったラテをストローでカラカラとかきまぜる。

「実際立ち会ってみればわかるさ。君も」

何度も見てきたような口ぶりに、ソンジュは機嫌を損ねたのか、これみよがしに投げ出した脚を組み替えた。

「ヤケドとか言ってたけど、手にセンサーでも埋め込んでるんじゃない？」

「それはないな」

「その筋の専門家に聞くと、脳にチップ埋め込む技術はもう完成してて臨床試験段階だって。それがほんとなら、もう誰でも〈鬼の手〉になれるってことでしょ。ちがう？」

それまで温厚だった男の眼差《まなざ》しが突然、白刃のように殺気を帯びた。

ソンジュはヒュッと竦《すく》み、ごまかすように慌ててラテを飲み干した。

「……一言多かったです。すみません」

「それより、どうするんだい。陶管の件は」

「一緒に調べることにしました。常滑《とこなめ》にまだ製造元があるっていうんで」

それでいい、と答えて、男は冷めた珈琲を飲んだ。

「発掘以外で妙な騒ぎになられても困る」

「確かに。外野に横槍《よこやり》を入れられても面倒なだけですからね」

ソンジュは上目遣いに笑みを浮かべた。

「誰が本当の top of the excavator（遺跡発掘師の頂点）なのか、証明するのが僕のつとめですから。安心してください、マネージャー。この僕が西原無量を凌《しの》ぐナンバーワンだと、上の人たちを必ず納得させてみせますよ」

「その意気だ、ｓｅｏｎ」

と言い、端整な顔を伏せると前髪の束がはらりと額に落ちた。

長い指を顔の前で組み、色素の薄い瞳《ひとみ》を細めて言った。

「期待しているよ。〝真の宝物発掘師《リアル・トレジャー・ディガー》〟」

第三章　救国のマルロ

常滑《とこなめ》は古くからの焼き物の町だ。

名古屋から名鉄特急で三十分ほど。もうひと駅乗れば、中部《ちゅうぶ》国際空港に着く。車窓からは、海に浮かぶ空港へとかかる橋も見えた。

駅の西側にはトイレや洗面台などで有名な会社の大きな工場がある。常滑は戦後、土管の町と呼ばれるほど陶管製造で潤ったが、衛生陶器の製造も盛んで、陶管の需要が減った後も、日本を代表する衛生陶器の生産地として名を馳《は》せている。

無量《むりょう》と萌絵《もえ》とソンジュが向かったのは、駅の東だ。

「来たねー、常滑。ソンジュ君は来たことある？」

「降りたことはないです。中部国際空港《セントレア》から通り過ぎたことはあるけど」

三人が向かうのは陶管の製造元だ。製造番号から出荷先が判明すれば、防空壕《ぼうくうごう》に収まるまでにどういう経路をたどったのかはもちろん「板垣《いたがき》少佐」の正体もわかるかもしれないと考えた。

少し小高い丘の周りには今も常滑焼の窯が多く残っているという。

駅からさほど遠くはないようなので、三人は地図を頼りに陶管の製造元まで散策がてら歩いてみることにした。

「あ、かわいい。猫の焼き物が並んでる」

コンクリートで固めた斜面には、様々な猫モチーフの焼き物が張り付いていて、ちょっとした屋外ギャラリーになっている。

「招き猫が名物なんだね。いろんな御利益の招き猫みたい。こっちは交通安全」

「こっちは合格祈願ですね」

「こっちは……なんじゃこりゃ。禁煙祈願って」

肉球マークがついたたばこの箱が、猫の足跡のように続いている。

「禁煙はどっちかってと本人の意志の問題だと思うけど……」

「神頼みが必要なくらい困難ってことかな？」

陶芸家の趣向を凝らした猫の焼き物を楽しみながら、坂をあがっていく。窯巡りが観光ルートにもなっているようで、丘に続く小道へ入っていくと、坂の上に崩れかけたレンガ作りの石炭窯があった。だいぶ古いものらしく歴史を感じさせる。

「レンガの煙突がある風景か。レトロでいいなあ……」

萌絵がスマホで撮っていると、先を歩いていたソンジュが何かを見つけたらしい。

「これ、陶管じゃないですか？」

無量たちが追いつくと、ソンジュは坂を指さしている。切り通しのようになった斜面にみっしりと陶管が張り付いているではないか。

「土管坂《どかんざか》だって。高遠《たかとお》さんが言ってたのはこれか？」

「足下に埋まってる敷石もそうじゃない？　レンガかと思ったけど、これ陶管でしょ」

「二次利用されまくってんな」

土管の町は健在ということか。入り組んだ細道を行ったり来たりしながら、坂を下っていき、三人はようやく目的の住所にたどり着いた。

「丸丁のマーク……ここだ」

陶芸工房が集まっていた場所からは、少し離れたところにあった。古い建て構えの工場の一角にギャラリーがある。玄関には看板がかかっている。とても凝ったモザイクタイルの美しい看板で「原山《はらやま》製陶株式会社」と書かれてある。

「ごめんください」

扉を開けると、幾何学模様のクリンカータイルを張った床が目に飛び込んできた。奥が作業所になっていて、手前がギャラリーだ。棚にたくさんの焼き物が並んでいる。粗い土の表面がなんとも渋い大皿や色とりどりの取り皿、カップやお碗《わん》、急須《きゅうす》もある。どれもひとつひとつ色も形もちがう一品ものばかりだ。興味津々で見ていると、

「いらっしゃいませ」

と奥から四、五十代の小柄な女性が現れた。

「どうぞ、ご自由に見ていってくださいな」

「あ、あのう……」

「あ！　その急須、おばあちゃんちにもありました」

ソンジュがテーブルに置かれた赤茶色の急須に興奮した。

「これは朱泥の急須です。常滑《とこなめ》の名産でお茶がまろやかになると評判なんです」

「へえ……」

「そこにあるのが朱泥の陶土です」

作業所の壁に赤い粘土の塊が大きなサイコロのように積んである。ろくろの上にある土を触らせてもらえた。

「赤土ってことは鉄分が多いんですかね」

「よくご存じですね。その通りです。いまお茶煎《い》れますから、どうぞ味見していってください」

エプロンの女性と入れ替わりに、頭にタオルをまいたTシャツ姿の男性が現れた。無量が大皿を見ていると横に来て、

「自然釉《しぜんゆう》を生かした皿です。焼いてる間に灰が溶けて緑色になるんですよ」

「こういう感じの皿、平泉《ひらいずみ》の遺跡で見たことあります。甕《かめ》とか経筒入れる壺《つぼ》とか、それこそ日本中から出てくる。このゴツゴツした粗い粒の土が特徴なんすよね」

男性はパッと目を輝かせ、「そうなんだよ」と言い、

「土そのものの手触りが残るこの無骨な味わいが常滑焼の良さなんですよ。ただ、ここ

の土は昔から食器にはあまり向いとらんと言われとってね。逆にこの粗野な感触が、ぬくもりがあっていいと僕は思うんだけど」

「あと頑丈そうっすね。それで甕なんすか」

「大昔の伊勢湾《いせわん》は東海湖っていう淡水湖で、そこに堆積《たいせき》したのが常滑《とこなめ》の土なんだ。低温でもよく焼きしまって水漏れが少ないから、水を貯めとく大きな甕や壺にぴったりだった。丘陵地で谷が多いし、燃料になる木も豊富だし、粘土は山からでも畑からでもいくらでもとれる。海に面していて大甕でも簡単に船に載せられるから、遠くに運べる」

「いいこと尽くしっすね」

おっとっと、と男性は口を塞《ふさ》いだ。

「ついうんちくが多くなってしまって」

「どうぞ皆さん、お茶を飲み比べてみて」

小さな湯飲みがふたつずつ、無量たちの前に並べられた。朱泥の急須と磁器の急須で煎れたお茶だという。一口ずつ飲み比べ、

「……あ、ほんとうだ。朱泥のほうがまろやかですね」

「でしょう？」

「えぐみがなくて、飲みやすい。そうか、酸化鉄だ。土に含まれる酸化鉄がタンニンと反応してるんだ」

そんな言葉がソンジュの口からサラッと出てきたものだから、無量と萌絵は目を丸く

してしまった。ソンジュは慌てて、

「あ、いや、大学の授業で少し」

「観光ですか?」

女性からにこやかに訊《き》かれ、萌絵が名刺を取り出し、

「原山製陶株式会社の方ですよね。私たちこういう者で、伺いたいことがありまして」

すると男女はすぐに合点して、

「高遠さんが言ってた発掘会社の方ですね。社長の原山貢《みつぐ》です。こっちは妻の瞳《ひとみ》」

原山夫妻は高遠と古い顔見知りで、昨夜連絡をもらったという。無量たちが訪問することは伝わっており、詳しい経緯を無量たちから聞いた原山貢は「なるほど」と理解して、調査に快く応じてくれた。

「うちは明治十六年創業で、陶管製造をしていました。いろんな種類の陶管を作ってましたが、特に鉄道陶管が多かったようですね」

奥の壁に古い絵図が額装されて飾られている。創業当時は港の近くにあったようで、おびただしい陶管が外に積まれており、団平船《だんぺいぶね》に載せられて出荷されていく光景が絵図に描かれている。

戦時中も百人以上の職人を抱えていた。戦後、経営拡大で陶管以外にも衛生陶器やタイルなど、様々な製品を手がけるようになり、高度経済成長期にピークを迎えたが、需要の減少により経営が傾き、大手の衛生陶器メーカーに買収された。今は個人経営の

「原山陶芸」として、原山夫妻が手がけた陶芸品のみを扱っている。表の看板は「原山製陶株式会社」時代のもので、父親が記念に残したものだった。

「出土した陶管には、こういう刻印がありまして」

無量がスマホの画像を見せた。丸丁の印が入っている。

「間違いなくうちの店章です。うちの製品だと思います。古い陶管でしたら倉庫にいくつか残してますので、見てみますか？」

今は稼働していない工場が倉庫になっている。昭和三十年代の建築で電気窯などが残っており、摺《す》りガラスの窓にはところどころ養生テープが貼ってある。最盛期には毎日煙を吐き続けた煙突も残っていて、陶管製造が盛んだった昭和の中頃までの気配が染みついている。

「常滑《とこなめ》の土管は固く締まっているので、全国から注文が来たそうですよ」

一口に陶管と言っても様々だ。枝分かれしたエダツキカン、U字形のトクシュドカン……。出土したのと同じ、まっすぐな筒に接合部がついているものはナミドカンと呼ばれていた。

「この四角い陶管はなんですか。中が十字に仕切られてる」

「多孔陶管です。電纜《でんらん》管とも言って、電気ケーブルを地下に通す時に使われました」

今でも空港や高速道路のトンネルなどで使われている。セラミックは燃えない上に強度が高く、火事や水害などから電気ケーブルを安全に守ることができるのだという。

「あの白い四角い箱はなんですか？　バスタブ？」

ソンジュが聞いた。ひとが入れそうな大きさの容器だ。

「中が仕切られてますね」

「それは電解槽ですね。化学工場で使われた」

酸に強い「耐酸炻器《たいさんせっき》」と呼ばれるものだ。明治創業の製陶会社は様々な製品を扱っていたようだ。

萌絵たちが製品のレパートリーに興味津々となっている中、無量はひとり、ナミドカンの前にしゃがみこみ、熱心に観察している。ソンジュも気がついて、

「それ、出土した陶管と似てますね」

「口径も長さも同じだわ」

巻き尺で確認して、ソケット部を覗《のぞ》き込んでいる。

「……でも製造番号は入ってないな。原山さん、これっていつ頃の製品ですか」

「多分、昭和の……戦前か戦中くらいのものだと思います」

「製造番号は入ってませんね」

「昔の製品にはないですよ。うちで番号を入れ始めたのは管種が増えて製品管理が厳しくなってきた昭和の終わり頃だったかと」

だが刻印されたのは「製造番号」ではなく「製品番号」（規格ごとに振られた番号）で、個々の製品に番号が割り振られるようになったのは、だいぶ最近ではないかという。

「では、この番号はなんでしょう」

と無量は再度、出土陶管の写真を見せた。土管同士を接合するソケット部分に「丙2567」と刻印してある。瞳は首をかしげて、

「なんの番号でしょう。店章は確かにうちのですけど、こういう番号は見たことないですね。とうせい番号かな？」

「陶製品の番号……？」

「いえ、戦時中の統制品のほうです」

当時は政府が品物の価格を一律に決めて（公定価格）、会社ごとの自由な販売に制限をかけていた。品目の数は十万点にも及んだという。

「常滑《とこなめ》では統制陶器の裏に『生産者表示記号』や『工場番号』なんかを入れなきゃいけなくて、うちにも割り振られてましたけど、こんな数字ではなかったですね」

資料室から持ってきてくれた戦時中の統制品の茶碗《ちゃわん》には、裏に「常204」という番号と「Ⓣ」の店章が入っている。

「でもこれは〝統制陶器〟のほうだから、陶管のほうがどうなっていたかは……。入れたとすれば同じ工場番号だったはずです」

「なら、あの陶管の番号はなんすかねえ……」

無量は腕組みをして考え込んでしまう。

「帳簿のほうに何か手がかりがあるかな」

「帳簿でしたら今も資料室に保管してあります。見てみますか」

かつての工場の事務室が今は資料室になっている。中に入って驚いた。

「これ全部ですか」

資料室には書棚が並んでいて木箱と段ボール箱がぎっしり詰め込まれている。案内した原山瞳がにっこりと「そうです」と答えた。

「年代順に分類はされてると思いますが、整理しきれてないものもあるので、何かわからないことがあったら声かけてください」

「自由に見ていいんですか」

「もちろん。常滑の歴史や陶器の研究をされてる方がよく資料探しに来たりしてますよ。お役に立てるならいくらでも。どうぞごゆっくり」

無量たちは呆然《ぼうぜん》とした。どこから手をつけたらいいのやら。

木箱には一応、年代が書かれている。

「とりあえず、終戦前の――〝昭和二十年〟以前のものを遡《さかのぼ》って見てくか。……ソンジュ、日本語は読めんの？」

「くずし字以外なら」

三人は保存箱をチェックして昭和前期のものをピックアップした。さっそく帳簿を開いてみたが、瞳が言っていた通り、製造番号のような数字は見当たらない。品名、規格、数量、価格、金額、出荷先くらいだ。

「うーん……。とりあえず、陶管だけでも地道にピックアップしてみるか」

「規格欄の英数字が製品番号だと思うから、例の陶管と規格を照合してみるのはどう？」

原山夫妻に訊《たず》ねてみると、当時の製品カタログが残っているという。宣伝資料の中から出てきたのは昭和十二年のカタログだ。表紙には「陶管型録」という四文字が右から横書きされている。めくると、種類の違う陶管をひとつひとつ写した白黒写真の下に、サイズと製品番号が書かれている。

「これかな。Ｂ－３番」

無量に伝え、帳簿の表記がある中から、さらに絞り込んだ。

「出荷した最後の日付は、昭和十九年六月……か」

「てか、昭和十九年八月以降のものには、品名の前に全部、同じ記号がついてますね」

〇の中に「呂」と記されている。

何かの店章だろうか。

記号の下には「吸収塔」「硫安分離器」「酸分離器」「貯槽」「配管パイプ」……などと書いてある。

「出荷先は〝太平洋レーヨン〟〝帝民三原《みはら》〟〝東海紡績〟——繊維工場かな」

「〝大正電工〟〝鳥取化学〟……化学工場もあるっぽいけど」

再び原山夫妻に訊ねてみると、今度は夫の貢が答えた。

「ああ……、それはマルロですね」

「マルロ？」

「軍需製品の名前です。この頃から終戦までの一年間は、出荷したものはほぼマルロばかりですよ。うちだけじゃないです。たぶん、常滑の製陶所はほとんどマルロを作ってたと思いますよ」

無量たちはますます首をかしげてしまう。

「なんでも海軍から直々に要請があった緊急品だったそうで、マルロというのも秘匿名なんです」

「秘匿名？　暗号ってことですか？　軍事機密に関わることだったと？」

はい、と貢は頭のタオルをとってうなずいた。

「うちも要請を受けて、受注してた品を全部キャンセルしてマルロ製造に切り替えたって聞いてます。常滑の製陶所総出だったので終戦までマルロ一色だったとか」

「なんなんですか、そのマルロというのは」

「何かの薬品の名前だと聞いてます。それを製造する工場の〝陶器製の製造設備〟をうちでも作っていたと」

軍事機密と聞いて、無量たちの表情も硬くなった。貢は「自分はあまり詳しくないので」と顎《あご》に手を添えて考えを巡らし、

「父なら知ってるかも。詳しい話が聞きたければ、連絡をとってみますけど」

ただ出土した陶管と直接関係があるという事実も特にない。必要があれば、ということで一旦《いったん》保留となった。

引き続き、無量たちが陶管の出荷先について数時間調べたが、なかなか絞り込めず、手がかりにつながらない。ため息をつき、

「やっぱ帳簿を見ただけじゃ追跡はできないか……」

とあきらめかけた時、萌絵がふと「……帳簿以外かぁ」と呟《つぶや》いた。そして何を思ったか、先ほどのカタログが入っていた箱を再びあさり始めた。

「どうした？　永倉《ながくら》」

「うん、発注書とか受注書の控が残ってなかったかな、と思って」

なるほど、と無量たちは他にもずらりと並んだ箱をおろしてきて、ひとつひとつ調べてみることにした。あいにく当時のものは残っていなかったのだが、

「こんなのありましたけど」

ソンジュが見つけたのは古い手帳の束だ。私物のようで、黒革の表紙を開いてみると、日付の下にちょこちょことメモが書かれている。当時の社長——貢の祖父・壮吉《そうきち》が記したものらしい。

無量たちは手分けしてチェックしてみた。

「昭和十九年の秋あたりから、マルロが結構出てくるな」

マルロ関係の動きが激しかった証拠だ。

「〝九月二十日。軍需局ヨリ㊂製造ノ要請アリ〟〝特薬部ノ長谷川《はせがわ》大尉来ル。工員不足ニヨル㊂納品遅レニ附イテ。増員約束〟」

秋に入ると頻繁に「㊂《マルロ》」が出てくる。

原山製陶の製造ラインは急速にマルロ関係一本になっていく様子が如実にうかがえる。工員を増やしてもまだ製造が追いつかず、社を挙げて奮闘している。そんな状況は原山製陶だけではなかったらしい。出荷先の工場の数から見ても、当時の軍需局がマルロ製造にどれだけ力を注ぎ込んだかがわかる。

「〝十月十五日。㊂製造ハ戦局ヲ突破スル切り札ナリ。㊂ハ皇国ノ夢ナリ。希望ナリ。油ナキ国日本ガ　油ニ代ワル無尽蔵ノ燃料ヲ得ルタメ、常滑ノ製陶会社ハ一丸トナルベシ〟」

思わず無量たちは顔を見合わせてしまった。

「なんか、すごいこと書いてあるな」

「マルロは皇国の夢で希望？」

「秘匿名を使うくらいの軍事機密だからな。しかし〝無尽蔵の燃料〟って」

メモに記された「油ナキ国」の「油」とは「石油」のことだろう。当時の日本にとって燃料の確保は喫緊の問題だった。日本軍の南部仏領インドシナへの進駐に対し、アメリカが日本への経済制裁として石油輸出を禁止したことにより、日本は燃料の確保が極めて難しくなり、いわゆる「じり貧」状態になっていった。「ガソリン一滴、血の一滴」

という戦時標語のもと、国民には燃料節約が呼びかけられ、戦争継続のためにも軍は燃料獲得になりふりかまっていられなくなっていた頃だ。

「……石油に代わる燃料の製造法が見つかったってことかな」

萌絵はごくりと喉《のど》を鳴らし、

「石油に代わるって……よっぽどじゃない？」

「軍事機密になるくらいだしな。なんなんだ、マルロって」

別の手帳を見ていたソンジュが、あるページで手を止めた。

「見てください、ここ」

昭和十九年十二月、と記されている。

「〝七日ノ地震ニヨル当社被害。煙突一基倒壊、窯二基損壊〟……なんか大きな地震が起きたみたいだけど」

「もしかして、昭和十九年の東南海地震じゃないかな」

萌絵には聞いた覚えがあった。

「戦時中で報道管制が敷かれて新聞とかの扱いも小さかったけど、大変な被害が出てたって話を聞いたことが」

原山製陶の被害も大きかったようで、手帳にはその時の混乱した様子が手短に書き留められている。ソンジュが指さしたのは、地震発生から一週間後のあたりだ。

「〝軍需局ヨリ被害視察。板垣少佐ヨリ工場長ニ指示アリ〟」

「板垣少佐？　それって陶管の持ち主だって名乗り出た、あの板垣辰五郎《たつごろう》さん？」

——その人は泥棒です。板垣少佐は中の宝物を盗むつもりなんですわ！

山下明代《やましたあきよ》は「板垣辰五郎」のことを「板垣少佐」と呼んでいた。

メモには下の名前は書いていないが、まさか同一人物だろうか。

「偶然ってこともあるかも」

「あれ？　これって」

ページをめくっていたソンジュが、手を止めた。

次のページが一枚、破り取られている。

目をこらすと、その次のページにうっすらと筆圧で残った文字が見える。

「これ、丙２５……って読めませんか」

万年筆の先を強く押しつけた殴り書きのような痕がある。

無量は光源を利用して紙の表面に凹凸の影ができるように手帳を傾けてみた。確かに文字が書いてある。「丙２５６□□」、その下の行は「↓板□」と読めそうだ（□は判読不明の筆痕がある部分だ）。

「〝板〟……板垣？」

メモして破いた、ということは、誰かにそのページを渡したということだろうか。

陶管に記されていた数字は「丙２５６０７」。

「……やっぱり、詳しく聞いてみたほうがよさそうだな」

無量たちは原山の父に会ってみることにした。

＊

原山の父・武《たけし》は、常滑《とこなめ》の高台にある古い家に住んでいる。明日改めて訪問する約束をとりつけ、無量たちは一旦出直すことになった。

原山夫妻に勧められた駅前の餅《もち》カフェで遅い昼食をとることにした。空腹になりすぎて頭が働かなくなってしまった三人に、焼いた餅はごちそうだった。なんでも常滑は昔から大型陶器を運ぶ荷役職人が多く、餅はふところに入る大きさで腹持ちのいいファストフードだったため、餅屋も多かったという。焼いた表面はカリカリ中は柔らかくよく伸びて、種類もよもぎ餅、明太子《めんたいこ》餅……と飽きることがない。おいしいおいしいと食べ続け、気がつけば三人で二十枚も平らげている。それでも足らずに、無量とソンジュは雑煮まで追加する有様だ。

「ふたりともよく食べるね」

萌絵もお茶を飲みながら、あきれている。まるで大食い選手権だ。

「……忍《しのぶ》がいなくなってから、ろくなもん食ってなかったし」

無量は遠い目をしてしまう。忍から教えてもらっただし巻き玉子も、まだ一度も作っていない。作る気にもなれない。ソンジュが反応し、

「誰なんですか。忍って。彼女さん？」

「男。俺の元同居人」

「相良《さがら》忍さんって言って、ついこの間までうちの事務所で働いてたの。すごく有能で優しくて素敵な人だったんだけど」

ふーん、とソンジュは汁をすすった。

「仲良かったんですか」

「そりゃあもう。西原《さいばら》くんとは幼なじみだもんね」

幼なじみ？　とソンジュは怪訝《けげん》そうに目を上げた。

「というか、ほぼ兄弟。相良さんがお兄ちゃんで、西原くんが甘えん坊の弟」

「甘えん坊は余計」

「へえ、そうだったんだ。……知らなかったな」

真顔で呟いたソンジュに「え？」と萌絵が聞き返した。ソンジュは慌てて口角を上げ、

「あ、無量さんが甘えん坊なんて意外だなって思って」

「ちがうって」

「ソンジュくんは兄弟いるの？」

萌絵に問われてソンジュは不意に笑顔を消し、

「うちは……兄がいました」

「いました？　って、もしかして」

「僕が子供の頃に……」

萌絵は察して「ごめんなさい」と謝った。ソンジュは首を横に振り、

「そのお兄さんみたいな人、なんでやめたんです？　職場に不満でも？」

「じゃなくて他に目標ができたみたい。きっと私なんかよりずっと頼もしくて実現力のある発掘コーディネーターになれたと思うんだけどね……」

淋《さび》しそうな萌絵をソンジュはやけに明晰《めいせき》そうな眼差《まなざ》しで見つめている。

「……そう。残念ですね」

そんなソンジュを今度は無量が観察している。そして雑煮の餅に嚙《か》みついた。

「やっぱ全然似てねーわ」

はい？　とソンジュが首をかしげた。

無量のスマホにメッセージが着信したのはそのときだった。

柳生《やぎゅう》からだった。画面を見た無量は思わず文面を二度見した。

「なにこれ。うそでしょ」

「どうしたの？」

「作業所の保管庫に不法侵入があったって」

萌絵とソンジュも緊迫した。──不法侵入？

今日は休みで作業所も閉まっていたはずだ。無量は店の外に出て直接電話でやりとりした。柳生によると、休日出勤していた高遠が保管庫で怪しい侵入者と鉢合わせしてし

まったという。

「高遠さん、大丈夫ですか？　けがとかは」

幸い危害を加えられることはなかった。不審者はすぐに逃げていったという。

「空き巣？　でも土器とか茶碗《ちゃわん》のかけらぐらいしかないっすよね」

作業所には金目のものはない。現金も置いていないし、窃盗に入ったところで金になるようなものは何もないはずだが。

『マニアの土器泥棒かもな。盗まれたものがないか、確認中だ。ただ、そいつの恰好《かっこう》が少し妙で――』

柳生の話を聞いて、無量は驚いた。

「軍服？　軍服着てたんですか？　え、自衛隊のひと？」

『いや、それが旧陸軍の将校服に見えたって』

ますます奇妙だ。店に戻って萌絵とソンジュにも話したら、ふたりとも理解が追いつかなかったのか、困惑して、

「なにそれ。コスプレ？」

「年齢は二、三十代で、しかも陶管のそばにいたらしい」

「やば。それ将校の霊だよ。陶管の中の刀を取り返しに来たんじゃ」

萌絵がおろおろしている間に無量は会計の支度をしている。

「とりあえず今から作業所に行くけど、おまえたちどうする？」

もちろん、萌絵とソンジュも一緒に行くことになった。電車で名古屋に戻り、亀石建設発掘事業部の作業所に駆けつける。柳生も先に到着していた。パトカーが一台来ていて高遠から事情を聞いているようだった。大量の土器片があるのでひとつひとつ確認していたら大変な労力になるが、幸い、目立つ出土品でなくなっているものはなかった。

が――。

「陶管の蓋《ふた》が……」

筒口を固めた漆喰《しっくい》に、昨日までなかったヒビが入っている。

「蓋を壊そうとしたのか。まさか」

「すみません。私がついいつもの癖で施錠しなかったばかりに」

高遠はすまなそうにしている。平日は外の洗浄場と作業所の行き来が多いので通用口には鍵《かぎ》をかけていなかったという。

「監視カメラはどうすか」

それが何も映っていなかった。

無量たちは顔を見合わせてしまった。作業所の前には駐車場があり、その先に表門がある。カメラが設置してあったが、高遠以外は誰も出入りしていない。

「裏の窓の鍵がひとつ開いてるって」

事情を聞かれていた柳生が戻ってきた。鑑識の警察官も鍵付近の指紋をとっている。

「不審者はそこから出てったみたいです」

だがすぐ後ろには高い塀がある。簡単には乗り越えられそうにない。

「追いかけて外を見たけど、影も形もありませんでした。本当に煙のように消えてしまったんです」

はしごのようなものもなかった。高遠は狐につままれた気分だったという。

「軍帽までかぶって、昔の青年将校って感じでした」

背恰好からしても年配ではない。

「よく二・二六事件の再現ドラマとかに出てきそうな」

「やっぱりコスプレイヤーかな」

「幽霊だよ、きっと」

「私が見つけた時、陶管のそばにしゃがんで筒口を覗《のぞ》き込むような恰好してました。こんなふうに」

自ら再現してみせる。手には工具らしきものがあり、漆喰の蓋のヒビはその男がやったものらしい。高遠に見つかって作業をやめ、脱兎《だっと》のごとく逃げたという。

「やっぱり目的は陶管の中の刀」

「でもそのひと若かったんですよね？　死んだ軍人の霊魂を刀が呼んじゃったんじゃ……」

んなわけあるか、と無量が一蹴《いっしゅう》した。その「青年将校」の特徴を訊《たず》ねると、高遠はホワイトボードに慣れた手つきでさらさらと絵を描きだした。

「えっ！　うま！」

少年誌の人気漫画そっくりの画風で描かれた似顔絵に、無量たちは別の意味で目が釘付《くぎづ》けになってしまった。高遠はコミケ歴二十年の筋金入り同人作家だった。

「こんな感じですかね」

「めっちゃ最初に悪役っぽく出てきて後で主人公の味方になる、無口な凄腕《すごうで》クールキャラじゃないですか」

「キャラ分析はいいから」

漫画タッチで多少デフォルメされているため、かえって特徴がわかりやすい。面長で筋肉質の痩軀《そうく》、目は切れ長で襟足がすっきりした短髪。七頭身はありそうだ。

「陸上選手とかボクサーとかにいそうな細身のスポーツマン系に見えました。あと軍服も、新しくしつらえた感じじゃなかったですね。着古してくたびれていた気が」

さすが同人歴二十年の観察眼だ。

「やっぱり霊じゃないかな。カメラにも映らなかったし」

「軍服なんて古着屋とかオークションサイトでも手に入るぞ。……ちなみに肩章とかは見えましたか？」

「黄色地に赤線が入ってたような。星の数まではわかりませんでした」

「板垣少佐」

とソンジュが横から口をはさんだ。

「……って可能性はないですかね」

「いくらなんでもそれは。だって本人が存命だとしても、もう百歳超えてるぞ」

「じゃあ、板垣少佐の身内？　ひ孫とか」

蓋に穴を開けようとしたのは中身の刀剣を取り出すためだろう。目的は刀剣とみて間違いない。

だが、なんのために？

「板垣辰五郎と名乗って電話をかけてきた人が、自分が所有者と証明するのが難しいとわかって勝手に持ち去ろうとしたのかも」

それだけかな、と無量が呟《つぶや》いた。

「俺たちに中を開けられたらまずいと思ったとか。公にされたら困る刀剣で、人目に触れる前に回収しようとしたとか」

「公にできない剣って、なんです？」

「わかんね」

何より、刀を持ち出すのにわざわざ軍服を着る理由がわからない。

「コスプレイヤーでなければ、やっぱり霊のしわざだな」

「十兵衛《じゅうべえ》さんまで」

刀剣を取り出すのに失敗した不審者は、またやってくるかもしれない。このまま置いておくのは心許《こころもと》ない。警備上の不安もあるため、急遽《きゅうきょ》、弥富《やとみ》にある県の埋蔵文化財センターの保管庫に置かせてもらうことになった。無量たちは移動作業を手伝い、結局ホテルに戻ったのは夜八時をまわるころだった。

「こんな時、忍がいてくれたら……」

夕食をとるため入った居酒屋で、無量は深いため息をついた。忍なら持ち前の分析力と頭の回転の速さで、陶管の謎を暴いてくれたはずだろうに。

「どっから手ぇつけていいか、さっぱり見当つかないわ」

「同感。私たちに足りないのは探偵力ってことが、よーくわかったよね」

萌絵も途方にくれている。手羽先の骨をねじってとりながら、

「尾張徳川家の名古屋城にあった家康ゆかりの刀だって山下さん言ってたけど、そこまでして手に入れたいほど、価値のある刀剣なのかな」

無量の脳裏にあるのは「丙25607」という番号だ。破り取られたメモに書いてあったのが、まぎれもなくあの陶管の番号だったとしたら……。

なぜ原山製陶の当時の社長は番号を書き留めたのか。メモにあった「板垣少佐」とは、山下明代から「泥棒」だと言われたあの「板垣少佐」と同一人物なのだろうか。

マルロなる「石油に代わる新燃料」と、徳川家ゆかりの刀剣。

まったく結びつかない。真相にたどりつける気がしない。

「俺たちだけで、……か」

無量の心に忍の不在がますます重くのしかかってくる。

緑茶ハイが苦い。

*

翌日、萌絵は無量と別行動をとることになった。

――私、山下さんに詳しい話を聞いてみる。

山下明代の亡き父が真相を知っていたのはまちがいない。伝え聞いた話から「刀剣の正体」の手がかりを得ようと思い立ち、萌絵は明代と会うことになった。

一方の無量は、昨日と同じ名鉄乗り場でソンジュと落ち合った。

「あのメモにあった軍需局というのは、海軍の軍需局のことですね」

名鉄特急の座席で、ソンジュがネットで調べたという内容を伝えてきた。

「マルロのロは、どうやらロケットのことみたいですよ」

「ロケット？　戦時中に？」

目を丸くした無量に、ソンジュはグミを口に放り込みながら、

「ロケットエンジンによる新型戦闘機を作ろうとしてたようです。高高度から爆撃してくるB29に対抗するため、一万メートルで戦える性能の戦闘機を開発しようとしてたとか。その燃料の製造に必要な設備を作るために、常滑だけでなく各地の製陶業者が駆り出されたって」

無量はぽかんとしてしまった。レシプロエンジンの零戦《ゼロせん》で戦っていた時代にロケット

戦闘機とは……。

「夢物語っぽいけど」

「そうでもないですよ。ドイツではすでに世界初の液体燃料ロケット戦闘機の開発を成功させてましたし、V1とV2というロケット兵器でもロンドンを襲ってる。そのドイツから技術供与があったようですね。ちなみにドイツのロケット戦闘機はたった三分三十秒で高度一万メートルに達したそうです」

日本の陸海軍からすれば、喉《のど》から手が出るほど欲しかった技術だろう。当時の零戦ではその高さに達するまでベテランでも四十分かかったという。B29と互角に戦うにはこれだけの性能が必要だと考えたのだ。

「ただ、その資料をドイツから日本に持ってくるだけでも一苦労で、ふたりの将校がドイツに取りに赴いたんだけど、ひとりが乗った潜水艦は撃沈。もうひとりが命からがらどうにか持ち帰った資料も、設計図なんていいもんじゃなくて、とても僅《わず》かな資料から、復元して国産化しようとしたと。そのロケット戦闘機に関わる秘匿名が『呂號《ろごう》』、その表記が『㊀《マルロ》』だったようです」

「マルロのロはロケットのロだったわけか。つまりロケット燃料を作ろうと」

「推進剤ですよね。濃縮した過酸化水素。でも当時の日本では燃料に必要な八十パーセント濃縮できる製造方法はまだ確立してなかった。……とはいえ、石油とちがって過酸化水素は工場で作れる。空気と水と電気さえあれば、いくらでも。それこそ無尽蔵に作れると思えたんでしょうね。資源の乏しい日本にとっては、まさに起死回生、救国の動力源だと受け止められたんじゃないかな」

「救国の動力源……」

「ちなみにV2ロケットの推進剤はエタノール混合液と液体酸素ですけどね」

そんな情報が次から次へと出てくる。この感じがやっぱり忍と似ている。無量がじぃっとソンジュの顔を見つめ始めたので、ソンジュは上体を引き、

「なんですか。じろじろと」

「いや。昨日話した幼なじみも、今のおまえみたいにどっからか情報ゲットしてきて、すらすらーってうんちく話したりしたもんだから」

どきっとしたようにソンジュが顔を引きつらせた。

「つか、なんなのおまえ。陶器片洗ったそばからパズルみたいに並べてみたり」

「……ああ、あれは。僕、一度見たものを記憶するの得意で」

ソンジュはなんということもない顔をして、

「パズルのピースを一個ずつ覚えて、頭の中でパズル完成させる訓練とかしてきたものだから」

無量は目が点になった。

「なにその訓練」

「やりませんでした？　幼稚園とかで」

「どんな英才教育よ」

やらないかぁ、とソンジュは首を揉《も》んでいる。

ふたりは再び常滑駅に降り立った。駅には原山貢が車で迎えに来てくれていた。貢の父が住む家は、車で二十分ほど行った高台にあった。

「昔は家も工場も海の近くにあったんですけど、伊勢湾台風の高潮で水没してしまいましてね、それで高台に移転したんです」

「史上最強っていわれてる台風っすよね。このへんもやられたんすか」

「海側は大方ね。大量の流木が押し寄せて、あたり一面埋め尽くしたり、水がなかなか引かない〝湛水《たんすい》〟が被害を大きくしたって。名鉄常滑線なんか、全然水が引かない中、かろうじて線路だけが水に浸《つ》からない程度にわずかに高かったもんだから、運転再開を強行したそうだよ」

すかさずソンジュが検索する。まるで電車が湖の上を走っているような古い写真が出てきた。

「昭和三十四年っていう高度経済成長期の好景気まっただ中で。あの台風がなければ、うちも今頃は衛生陶器の大手メーカーになってたかもなあ」

貢は「はは」と眉《まゆ》を下げて笑った。

車は原山家に到着した。見晴らしの良い高台からは伊勢湾が望める。対岸にある四日《よっか》市《いち》のコンビナートや鈴鹿《すずか》の山並みもくっきり見えた。

なかなかの豪邸だ。広い庭と二階建ての日本家屋、その建て構えにはかつて常滑でも指折りの製陶会社として栄えた名残が感じられる。庭には自社製の陶管が並んでいて、大きな甕《かめ》もオブジェのように飾ってあった。

「こちらが父の原山武です」

貢の父とは日当たりの良い一階の居間で対面した。去年脳梗塞《のうこうそく》を患って片麻痺《かたまひ》が残る身だが、元気そのものだという。短く刈ったごま塩頭は昔の職人を思わせ、年齢相応に顔の肉が削《そ》げてはいるが、眼には力がある。一見偏屈そうだったが、無量たちを迎えると「よく来たね」と瞳《ひとみ》を細めてねぎらった。

無量たちはいきさつを語って、戦時中の原山製陶株式会社について訊《たず》ねた。

「マルロというのは、呂號乙薬《ろごうおつやく》を工場で生産するための陶器装置のことだがね」

呂號乙薬とはロケットの推進剤——高濃度の過酸化水素のことだ。

その関連製品の秘匿名がマルロだった。

「あれもマルロのひとつ、呂號大甕だ」

武は庭に置かれた大きな甕を指さした。高さは百七十センチほどある。人ひとり、立ったまま十分入れる大きさの甕は、他の常滑焼と違って白い塗料で塗られていた。下部には陶管とつなぐ穴が開けられている。

「昭和十九年の秋、わしが十四の頃だ。うちでマルロを扱い始めたのは。もちろん、マルロが何を指しとるかは、当時のわしらにはわからんかったが」

常滑の職人たちは、その「呂號乙薬」なるものが何に使われるものなのか、その正体がわからないまま、製造に従事していたのだ。

「ロケット燃料だったとわかったのは、終戦後、だいぶ経ってからだったなあ」

昭和十九年、当時の社長で、武の父(貢の祖父)である原山壮吉は、海軍軍需局に呼び出され、呂號乙薬を製造するための濃縮装置――「マルロ」を生産する要請を受けた。過酸化水素の吸収塔、硫安分離器、酸分離器、貯蔵槽、真空瓶、配管パイプ、電気分解用隔膜などの耐酸陶器のことだ。

マルロがいかに重要なものか、父が従業員に説く姿を、武はよく覚えていた。

「常滑の窯が石油のない大日本帝国に未来の燃料をもたらすと、目をキラキラさせて熱弁しとった。マルロは石油の代わりになる無尽の燃料だ。いずれはすべてがマルロで補えるようになる。そうすれば、まもなく帝国陸海軍の大攻勢が始まる。米国との戦争に勝つか否かは、常滑の窯にかかってる、と」

当時の人々が、救国の燃料にどれだけの期待をかけていたか。

物資は窮乏し、敗色が濃くなってきた日本にとって、それは一縷《いちる》の希望だった。起死回生、一発逆転をかなえる「魔法の燃料」――それがマルロだったのだ。

「……ほれ、海の向こうに四日市の工場群が見えるだろう」

武が庭から望める伊勢湾を指さした。

「あそこに海軍の第二燃料廠《しょう》があった。日本最大の製油所だわ。石油が全く入ってこんくなって開店休業状態だったそこが、呂號乙薬の製造拠点になった。うちからもたくさん納品しとった」

常滑は対岸にあって出荷元としても一番近かったのだ。

「マルロを受注した矢先に東南海大地震が起きて、うちも煙突が倒れたり、窯が壊れたりしたが、すぐに秋田から左官や鳶《とび》が大勢、常滑に駆けつけてくれてなあ、みるみるうちに修理が終わって生産再開したんだわ」

フル生産状態になり、常滑の製陶所はどこもマルロで沸いた。

不足していた石炭も、軍の特薬部がどこからかかき集めてきて、ふんだんに使えるようになった。それどころか、食料や日用雑貨までどんどん入ってきて、常滑の町はひときわ活況を呈したという。

「人手が足らんで働き手をこぞって採用した。わしら学生も加わった。工員寮は大所帯になって皆、雑魚寝《ざこね》。盆も正月ものうて窯の火が落ちることはなかったわ」

煙突から吐き出す煙で青空は見えなかったが、皆が顔を真っ黒にして必死に働いた時代を、武は懐かしそうに目を細めて語った。

だが、昭和二十年に入ると、空襲で多くの軍需工場が狙われるようになった。

四日市の第二燃料廠も攻撃を受けた。

「あれは終戦間際の七月二日のことだ。B29の空襲でな、対岸の燃料廠はパンパン火の玉をあげて真っ赤に燃えとった。わしらはそれをただ丘の上から眺めとった。夜だったで、まるで花火大会でも見とるかのようだった」

名古屋市内にあった多くの軍需工場も空襲の標的にされ、焼け野原になってしまった頃のことだ。

幸い常滑は生き延びて、肝心要《かなめ》の濃縮工場である第二燃料廠が失われた後も、かろうじて生産が続いていた各地の工場に出荷していたが、やがて終戦を迎えた。

「玉音放送のラジオの前で親父はぼう然と座りこんどった。常滑だけでは、にゃあ（ない）。焼き物の名産地でマルロに関わっとったところは他にもあったと思う」

体験者自らが語る言葉には、身をもってその時代を生きた重みがある。それはあたかも「肉体のある言葉」のように無量には感じられた。ネットで得た「情報」だけでは伝わらない、過去の或《あ》る時期を心も体も毎日毎日動かして出てきた言葉だ。無量たちには想像が追いつかないが、確かにそういう現実がこの常滑の地にあったのだ。

「……すごい時代だったんすね」

「そこの天袋にアルバムが入っとるで、見るかい」

貢が脚立にあがって古いアルバムを下ろしてきた。戦時中の古く黄ばんだ白黒写真が数枚残っている。家の庭で撮った家族写真らしきものといっしょに、当時の工場の全景写真もある。終戦後に工員寮で撮った集合写真には、大勢の職人たちに交ざって、白いランニングシャツを着た武の姿もあった。

「隠居のじーさんが写真機持っとって、こっそり、よう撮っとったわ」

多くの軍需工場が空襲で焼けた中で、常滑の製陶工場は難を逃れ、原山製陶も復興のための陶管製造へといち早く舵《かじ》を戻すことができたのだ。

そんな当時の写真の中に一枚、中年男性と軍人がふたりで写っている写真がある。

「これはどなたですか？」

武は老眼鏡をかけて写真を覗《のぞ》き込んだ。

「こっちの国民服は親父だ。まだ四十かそこらだなあ。隣の海軍さんは……ああ、軍需局から来とった長谷川さんだ。こんな写真もあったんだなあ」

メモに名前のあった「長谷川大尉」だ。海軍軍需局の特薬部にいて、常滑でのマルロ生産を担当していたという。

次のページをめくったソンジュが「これは？」と指さした。

「これもご家族ですか」

庭で撮った家族写真だ。青年と子供が写っている。おかっぱの幼児と中学生くらいのいがぐり頭の少年、その後ろには軍服を着た青年がいる。

無量はドキリとした。

その青年は陸軍の軍服を着ている。しかもその背恰好は、昨日、高遠がホワイトボードに描いた不法侵入者の絵とそっくりだったからだ。

「このいがぐり頭はわしで、こっちが妹だ。こっちの軍人さんは」

「もしかして、板垣少佐、という人では！」

いや、と武は首を振った。

「疋田《ひきた》のあんちゃんだ。陸軍の」

武は遠い少年時代を懐かしむように瞳を細めた。

「東京から来た軍人さんで、親父と懇意にしとったで常滑に来ると必ずうちに泊まった。おふくろが『禎吉《ていきち》さん、禎吉さん』ってよう呼んどったわ。気さくなおひとで子供好きで、寝る前に必ずわしらと遊んでくれたりしてなあ」

「何かの任務か何かで？」

「飛行機を作っとる言っとった」

その頃は「父の友人の若い将校」くらいにしか認識していなかった。大人になってから、父親や周りの話を聞いて、ようやく正体を知ったのだ。

「『秋水《しゅうすい》』の製造に携わっとったそうだわ」

秋水？　と無量が聞き返した。

「日本初のロケット戦闘機の名前だ」

ドイツから届いた乏しい資料をもとにして作られた日本初のロケットエンジンを搭載する局地戦闘機の名だった。陸海軍の共同開発で、主に陸軍がロケットエンジンを、海軍は機体を受け持ち、製作は航空機を扱う民間企業が請け負った。

「でも、なんで戦闘機の担当者がここに？」

「……言われてみりゃあ、不思議だな。特薬部のひとならともかく」

燃料の濃縮工場で使う装置を作っていたので、無関係とはいわないが、戦闘機そのものの製造とは関わりないはずだ。

「では、このかたは知ってますか。壮吉さんのメモにあったんですけど」

〝地震の後に板垣少佐から指示あり〟というような一文を無量が見せると、

「板垣少佐は特薬部のひとだわ。陸軍から出向しとったらしい」

燃料開発を受け持つ海軍軍需局の「特薬部」には陸軍からの出向者もいて、板垣少佐は技術将校として製造管理をしていた。資材担当の長谷川大尉とともに常滑にきていたという。ことあるごとに対立していた陸海軍が「呂號乙薬委員会」のもとでひとつのことにあたっていた、というのは極めて珍しい。裏を返せば、戦局がいよいよ厳しく、メンツにこだわっていられる場合ではなくなった、ということだ。

「……でも少佐は、たしか、終戦直後に亡くなったんだわ」

「亡くなった？　病気ですか」

「いや。自殺かもしれん」

武は眉間《みけん》をくもらせた。

「名古屋港に浮かんどったそうな。頭に銃弾を撃ち込んだ痕《あと》があったと」

無量とソンジュも硬い表情になった。

「拳銃自殺《けんじゅう》……」

「まあ、軍人が終戦直後に自殺をはかったという話は珍しくはにゃーでな」

無量は暗澹《あんたん》としてしまったが、ソンジュは冷静で、

「その方の名前は、もしかして板垣辰五郎さんでしたか」

「下の名前まではわからんなあ」

「では、当時のマルロにこういう陶管はありましたか？　製造番号が入っていたんですが」

とスマホを見せる。出土した陶管が写っている。武は首をかしげた。

「細い耐酸パイプは見たことがあるが、これはどうだったかなあ。なにぶんいろいろ作ってたで」

「製造番号はどうですか」

見せたのは「丙25607」というものだ。すると、武がぱっと目を開き、

「ああ、こういうのは入れてたね。うちの耐酸陶管には番号を振ってたよ」

無量とソンジュは「やっぱり」とうなずきあった。あの陶管も「マルロ」のひとつだったのだ。

だが、そうとわかると新たな疑問がわいてくる。

板垣少佐を名乗る人物が、マルロ陶管の中に隠されていた刀剣の所有者だと言い出したのは、どういうことなのか。

山下明代は「板垣辰五郎」のことを「板垣少佐」と呼んでいた。それがもし特薬部の「板垣少佐」と同一人物だとしたら、なぜ、その人物は刀剣を手に入れようとしたのか。

それがなぜ「泥棒」と呼ばれる行為になるのか。

板垣少佐はいったい何をしようとしていたのか。

＊

原山親子は「板垣少佐」について他にも何か記録があるか、調べておくと約束してくれた。

無量とソンジュは常滑駅まで送ってもらい、腹ごしらえのため、またしても餅屋《もちや》を訪れてしまった。庭の見える席で茶を飲みながら一息ついた。

「──……それにしても、マルロは救国の動力源、無尽蔵の燃料か。結局ミラクルは起こらなかったってことだよな」

「まあ、誰だって飛びつきますよね、そんな夢みたい話。でもロケットは今だって時々打ち上げ失敗するほど難しい技術なんですよ。そんな簡単に実現するわけがない」

ソンジュは汁粉をすすりながら、

「結局のところ、日本が植民地政策なんかやらかしたのだって、理由のひとつは石油でしょ。戦後、原子力に飛びついたのだってマルロと一緒だ。そういう虫のいい『夢のエネルギー』に日本人はすぐ飛びつく」

ソンジュの言葉にトゲを感じて、無量は半目になった。

「なんですか？」

「そういう言い方になるのは、おまえが韓国人だから？　つか戦時中の日本の軍隊の話なんてヤでしょ」

国民感情というものがある。日本の植民地となった韓国の人々が、日本人のしたことを快く思っていないことは容易に想像がつく。だがソンジュは「別に」と涼しい顔をした。

「韓国人ったって僕は半分日本人だし。韓国で古い世代のひとたちが騒いでると、半分日本人の僕は肩身が狭い。だから、あんまり考えないようにしてます」

韓国人であることを理由に揶揄《やゆ》しているつもりはないようだ。

どこか物事を突き放して見ている。そんなところも、忍に似ている。

だが割り切った態度とは裏腹に、やけに内向きな眼をしている。何か複雑な想念にでもとらわれているのか、息苦しそうだと感じた無量は、思わず、

「何か嫌な目にでも？」

するとソンジュは我に返り、ずれた仮面を直すようにクールな顔つきに戻った。

「それより問題は、あのマルロ陶管ですよ。あの番号を、なんで原山さんのおじいさんがメモってたんですかね」

「板垣少佐から発注を受けたってことじゃね？　メモ破いたのは、現場に伝えようとしたのか。それとも隠滅のためか」

「……でも、その板垣少佐は終戦後に自殺したんですよね。山下さんのお父さんはそれを知らなかったんじゃないかな」

ソンジュは明太子餅に海苔《のり》を巻きながら言った。無量もよもぎ餅を海苔で巻いて、

「その板垣辰五郎を名乗る人物が〝所有者〟だと名乗り出てきてるんだぞ？　終戦直後に死んだ人間が電話かけてきたわけ？」

確かに変ですね、とソンジュも餅に噛《か》みついた。もぐもぐ食べながら、

「つまり板垣辰五郎を騙《かた》る人物だったってことですか？」

「てか、昨日の陸軍コスの侵入者が何か知ってんじゃない？」

法円寺の加藤《かとう》住職によれば電話をかけてきた「板垣辰五郎」は年配だったらしいから、昨日の侵入者本人ではなさそうだが。

「身内、ですかね」

「うーん。てか、武さんが見せてくれた子供の頃の写真。一緒に写ってた疋田《ひきた》とかいう若い軍人。あれ見て昨日高遠さんが描いた絵思い出したの、俺だけ？」

「あ、それ僕も思いました。ただの偶然かな」

かじった餅が長くのびて、湯気があがった。なにかがこんがらがっている。

「……本当に自殺だったんでしょうか？」

無量は「え？」と餅をのばしたまま聞き返した。

「板垣少佐のこと？」

「ご遺体は頭に銃弾をくらった痕跡《こんせき》があったそうだけど、自分で撃ったとは限らないんじゃないでしょうか。港に浮いてたっていうし」

「他殺？　誰かに殺されたっていうのか」

思わず声が大きくなってしまい、周りの客がこっちを見た。無量は頭を下げ、小声になって、

「いったい誰に」

「わかりませんよ。そういう可能性もあるって話です。いずれにしても、マルロ陶管に刀剣隠したのは、やっぱその板垣少佐だったんじゃないですか？」

「でも特薬部の技術将校が、なんで刀なんか」

そこが一番の謎だ。

隠した刀剣に何があるのか。

なんにしても情報が足りない。無量は「永倉待ちだな」と茶を飲んだ。

「山下明代さんが刀のこと、もっと詳しく知ってるかもしれないし。永倉からの連絡を待つか」

「ここでですか」

「いや、ここでなくてもいい」

なら、とソンジュはパッと目を輝かせて、

「スパ銭いきましょ、スパ銭。常滑にもあるんですよ」

実は各地のスーパー銭湯を巡るのが趣味だという。

オシャレが売りのインフルエンサーらしからぬ趣味だ。

「あー、わかった。サウナだろ」

「サウナ？　日本のスパ銭っていったら電気風呂《ぶろ》でしょ」

「なんなん、おまえ」

シム・ソンジュという若者が、無量にはやっぱりよくわからない。

第四章　御土居下の十六家

つむじ風が吹く中、萌絵《もえ》は東山公園駅《ひがしやまこうえん》に降り立った。

山下明代《やましたあきよ》の自宅を訪問するためだ。

近くには東山動植物園があるという。どこかで聞いた覚えがあると思ったら、

「とてつもなくイケメンなゴリラがいる動物園だわ」

同僚のキャサリンが騒いで写真集まで買っていた。十代から彼氏が途切れたことがないキャサリンに「彼にならば騙《だま》されてもいい」とまで言わせるほど男前なゴリラだった。

去年の誕生日に忍《しのぶ》と連名でアクリルスタンドをプレゼントしたら、泣いて喜ばれた。今でも職場の机に飾っている。

「そういえば、あのときアクスタ取り寄せたの、相良《さがら》さんだったな……」

思い出して、またしんみりする。

「ゴリラで相良さんを思い出す日が来るとはね……」

街行くひとの背恰好《せかっこう》が忍と似ているというだけで目で追ってしまうほどだ。ついさっきもバイクで信号待ちしているひとが忍に見えてしまった。

こうしていると、今もどこかで忍が見守ってくれている気がする……。

「……って死んでない死んでない。生きてるから」

イケメンゴリラのご尊顔を生で拝したい気持ちをおさえ、萌絵は山下家に向かった。

山下家では明代が笑顔で迎えてくれた。

「わざわざ来させてごめんなさいね。外で会うより落ち着いて話せるかと思って」

七十代ほどに見える上品な女性だ。グレイヘアをお団子に束ね、カラフルな割烹着《かっぽうぎ》を着ている。客間に通された。家人は皆、出かけさせたので、家には明代だけだという。

「これが父が話していた陶管ですか……」

明代は興味津々で、萌絵の差し出した写真を見た。

「……実はね、大須に住む古い知り合いが『法円寺で爆弾が見つかったらしい』と教えてくれて、今回の発掘調査のことを知りました。陶管は本当に埋まっていたんですね」

「お父様からは、いつ、そのお話を？」

「父が亡くなる一月ほど前でした」

明代は旧姓を「森島《もりしま》」と言い、父・森島健次郎《けんじろう》はがんで二十年ほど前に亡くなった。末期がんで余命いくばくもないとわかった頃、父・健次郎がひとり娘の明代を呼んで、陶管の話をしたという。

「迷っていたようですが、やはり死ぬ前に言い残しておきたい、と意を決したようでした。防空壕《ぼうくうごう》に隠した陶管のことは上官から固く口止めされていて、終戦後も誰にも言えなかったそうです」

　――陶管のことは他言無用。口外した者には、死を。

　上官からのただならぬ箝口令《かんこうれい》に恐れをなし、戦争が終わって何十年も経った後も、誰にも打ち明けられなかった。

「その任務にあたったのは、いつでしょうか」

「七月二十九日でした。朝、市内のあるお寺で上官と落ち合ったそうです。十本ほどの陶管が用意されていて漆喰《しっくい》で蓋《ふた》をする作業をしたのだとか。その中のひとつに刀剣の箱を入れたと」

「ではお父様は刀剣自体は見てないんですね」

　はい、と明代はうなずいた。

「尾張徳川家が所有していた宝剣だそうですが、お父様はそのときに知った感じですか」

「はい。上官の方にそう言われたそうです」

「家康ゆかり、とおっしゃってましたが」

「初代藩主・徳川義直公の刀剣とのこと。それが……少し訳ありだったようで」

「訳あり、とは」

「義直公が当時の天皇から賜った刀剣だったと」

　萌絵は「むむ」と腕組みをした。

徳川義直は家康の息子だ。御三家のひとつ、尾張徳川家の礎《いしずえ》を築いた人物で、実直な性格だった――と萌絵の記憶にはインプットされている。

「当時の天皇というと、後水尾《ごみずのお》天皇でしょうか」

江戸幕府が開かれてから最初に即位した天皇だ。

「その刀剣を賜ったことが家康公に知られ、大変な怒りを買ったようで、かといって、つき返すわけにもいかず、板挟みになったあげく、城の奥深くに秘蔵されていたようなのです」

萌絵にもうっすら読み取れた。問題になったのは「天皇から刀剣を賜る」という部分だ。かつて征夷大将軍《せいいたいしょうぐん》は天皇から任命の証《あかし》たる「節刀」を授けられる習わしがあった（平安時代以降は廃れたが）。

後水尾天皇（上皇のちに法皇）の時代、天皇と朝廷は実質、幕府の管理下に置かれ、以後、江戸時代の天皇は政治的な力を奪われて権威が大きく失墜した。それに抵抗しようとした後水尾帝と幕府の間には長く確執があったという。

一方、三代将軍家光は叔父《おじ》義直の謀反《むほん》をいたく警戒していた。上洛《じょうらく》の際に名古屋城に立ち寄る予定だったのを「城下に謀反の疑いあり」として中止したこともある。家光を手厚くもてなすために本丸御殿を増築した義直は激怒した。それも無理からぬ話だ。将軍家からすると、尾張藩は身内でありながら最も謀反を警戒せねばならない相手だったのだ。

しかも初代・尾張藩主義直は「王命に依《よ》って催さるること」を秘伝の藩訓として残していたという。王とは天皇。天皇か幕府か、どちらかを取れと言われたら、天皇を取れ、というような意味合いがある。

幕府に抵抗した後水尾天皇が尾張藩主へ贈った刀剣。そこには「節刀」の意味合いがあったのではないか。謀反をけしかけられたのではないか。

むろん、本当のところはどうだったか、わからない。

だが事実無根であっても、それが幕府に知られれば、とんだ言いがかりをつけられかねない。悪くすれば「お取り潰《つぶ》し」の口実にされてしまう。

「それで門外不出のタブーの宝剣になったと」

「刀剣は〈無名《むみょう》〉と呼ばれていたそうです」

天皇から下賜されるほどの刀剣だ。銘がないはずもないが「名無しの剣」となった。とはいえ、昭和の話だ。すでに江戸幕府も将軍家もなくなって久しい。戦時中という時節柄、天皇家への「不敬」とみなされるのを避けた、とか?

「疎開させるためだと言っていたそうです」

「疎開」

「汽車に載せて密《ひそ》かに伊那方面に疎開させるのだと。陶管輸送に偽装して運ぶ作戦でした。父たちは翌日、貨物列車に無事載せたそうです。が、その夜、上官から急に呼び出され……」

たのだ。


——〈無名〉は狙われている。ただちに汽車からおろせ。

闇に紛れて急いで陶管を貨車から取り出し、駅から運び出して、市中の防空壕に隠し

「その〈無名〉を狙っていた人物というのが、板垣《いたがき》少佐だと？」

「上官の方はそのように」

「板垣少佐とはどのような」

「協力者だったそうです」

協力者に裏切られたということか。

「その後はどうしたんです？　防空壕に隠したあと、取り出そうとはしなかったんですか」

「上官の方からは手をつけるな、と命じられたそうです。そのまま終戦に」

「終戦後も防空壕から取り出そうとはしなかったんですか。そんな大切な刀剣を？」

「父が言うには、進駐軍の目から隠すためではないかと」

「つまり、接収されないために、でしょうか」

終戦後の進駐軍による占領政策は日本人に少なからぬ混乱をもたらした。進駐が始まる直前は特に、占領によって何が起こるかが分からなかったため、デマも飛び交い、進駐軍に金品や美術品を持っていかれないよう、隠した者もいたとの話も聞く。

「その後、防空壕は区画整理の道路工事で埋められてしまったと。工事中に見つかった

様子もなく、父はずっと気がかりだったようですが、表に出すのもはばかられる理由があったようで」

任務に当たった人々もひとり、またひとりと世を去った。自分が死ねば、陶管の存在は歴史の闇に埋もれてしまう。森島健次郎は迷った。箝口令に逆らえば死、という上官の一言が耳に焼き付いていたが、このまま放置して真実が失われてもいいのか、と。

「そこまでするのはよほどの事情のはず。その〈無名〉という刀剣には、後水尾天皇から賜ったということ以外にも何かあるんですか」

明代は口ごもってしまう。萌絵は気を利かせ、

「秘密は守ります。事情がわかれば、お力になれるはずです。遺物の扱いについては亀石建設が責任をもちますので話していただけないでしょうか」

明代にも、自分だけでは手に余るとわかっていたのだろう。意を決して、

「父も詳しい事情は知らされていないようでしたが、上官の方はこんなことを言っていたそうです。『これは国体に関わる任務である』と」

「こくたい？」

文脈から「国民体育大会」でないことは、まちがいない。

国家のことだ。

国のあり方や国家の根本体制を指す言葉で、太平洋戦争末期には国や軍がしきりに「国体の護持」を唱えた。それにこだわるあまりに終戦が遅れたとみる向きもある。

その場合の「国体」とは、ずばり「天皇制」を指す言葉だが――。

「後水尾天皇の刀剣が、天皇制の護持に関わっている、という意味でしょうか」

江戸時代の刀剣が、どうやって「天皇制の護持」に影響を与えるというのだろう。

明代も真意をはかりかねていて、説明はできなかった。萌絵は一旦《いったん》考えて、

「その上官の方のお名前などは、わかりますか」

「父は『大海大悟大尉《おおうみだいご》』と呼んでいました。でも、その方は師管区部隊の方ではなかったと」

「ではない？」

「父が所属していた特設警備隊は、ふだんは家業についていて、有事の時にのみ召集されたそうなんですが」

耳慣れない部隊名だが、太平洋戦争の末期、各地で本土決戦に備える地域防衛組織として、在郷軍人などを中心に編制されたという。一般の部隊のような戦闘力はなく、装備はせいぜい学校にある小銃数丁で、具体的な任務は空襲後の復旧などだったようだ。

森島健次郎は病院の薬剤師をするかたわら、地元の地区特設警備隊に所属していて、激しくなる空襲後の軍事施設の復旧任務に従事した。そんな健次郎のもとに大海大尉から直接連絡が来たという。

「大海大尉はどちらの方だったんです？」

「東京の近衛《このえ》師団から派遣された方だったそうです」

「近衛師団？　って、天皇と皇居を守るというエリート師団ですよね」

精鋭中の精鋭が全国から選抜され、近衛師団に配属されることは誉れ高いことだった。いまの皇宮警察の大本とも言えるが、実際に宮城警護にあたったのは留守師団で、多くは大陸や南方にも出征していた。

「でも、なんで名古屋に？」

わかりかねる、と明代は首をかしげた。

ただ、なんらかの特別な任務でやってきたのはまちがいない。

「その大海大尉から特務を受けて、陶管の作業を引き受けたようです。その計画に『板垣少佐』という人物も協力していたようなのですが」

森島健次郎は死ぬ間際まで「板垣少佐」を警戒していた。

結局、それが「遺言」になってしまった。

「〈無名〉を進駐軍に接収されるのを恐れていたのでは、とおっしゃってましたが、疎開したというのも、まさか、そのため？　空襲を避けるためではなく米軍の上陸に備えたんですか？　もしかして板垣少佐というのは」

「かもしれません。板垣少佐は米軍の」

「スパイとか、そういう……」

戦時中から密かに米軍とつながっていたと？

近衛師団の大海大尉は「陶管の刀剣は国体に関わるもの」と健次郎たちに告げていた。

つまり板垣少佐は「国体を破壊」する任務についていたということなのか？

萌絵は背筋がぞわっとした。ただごとではない。

「だとしても、なんで今頃？」

進駐軍の占領政策まっただ中で、日本がどうなるかもわからなかったころならともかく、「国体の護持」問題は今となっては過去の話だ。

〝板垣辰五郎《たつごろう》〟は何が目的で名乗り出たのか。

「目的がわからんで余計に心配です」

と明代が言った。国体うんぬんを抜きにしても、刀剣そのものに価値があることは間違いない。後水尾天皇から賜った尾張徳川家の宝剣、というだけで十分、歴史的価値がある。今なら自分のものにできる、とでも思ったのだろうか。

だとしたら、それは大間違いだ、と明代は父を代弁するように言った。

「スパイだったひとに〈無名〉は渡せません！」

「そうですよね……。実は昨日、うちの保管庫に」

不法侵入者の話を萌絵は打ち明けた。しかも陸軍将校の恰好をしていたと聞いて、明代は動転したのか、

「怖い。やはり刀剣を盗もうとしていたのでしょうか」

「ただ目撃した人によると、若い男で、年配には見えなかったそうです」

「身内やろか」

今は安全なところに保管していると告げたら、明代も胸をなで下ろしていた。

「いまのお話は念のため、警察にも伝えておきますね」

「はい。先日、実家を片付けとったとき、父宛の古い手紙やアルバムが出てきたのですが、ご覧になります？」

「ありがたいです。ぜひ」

明代は一旦、部屋から出ていった。萌絵は出されたお茶を一口飲んで、証言をメモに書き留めた。

「陶管の刀剣は、後水尾天皇から下賜された刀剣〈無名〉……と」

「節刀」疑惑のある門外不出の剣だ。天皇と朝廷から権力を奪った幕府に反発し、後水尾帝が尾張藩主・徳川義直を「真の征夷大将軍」に指名した。そうみなされかねない、存在そのものが危険な剣だった。

だが、疑惑の「節刀」と戦時中の「国体護持」がどうしても繋《つな》がらない。

それを言うなら、板垣少佐も米国のスパイとは限らない。日本の「国体」を破壊しようとしたのは敵であるアメリカとは限らないからだ。まさか日本国内に天皇制を覆そうとする勢力がいた……？

「敗戦間近の日本に、別の皇統から天皇を担ぎ上げようとしていた人たちがいたとか？いやいやいや、さすがにあの時代にそれは──……」

腕組みをして考え込んでいると、部屋の掛け軸が目に入った。

墨で描かれた深山の景色に風情がある。掛け軸のもとには白磁の茶器が置かれていた。絵付けがされている。その絵柄を見て、萌絵は驚いた。

「これって二階笠じゃ……？」

柳生家の家紋だ。そういえば、無量が発掘していた法円寺でも二階笠の絵付けがされた陶器片が出土したと言っていた。戻ってきた明代に訊《たず》ねてみたところ、

「ああ、……それは実家から持ち帰った父の遺品です。実は森島家は尾張藩の家臣で」

「へえ！　そうだったんですか」

「正確には足軽で、士分ではなかったのですが、帯刀を許されて士分並の待遇だったそうです。御土居下御側組同心《おどいしたおそばぐみどうしん》という」

「おどいした……おそば……？」

復唱しかねた萌絵にわかるよう、明代はメモ用紙に漢字を書いて見せてくれた。

「一口に言うと、城門の警備やお殿様の警護をする仕事なんですが、実は秘密の任務があって」

「なんですなんです？」

興味津々で萌絵が顔を突き出すと、明代も内緒話をするように口元に手を添えて、

「お城で不測の事態が起きて落城しそうになったときに、お殿様をお守りしながら秘密の経路で城外に脱出させ、木曽《きそ》まで逃がすという使命が」

「えっ、それはすごい」

藩内でも藩主以下ごくわずかな者しか知らない。寛政《かんせい》五年（一七九三年）に結成された当初は十六家、全員譜代で身元が確かな者ばかり、その後、多少の入れ替わりや増減もあったが、顔ぶれは明治維新までほとんど変わらなかった。普段は藩主のSPのような役割を務めたが、真の役割は非常時の脱出作戦を遂行することだったという。萌絵は声を潜め、

「つまり尾張藩の隠密《おんみつ》同心、ということですか」

「ちょっとちがいますが、まあ、そんなとこです」

「ワクワクしますね」

「しかも森島家は忍びの出だったそうです」

「ますますワクワクしてきました」

同心たちは「御土居下」と呼ばれる城の土塁（防御のために築いた土の垣）のもとに住んでいた。住まいは東矢来木戸の中にあり、その木戸は平時でも開くことはなく、外との行き来も制限されていた。他の藩士との交流はほとんどなく、神事や祭事などで騒ぐことは許されず、世間と隔離された場所で粛々と任務にあたった。その役割は嫡子にのみ伝えられ、一子相伝されたという。

ちなみに木曽までの道のりには、密命を帯びた者たちが配置され、それぞれの地で帰農して、いざという時には任務を果たす定めだったという。

「その茶器は、同心組の古参にあたる家の方から頂戴《ちょうだい》したものだそうです。新陰流の使

い手だったそうで、尾張柳生家から形見分けされた貴重なものだったと」

萌絵は思わず、畳に手をついて茶器を下から拝見した。

「新陰流は尾張徳川家のお家流でしたよね。すごい」

「同心組は明治維新で尾張藩がなくなったときに解散したそうなんですが、実は、再結成されたことがあるそうです」

「いつですか」

「大正五年。大正天皇の即位式が京都で行われた時です」

明代はすっと背筋を伸ばして、

「京都へ向かう大正天皇が、途中、名古屋城の本丸御殿にご宿泊あそばされた時、その護衛として元同心組が召集されたのだとか」

名古屋城は明治維新の後、陸軍第三師団が入ったが、後に本丸・西の丸東部が皇室に譲られて「名古屋離宮」と名を変えていた。もともと将軍を迎えるために作られた本丸御殿は、天皇が宿泊する御殿となったのだ（ちなみにその後は名古屋市に下賜されている）。

即位の礼の時も、名古屋城の脱出経路を知り尽くした御土居下御側組の一部が、万一の有事に避難誘導をするため、内密に召集されたという。そこに森島家も加わっていたらしい。曽祖父《そふ》は「最後の同心」のひとりだった。

「お城の中には仮の賢所《かしこどころ》まで造られたそうです」

「賢所って……たしか」

「皇居の中にある、天照大神《あまてらすおおみかみ》を祀《まつ》る場所。三種の神器のひとつ、八咫鏡《やたのかがみ》が安置されてる建物です」

京都御所で即位の礼を執り行うために、東京の皇居にあった「三種の神器」も一緒に持っていく必要があったので、そのためだけにわざわざ造営したようだ。

「す、すごいですね……」

「昭和天皇の即位の時もご宿泊あそばされて、それには祖父が召集されました。おかげさまで何事もなく済んだので出番はありませんでしたが、末代までの誉れ、といたく自慢していたようです」

おそらく、かつての尾張藩の旧臣から口添えがあったのだろう。御側組はよほど信頼が厚かったと見える。

「尾張徳川家か……。もしかしたら、例の陶管の任務にも尾張藩の旧臣が関わってるかもしれませんね」

「父が選ばれたのは同心組の家だったから……？」

「はい。そもそも尾張徳川家の刀剣ですし」

萌絵は茶器に描かれた「二階笠」を、探偵さながら腕組みして見つめ、

「陶管の任務にあたった顔ぶれはわかりますか」

「父の他に三名いたと。たしか……」

明代は古い手紙が入った箱を開けて、ハガキを探し始めた。

「馬場《ばば》さんと岡本《おかもと》さん。祖父の友人で、子供の頃、近所に住んどったとか」

「おじいさまの子供の頃というと……まだ御土居下に住んでいた頃ですか」

「ええ。祖父からは〝駅を作る時に引っ越した〟と聞いてます」

昔、名古屋城のそばには名鉄瀬戸《せと》線の「土居下」という駅があったという。

「つまり、御土居下御側組同心のOBが任務にあたったってことになりますね」

任務に就くのは誰でもよかったわけではない。秘密を守れる藩政時代の藩主親衛隊が召集されたというわけか？「国体の護持」に関わる「後水尾天皇下賜の刀剣」を守るために？

「ますます気になりますね。その刀剣に何があったのか」

とにかく調べてみるしかない。

萌絵は明代から情報提供してもらったことを一通りスマホに納め、山下家を後にした。

＊

駅へと戻ってきた萌絵は、ランチがてら近くのカフェに入ってスマホと首っ引きになった。「御土居下御側組同心」について調べるためだ。

「あれ……？　これって」

あんかけスパゲッティーを口に運んでいた萌絵は、画面に目が釘付《くぎづ》けになった。

「大海家がいる」

御土居下御側組同心は設立当初、十六家あったが、その中に「大海」の名を見つけたのだ。御側組が藩の職制に正式に組み込まれたのは寛政五年（一七九三年）だが、そのずっと前——尾張徳川家が名古屋に入った当初から、同じ役割を担っていた。大海家は最古参の家のひとつだ。

中でも一番有名な「四代目　大海常右衛門利直」は「新陰流」の使い手で、御前試合では負け知らずだったとある。萌絵は二階笠の茶器を思い出した。

「もしかして、あの茶器をくれたのは大海家？　大海大尉は、この大海家の血筋だったってこと？」

だから、だったのか？

近衛師団の将校が「国体に関わる」特別任務に森島健次郎たちを指名したのは、同じ元御側組同心だったからだ。昭和天皇の即位式の時にもお役を務めていたし、今度も天皇家に関わる「大事」だ。そういう流れだったのか。

大海家は代々、万一の際、城から脱出した藩主を乗せるための「忍駕籠《しのびかご》」を預かっていた。明治維新後に返還したところ、当の主家が「忍駕籠」の存在を知らず、「なんだこれは」と問いただされたらしい。御側組同心たちが藩主救出の密命を帯びていたことは、重臣の一部しか知らなかったようだ。

それくらい秘密保持には定評がある御側組同心だから、信頼して特別任務に当たらせたのだろう。

当時、維新から七十年は経っていて同心経験者はかなりの老齢だったろうが、戦地には行かず地元にいただろうから、存命なら十分関わっていた可能性はある。

「そういえば、名古屋城から持ち出したって言ってたっけ」

名古屋城は五月の空襲で燃えている。

任務にあたったのは天守閣の焼失後だ。

「どこにあったのかも気になるけど、問題は刀剣の正体か……」

やはりここは尾張徳川家の子孫に突撃するしかないのだろうか。

待てよ？　と萌絵は思った。

尾張徳川家の文化財は徳川美術館が管理していた、と高遠《たかとお》が言っていた。空襲の激化に備えて伊那に疎開させていたとも。

「美術館にあたってみるか」

萌絵は徳川美術館に向かった。

アポなしだったので学芸員に話を通すまで少々手間取ったが、訊《たず》ねてみたところ、そのような名前の刀は目録にはないという。

「しかも後水尾天皇から義直公にですか……。将軍から下賜された刀剣はいくつもありますが、天皇からというのはさすがに」

応対してくれた田中《たなか》というベテラン学芸員は困惑している。

義直が、お祝い事で、後水尾天皇に刀剣を献上したことはあったようだが、その逆というのは、異例も異例だ。分を超えていて、将軍家が激怒するのも無理はない。

「義直公が尾張清洲《きよす》城を継いだのは慶長十二年（一六〇七年）ですが、名古屋城に入ったのは家康公が亡くなった後ですので、下賜があったとすれば元和《げんな》三年（一六一八年）以降でしょうね。『激怒した』というのも、家康公でなく、二代将軍秀忠公か三代将軍家光公かもしれません」

家光が義直をいたく警戒していたことは、世に知られている。

もしかしたら、この一件がきっかけだったかもしれない。

「門外不出の剣か、興味深いですね。調べてみますので、少しお日にちをください。それにしても『城の奥深くに隠した』というのが気になります。うちにも徳川家にもなかったのなら、リアルに城中にあったということでしょうか」

天守閣も本丸御殿も空襲で焼けるまでは現存していた。国宝第一号にもなった。

そのどこかに隠されていたのを御側組の者だけが知っていた、ということだろうか。

「しかも、どちらも五月の空襲で焼けてますし」

田中学芸員が首をかしげたので「何か？」と訊ねると、

「いえ、空襲で焼失を免れた美術品と聞いて、乃木《のぎ》倉庫を思い出しました」

「乃木倉庫？」

「本丸の北西にある御深井丸《おふけまる》に今も残っている明治の倉庫なんですがね」

名古屋城が陸軍の拠点になった時、第三師団は御深井丸に武器庫や弾薬庫をたくさん建てていた。中でもレンガ造りの予備弾薬庫が非常に頑健だったため、城が陸軍から宮内省の管轄に移った後も残されたという。

「戦時中、空襲が激しくなってきたので本丸御殿にあった貴重な障壁画を乃木倉庫に避難させたそうです。その直後に空襲があって天守閣も本丸御殿も焼けてしまい……。乃木倉庫に避難した障壁画だけが無事でした」

「すごい。ミラクルですね」

「その刀剣も名古屋城にあったんですよね。もしかして、本丸御殿のどこかに隠されていて乃木倉庫に避難していたのかなあ……」

それらしき刀剣のことが判明したら連絡する、と言われ、萌絵は美術館を後にした。

「乃木倉庫か……」

ちょっと行ってみるか、と思ったところに、無量から連絡が来た。

常滑の原山家に向かった無量たちのほうも、いくつか成果があったらしい。

「板垣少佐は終戦直後に亡くなってる？」

萌絵は首をかしげた。

じゃあ、電話をかけてきた「板垣辰五郎」は誰なのだろう。しかも——、

「マルロはロケット燃料のこと？　え……ちょっと待って、ロケット戦闘機？」

あまりに藪《やぶ》から棒で理解が追いつかなかったので、合流してから改めて詳しく話を聞くことにした。

「私、ちょっと名古屋城に寄って行くから、夕方でもいい？」

時間と場所を決めて、のちほど落ち合うことになった。

＊

名古屋城は連休とあって、なかなかの賑《にぎ》わいだ。

さすが名古屋屈指の観光地だけある。

天守閣は終戦後に再建された鉄筋コンクリート造りだ。緑青色の瓦《かわら》の上にいる金のしゃちほこが午後の陽を浴びて燦然《さんぜん》と輝いている。

復元された本丸御殿のきらびやかさが目を引くが、そこはスルーして、萌絵は「御深井丸《おふけまる》」という天守閣の北西にある曲輪《くるわ》へとやってきた。

今は松や欅《けやき》などが林立する散策路になっている。さすがにここまで足を延ばす観光客は少ないとみえて人影もまばらだ。陽も傾き、西日が差し込んで、木々の長い影が伸びている。

円形の大きな噴水があると思ったら、コンクリート製の水飲み場だった。蛇口がたくさん円形に並んでいる。今はほとんど使われている気配はないが、修学旅行の学生や団体観光客が肩を並べて水を飲んでいた昭和の昔を偲《しの》ばせる。

説明書きによると、御深井丸《おふけまる》は元々尾張藩の武器庫だったらしい。かつては半地下の穴蔵があり、火薬庫にされていたが、爆発の危険があるので城外に移設されたとある。その後も大筒蔵や御弓矢櫓《おゆみやぐら》などの武器庫が幕末まであったそうだ。

林の中にぽつんと瓦葺《かわらぶ》きの白い建物がある。

「あれが乃木倉庫」

レンガ造りと聞いていたが、どうやら壁はモルタルで塗られている。見るからに堅牢《けんろう》な造りだ。

扉は閉まっていて中は見られない。

確かに天守閣からは少々離れていることもあり、城が火に包まれても延焼はしなかっただろうし、たとえ焼夷弾《しょういだん》をくらっても、これほどの造りなら防火できたかもしれない。

「〈無名《むみょう》〉もここに避難してたのかな……」

裏にまわったり、床下を覗《のぞ》き込んだりして倉庫を観察していた時だった。

「ご見学ですか」

散策路のほうから声をかけられた。

アラサーとみえるその男性は眼鏡をかけ、ハイネックシャツにトレンチ風の秋物コートをさらっと羽織っている。どこかエレガントな装いだ。

挙動不審だったか、と萌絵はごまかすように作り笑いで、

「あ……はい。乃木倉庫というのはこちらですよね」

「登録有形文化財ですが、中は普段非公開なんですよ。乃木倉庫にご興味が?」

「ええ……まあ」

お城の関係者だろうか。ボランティアガイドにしては黄色いベストを着ていない。男性は萌絵のほうに近づいてきて、隣で乃木倉庫の白い壁を眺めながら、

「堅牢な建物ですよね。どうして乃木倉庫というか、ご存じですか」

「乃木大将と関係ありますか」

「当たりです。元は第一倉庫と呼ばれていたそうですが、乃木希典《まれすけ》がかつて名古屋鎮台にいたことにあやかり、いつしか乃木倉庫と呼ばれるようになったそうです」

男性は率先して倉庫の側面に回り「こっちを見てください」と手招きした。しゃがみこんで床下を覗き込み、

「下がアーチ構造になっているでしょう。湿気がこもらず頑丈にする工夫だそうですよ」

「なるほど。火薬庫だから、ですかね」

「多分そうでしょう。中の壁には漆喰《しっくい》がぬられています」

建物好きの観光客だろうか。つい熱心に見入ってしまうせいか、よくボランティアガイドに声をかけられがちな萌絵だが、このひとはガイドではなさそうだ。

「……ああ、いきなり長々とすみません。お城を見に来るひとは多いんですが、乃木倉

庫に興味を持ってくれる方は少ないので、ついお節介を。建材メーカーで研究員をやってます」

趣味で歴史的建造物を見て回っているという。歴史好き同士、萌絵もつい話し込んでしまった。

「乃木大将は、日露《にちろ》戦争の英雄と呼ばれた方ですよね」

「はい、明治天皇に殉死したので、知識人には時代遅れなんて言われたけど、国民には人気があったそうです。乃木倉庫と呼ばれるようになったのもその頃じゃないかな。知ってますか、大正天皇と昭和天皇は即位の礼の時、名古屋城で一泊してるんです」

「はい、聞きました。仮の賢所も作られたって」

「そこですよ」

と男性は倉庫のすぐ東側にある松林のあたりを指さした。

「そのあたりに賢所が作られたそうです」

「え！　ここだったんですか」

「そこの道の向こう側に鉄柵で囲まれた円墳みたいなものがあったでしょう。何の説明書きもないから誰も気づかないけど、多分そこが八咫鏡《やたのかがみ》を安置していた場所だと思います。天照大神を祀り、神器が置かれた聖域の名残でしょうね」

男性はスマホで写真を見せてくれた。昭和三年（一九二八年）に撮影された仮賢所のモノクロ写真だ。

ちゃんと瑞垣《みずがき》を巡らせてその向こうに社殿らしき建物の屋根がみえる。さすがに天皇の威信財《レガリア》だけあって扱いも特別だ。一時仮置きのためだけにわざわざ立派な社殿まで造ったと聞いて、萌絵は驚いた。

「ここに三種の神器が……」

そう思うと、なかなかに感慨深いものがある。

「賢所に置かれるのは鏡だけですね。剣と玉は〝剣璽《けんじ》の間〟というところに置かれます。天皇の寝室の隣だそうです。戦前は、天皇が一泊でもどこかに行くときは、必ず剣璽も一緒だったとか」

「それほど天皇と神器は一体だったということですよね」

「言葉は悪いが、たとえ天皇に万一のことがあったとしても後継者はいる。でも神器にはない。それを継承することによって天皇になるのですから。……ここに写ってる白いのが乃木倉庫です」

「乃木大将が守ってるみたいに見えますね」

「そういえば、三種の神器のひとつ――草薙剣《くさなぎのつるぎ》の本物は名古屋にあるんですよ。熱田《あつた》神宮《じんぐう》です。もうお参りされましたか」

どうやら観光客と勘違いされている。萌絵は「いえ」と答え、

「まだなんです。有名ですよね。一度お参りしてみたいと思ってました」

「熱田神宮の祭神は熱田大神。天照大神の御霊代《みたましろ》・草薙剣のことです。近くにある、ひ

つまぶしのお店が有名ですけど、境内で食べるきしめんも名物なんですよ」

まんまと「食いしん坊」を見抜かれて、萌絵は半笑いだ。

「たしか、草薙剣は熱田神宮で、伊勢神宮《いせじんぐう》にあるのが八咫鏡《やたのかがみ》でしたね」

「皇室にあるのはレプリカ……もとい〝形代《かたしろ》〟といいます」

男性は眼鏡のフレームを指先で持ち上げて微笑んだ。

「きちんと神事で本物から御魂を分けてあるので、同じ神威を持つそうです。形代の剣は安徳《あんとく》天皇の時に一度失われて、伊勢神宮から送られた剣を代わりの形代としたと聞くので今皇室にある剣はその時のものということになりますね」

「その後も南北朝《なんぼくちょう》の争乱で南朝が持ってったりもしてますしね」

「よくご存じで。所持していることが皇位継承した証《あかし》とされたので、皇位争いが起ると狙われることもあったんでしょう。実は熱田神宮にある本物のほうも盗まれたことがあったんですよ」

「えっ。そうなんですか！」

「だいぶ昔ですけど。天智《てんじ》天皇の頃だから飛鳥《あすか》時代かな」

『日本書紀』に記録がある。〝沙門《しゃもん》（僧）道行《どうぎょう》という者が草薙剣を盗み、新羅《しらぎ》に持ち去ろうとした。しかし、途中で嵐に遭って道に迷い帰ってきた〟という。

「無事に取り返したんですね」

「……のようですね。ただ熱田に還《かえ》ってきたのは十八年後なんです。〝天武《てんむ》天皇の病を占ったら神器の祟《たた》りらしいから、熱田に送った〟との一文が。つまり、それまでの十八年間は宮中にあったように読み取れる」

「十八年は、長いですねえ」

「熱田に御剣《みつるぎ》が戻ってきたのを祝った神事が、今も続いてますよ。酔笑人《えようど》神事といって、神職がみんなで深夜に社《やしろ》をめぐって、オホホ、と笑うんですよ」

「な、なごやかですね」

「いや。よく考えると、少し異様な神事です。祝詞《のりと》も唱えないで暗闇の中で笑うだけですから」

確かに「神宮」と名のつく神社らしからぬ、どこか土俗的なにおいがする。

『草薙剣』は神職ですら見たことがない、というのは有名な話ですよね。見てはならないものに形代があるというのも不思議な話だ。もっとも似せる必要もなかったのかもしれない。魂さえ入っていれば、どんな姿形でも。その名がつくものが皇室にあることに意味があるわけですから」

自分の世界に入ったような語りに、萌絵はちょっと置いていかれて、

「え……えーと……。古代史がお好きなんですか？」

男性は我に返り、「失礼しました」と頭を下げた。

「ここに三種の神器が一時的に置かれた、との話で、思い出しました。草薙剣が熱田社に還ることになった時も、突然の決定に慌てたんでしょうね。十八年も空き家だった社

は荒廃でもしていたのか、社の造営が済むまで、神官・尾張氏の家にしばらく仮置きされた、と伝える記録もあるんです」

「えっ。家に、ですか。神器をですか」

実家の狭い庭に「神器を入れる社」がある光景を、萌絵は想像してしまった。

ちなみに、仮置きした場所は「影向間社《ようごのましゃ》」として今も残っているという。

「御剣が熱田社にない間に壬申《じんしん》の乱も起きているし、もしかしたら、皇位継承争いに利用されていたのかもしれないですね」

「なるほど……。ありえますね」

「それだけ影響力のある神器ですから、戦時中も、伊勢神宮や熱田神宮は厳重に守られたそうですよ。熱田神宮から、ご神体である草薙剣が疎開したくらいですから」

萌絵はびっくりした。

「ご神体が疎開……？　ほんとうですか」

「熱田区は軍需工場がたくさんあって空襲でさんざん狙われたんです。熱田神宮も焼けてしまいましてね」

「草薙剣は無事だったんですか」

「地下に避難庫を造っていたんで、そこに隠して無事だったそうです。でも、そこに置いておくのは危ないと思ったのか、密《ひそ》かに神社の外へ持ち出していたようです」

「外へ……ですか」

「噂によると、工事用の陶管に紛れ込ませて運び出したんだとか」

萌絵は息をのんだ。陶管……！

「ほんとうですか。それ、どこで聞いたんですか！」

問い詰めようとした時、男性の目線が乃木倉庫のほうに釘付《くぎづ》けになった。萌絵もつられて振り返った。

乃木倉庫のモルタル壁の前に人影がある。

萌絵は身構えた。

長身の男だ。肩から古い外套《がいとう》のようなものを羽織っている。太もも部分がゆったりしたカーキ色の乗馬ズボンにブーツを履いている。かぶっているのは、軍帽ではないか。

高遠の絵にそっくりだった。旧陸軍の軍服を着た長身の男。昨日、作業所に忍び込んだ不審者と服装も特徴も一致する。

軍帽のつばの陰から不穏な眼差《まなざ》しを向けて、近づいてくる。

「法円寺の防空壕《ぼうくうごう》でマルロを掘り当てたのは、君たちか」

軍服の男は低い声を発した。幽霊などではない。生身の肉声だ。

外套の下で軍刀を握っていることに気がつくと、萌絵は眼鏡の男に、

「すみません。ちょっとまずいようなので、この場から離れてくれますか」

「お……お知り合いですか」

「初見ですが、色々ありまして」

すると、眼鏡の男は萌絵を守るように前に立ちはだかり、声を張り上げた。

「なんなんですか、あなた。警備員を呼びますよ」

「いいから答えろ。陶管を掘り当てたのは君たちか」

軍服男は野太い声で言い放った。萌絵は前に進み出て、

「法円寺の発掘調査を担当したのは、当社の者です。あなたですか。昨日、作業所に不法侵入したというのは。あなたは誰ですか。一体なにが目的ですか」

「私の名は板垣辰五郎。陶管の所有者だ。あの陶管は当方から無断で持ち出された品物である。内容物ごと引き渡してもらいたい」

萌絵は察した。加藤《かとう》住職のもとに電話をかけてきたのは、この男の仲間か。

「所有者本人である証明はできますか。板垣辰五郎さん」

萌絵はひるまずに問いかけた。

「板垣氏は終戦の年の八月に名古屋港で亡くなったと聞いています。亡くなったひとがどうしてここにいるんです！」

軍服男は答えない。萌絵は男に近づき、

「不法侵入の件で話を聞きたいので、警察まで一緒に来てくれますか」

「マルロの件が先だ」

「どうでも来てもらいます」

萌絵は男の腕をつかんだ。瞬間、男が抜刀した。萌絵は間一髪、後ろに飛び退いて避《よ》

けたが、男が追い払うように軍刀を振り回したので、萌絵はバッグを楯《たて》に刀を防いだ。取り押さえようとするが、男の身のこなしも素人ではない。驚くほど体が柔らかく、制圧しようとする萌絵の腕をくぐりぬけていく。そうこうするうちに男も反撃に出た。刀を振り回して迫ってくる。萌絵はすぐそばで腰を抜かしている眼鏡の男に「逃げて」と怒鳴った。

「邪魔だから、行って！　早く！」

男はうろたえて逃げていく。萌絵は群馬で出会った榛明流《しんめいりゅう》の藤沢武尊《ふじさわほたか》を思い出した。距離を一気に潰《つぶ》してしまえば、相手は剣を振るえない。

萌絵は突進した。軍服男の懐に飛び込み、手首を捉《とら》えた。関節技で刀を奪うつもりだったが、向こうも体術を心得ているようで、萌絵は肘《ひじ》で巻き込みをかけられ、喉元《のどもと》を絞めあげられてしまう。指の第二関節が異様に太くてギョッとした。やけに鍛え上げられた指が肩口に食い込み、萌絵は苦悶《くもん》をかみ殺して至近距離でにらみながら、

「目的はなんなの？　見られてはまずいものでも入ってるの？」

「あれは君たちの目に触れていいものではない。引き渡さないというならば、君たちにとって都合の悪いことが起こるぞ」

「都合の悪いこと？　脅してるの？」

「いまここで君を人質にとるという手もある」

「させない」

萌絵は風車のように体を大きく使って相手を豪快に投げ飛ばした。軍服男は意表をつかれたが、きれいに受け身をとって向き直った。

「引き渡せないというなら、何も見なかったことにしてくれ。陶管は出土しなかったことに」

「そんなことはできません。発掘調査報告書に嘘は書けません！」

本丸のほうから警備員が駆けつけた。「そこで何をしている！」と叫んでいる。眼鏡の男が呼んでくれたのだろう。軍服男は反対方向に走り出した。

「待て！」

萌絵は追いかけた。軍服男は豪快なストライド走法で隅櫓《すみやぐら》のほうに駆けていく。あの先はお堀だ。萌絵は目を疑った。軍服男が石垣の先端にある柵を越えると次の瞬間、姿が消えた。お堀めがけて飛び降りたのだ。

「うそでしょ！」

石垣に駆け寄って下を覗《のぞ》き込んだが、

「いない……？」

水を湛《たた》えたお堀に飛び込んだはずだが、しぶきも波紋も立っておらず、あたりを見回しても、どこにも男の姿がない。

萌絵も警備員も狐につままれたような顔だ。

「消えた？　そんなばかな」

高遠が作業所で見た時と同じだ。

板垣辰五郎を名乗った軍服男は、またしても、煙のように萌絵たちの前から消えてしまった。

＊

知らせを聞いて、無量とソンジュが名古屋城に駆けつけた時にはもう、萌絵への警察の聞き取りは終わっていた。すでに薄暗くなっていたが、お堀の周りでは投光器まで使って警察が行方不明の男を捜索中だ。

「大丈夫か、永倉《ながくら》。けがは」

「私は大丈夫。それよりおなかすいちゃった」

頼まれていたおにぎりを与えると、萌絵はむさぼるようにガツガツと食べ始めた。刀で襲われたというのにショックを受けるどころか、アドレナリンがほとばしっている。

「……シュラバ慣れしすぎ。つか、犯人が消えたってどういうこと？」

「わかんない。お堀から飛び込んだ途端、瞬間移動したみたいに消えちゃった。もしかしてタイムトラベラーだったのかな」

萌絵は真顔で首をかしげている。

「そいつの特徴は」

「高遠さんの絵にそっくりだった。あと指が異様に長くてごつくて、めっちゃ肩に食い込むもんだから、アザになっちゃったよ」

萌絵はしきりに肩口をさすっている。

あたりはすっかり陽も落ちて、美しい石垣の上にライトアップされた天守閣が浮かび上がっている。金シャチも輝いている。観光客の人影も消えて聞こえるのは表通りを行き交う車の音だけだ。

三人はベンチに腰掛けて経緯を語りあった。

「……つまり、陶管の中にある刀剣は、尾張藩の初代藩主が後水尾天皇からもらったもので、その陶管を隠したのは、尾張藩の御土居下御側組のOBたちだったと」

無量の言葉に萌絵はうなずいた。

「指揮をとったのは大海大尉という近衛師団の将校で、御側組同心の家のひとだったみたい」

「その理由が『国体に関わる』ことだから、だったんですね」

とソンジュが言った。言い換えると、天皇制に関わること、という意味だ。

「で、板垣少佐をなぜか目の敵にしていたと」

「うん、敵国のスパイだったんじゃないかって、明代さんは言ってた」

ソンジュと無量は顔を見合わせてしまう。萌絵はペットボトルのお茶を一気に飲みきって、

「西原君たちの調査だと、板垣少佐はマルロの技術将校だったんだよね」

「ロケット燃料の生産を仕切る特薬部の人だって言ってた。常滑に通って、燃料工場に納品する耐酸陶器の製造を管理してたって」

「その板垣少佐は終戦後に謎の死を遂げているんだよね」

両方の話を照らし合わせると、やはりキーマンは「板垣少佐」ということになる。

「やっぱりスパイだったのかな。だから暗殺されたんじゃ」

「でも変じゃないですか？　ロケットエンジンの開発に潜り込んだスパイ、というならまだわかるけど」

とソンジュが疑問を口にした。

「アメリカの原爆開発の現場にソ連のスパイがいたって話も聞くし、敵国の最新技術を盗むために潜入していたって話なら、さもありなんって思うけど」

「そうだよね。大海大尉は刀剣、板垣少佐はマルロ」

「少なくとも陶管を手配できる立場にはあったよな。板垣少佐」

無量は「うーん」とうなり、

「何か取引があったとか」

「取引？」

「陶管を用意して刀剣を隠すのに協力するから、ロケット戦闘機計画を止めるのに協力しろ、って言われたとか」

「板垣は大海大尉と取引したってことですか？　板垣少佐は口封じに殺されたと？」

ちがうかなー……と無量は顎《あご》に手をかけて、天守閣のてっぺんで輝く金シャチを見上げている。そういう形でならかろうじて説明がつく。それ以外で刀剣とマルロを結びつけるのは至難だ、と無量は感じた。

「そもそも江戸時代の初期に後水尾天皇が尾張の殿様にあげた刀が、なんで『国体に関わる』のかも、よくわかんないし」

「そういえば」

萌絵は今の今まで忘れていたが、立ち話をしていた男性から、とても重要な手がかりを聞いていたことを思い出した。乃木倉庫での経緯を話し、

「そのひとから、熱田神宮の草薙剣が疎開したって話を聞いて。疎開のときに土管に入れて隠したって」

「よりによって土管に？　ないない」

と無量は笑い飛ばした。

「あの草薙剣だぞ。三種の神器の本体だぞ。そんなもんに入れるわけが」

「そうだけど、熱田神宮の祭神でもある草薙剣を外に持ち出すなんて、ありえなかったわけでしょ。絶対に人に見られたらいけない。カムフラージュするためにはあらゆる手段を使ったかもしれない」

無量もソンジュも黙った。確かにそうだ。

御神体を持ち出すのは尋常ならざる事態だということだからだ。

「もし本当に草薙剣だとしたら『国体に関わる』っていうのもうなずける。天皇の『三種の神器』のひとつだもん。いわば、国体そのものでしょ」

「確かに……そうかも」

青ざめている無量たちに向かって、萌絵は興奮を抑えきれず熱弁した。

「西原君たちが掘り当てた陶管に入ってた刀剣の正体はそれだったのかもしれない。X線に映ってたのは、ほかでもない、熱田神宮の草薙剣そのものだったんじゃ」

第五章　幻の〈ム号作戦〉

無量《むりょう》は絶句した。

刀剣の正体は、草薙剣……？

熱田神宮にある草薙剣は三種の神器のひとつ。皇室にある形代《かたしろ》ですらない。

本物だ。それそのものだ。

素戔嗚尊《すさのおのみこと》が戦った八岐大蛇《やまたのおろち》の尻尾《しっぽ》から出てきたという神剣だ。後に日本武尊《やまとたけるのみこと》が東征の際に帯びた。その死後、妻である宮簀媛《みやずひめ》が剣を祀《まつ》ったのが、熱田神宮（当時は熱田社）の起源だと言われている。

熱田神宮の主祭神の御霊代《みたましろ》である草薙剣が、あの陶管の中の刀剣だというのか？

「まてまてまて。だったら、いま熱田神宮にある草薙剣は？」

「それはつまり……あれよ。あれなんじゃない？」

「いくらなんでもそれはないだろ」

横からソンジュが冷静に、

「……そういえば、X線で見た刀剣も両刃の直刀でしたよね」

古墳から出てくる鉄剣の特徴があった。

「つか素戔嗚尊って古墳時代どころじゃねーし。もっと大昔だし、それ言うなら、ほんとにいたかどうかもわかんないぞ」

「スサノオはともかく、日本武尊《やまとたける》は景行《けいこう》天皇の息子って言われてるんでしょ。宮簀媛《みやずひめ》は尾張国造の娘だっていうし、どっちもギリ実在した可能性はあるよ」

景行天皇陵《りょう》……と宮内庁で治定されている前方後円墳（渋谷向山古墳《しぶたにむかいやま》）も奈良にある。四世紀中頃のものだと言われる。

「古墳時代の鉄剣っていうと稲荷山《いなりやま》古墳のが浮かぶけど、それだって五世紀だぞ。それより古い鉄剣があん中に入ってた剣だっつの？　いや普通もっとボロボロでしょ」

「仮にも熱田神宮に祀られてたんだよ？　大切にお手入れされてたに決まってます」

「いやいやいや草薙剣は誰も見ちゃいけないやつ」

「あ、そっか。でも逆に空気に触れてなかったから酸化してないかもよ」

無量と萌絵《もえ》が言い合う横でソンジュは冷静だった。ひとり、スマホと向き合って黙っていたが、やがて――。

「熱田神宮の草薙剣ですが、昭和の頃、確かに一度だけ、社《やしろ》の外に持ち出されたことがあるそうですよ」

「ほんとに？」

「でもそれは戦時中の疎開じゃなくて、終戦直後。八月二十一日のことだそうです」

無量と萌絵は目を丸くした。

「終戦の六日後……？」

「戦争に負けて日本自体どうなるかわかんなかった頃ですよね。関係者の皆さんは米軍に進駐されたら熱田神宮は最悪取り潰《つぶ》されるかもしれない、神器も取り上げられるかもしれないと思って動揺したんでしょうね。草薙剣だけは守ろうとして極秘でよその神社に遷《うつ》したそうです。場所もわかっています。岐阜県にある水無《みなし》神社だと」

熱田神宮の公式の記録にも残っている事実だ。〝東海管区司令部から二台の御料車が出て神器を飛騨《ひだ》へと遷した〟とある。水無神社でひそかに奉祭すること約一ヶ月、宮司たちはその間、占領軍の動向を窺《うかが》っていたが、進駐も一段落し、どうやら大きな問題はなさそうだと判断して、九月十九日、無事に熱田神宮に還《かえ》ってきている。

「じゃあ……あれは草薙剣では」

「ないですね。少なくとも熱田神宮のご神体の、ではない」

無量は胸を撫《な》で下ろした。萌絵が慌てて、

「でも陶管に入れて疎開したって噂があったって」

「それほんとなの？　誰に聞いたの？」

「立ち話した建材メーカーのひと」

ソンジュはため息をついて、スマホをしまい、

「でも〝陶管〟ってキーワードが入ってるあたり、ひっかかる。何か手がかりがあるか

もですね。とりあえず今日のとこは帰りましょ。明日も早いし」

だな、と無量も腰を上げた。

「永倉《ながくら》をマークしてたのも、たぶん昨日の作業場で面が割れたせいだろうけど。ソンジュ、おまえも顔見られてるかもしれないから気をつけろよ」

「無量さんこそ。永倉さんをちゃんと送ってってくださいね」

「こいつはひとりでも大丈夫。つか俺の護衛してよ、永倉」

「いいよ。ボディガード代は味噌《みそ》カツで」

「あんだけ喰《く》ったのにまだ喰う気？」

地下鉄で帰るソンジュとは門の前で別れ、無量と萌絵はタクシーを拾った。

乗り込むと、ふたりともどっと疲れが出てきてしまった。

「陶管のこと出土記録から消せって脅されちゃったけど、どうする？」

ここまでくると、さすがに無視できない。

今日のことは柳生《やぎゅう》にも伝えたが、このままでは「板垣《いたがき》」に調査を妨害されかねない。妨害程度ならまだいいが、職員や作業所に危害を加えるようなことになったら一大事だ。

「仕方ない。十兵衛《じゅうべえ》さんに頼んで、陶管の中身を取り出してもらうか」

「え！　蓋《ふた》開けちゃうの？　いいの？」

「中の遺物を確認しないことには、何も判断できないでしょ。それに俺もちょっと気になってたことが」

X線で見ると、刀剣は箱に収まっていたが、その箱は二重底になっていたのだ。上の段には刀剣が、下の段には四角い物体が写っていた。

「そういえば、気になるよね。あの四角い物体はなんだろう。レンガ？」

「あの物体に何か手がかりがあるような気がする。記録は十分とったから、もう中身を取り出しても問題ないはず。明日相談してみる」

「私は本腰入れて板垣少佐たちのこと調べてみようと思う。ただ軍歴は個人情報だからなあ……。私があの時、あいつを捕獲できてれば」

と悔しがる。とはいえ、強引に連行しようと先に手を出したのは萌絵のほうだから、反撃をくらっても文句は言えない。摑《つか》まれた肩口がまだひりひりしている。

「そいつが振り回した軍刀って本物だったの？」

「本物かもだけど刃は潰れてた。ただ、あいつ、指の力がすごくて。巨大洗濯ばさみで挟まれてるみたいだった」

「握力お化けかよ」

「うーん……握力ともちがうっていうか」

車は久屋大通公園に沿って走っていく。ライトアップされた電波塔の電光掲示板にメッセージが流れていく。暗くなっても人通りが多く、信号が変わると横断歩道に人の波が流れ込む。立ち並ぶビル群と繁華街の明かりがまぶしい。都会の真ん中にあんなものが埋まっているとは、発掘屋でなければ誰も知る由はないだろう。

無量は車窓に映るネオンを眺めた。

「マルロの刀剣……ね」

この街が焼け野原だった頃の景色が一瞬、蜃気楼《しんきろう》のように浮かんで、目の前の雑踏と重なった。

このアスファルトの数センチ下にはまだまだ戦争時代の遺物が眠っている。だが、七、八十年やそこらなんて、人間の長い歴史に比べれば、ほんの一瞬だ。なのにもう、想像がつかない。戦時中のことは無量にもわからないことだらけだ。

陶管に触れた時の熱感が、右手によみがえる。あれは陶管に染みついた「空襲の炎に晒《さら》された街」の記憶だったのか。

やはり、直接対面して声を聞かなければならないと思った。

陶管の中の刀剣と。


城門の前に残ったソンジュは、無量と萌絵を乗せたタクシーが走り去っていくのを見送って、おもむろに背後を振り返った。

「……無事に帰りましたよ。相良《さがら》マネージャー」

すぐ後ろにフルカウルの中型バイクが停まっている。またがっている男はカーキのMA－1を着こんだ若い男だ。点滅するウィンカーを消して、エンジンを切り、ヘルメットをとった。

「忍《しのぶ》でいいって言ってるのに」

「ったく。いいように使われちゃったな」

ソンジュは左耳にさしていたイヤホンを外し、スマホの通話をようやく切った。

「電話を通して僕に説明させたりしないで、自分で説明してくださいよ」

「……あのふたりに会うのは、今の立場だと、ちょっとね」

相良忍はそう言い、自分もスマホを切った。

三人の会話は、通話機能を通じて全部聞いていた。「終戦直後、熱田神宮の草薙剣が一ヶ月だけ飛騨の水無神社に避難していた」旨を調べて伝えたのも、忍だ。ソンジュはイヤホンから聞こえてきた忍の言葉をそのまま話しただけだった。

「なんだかんだ言いながら、助け船出してるじゃないですか」

「僕はせっかちでね。君たちが答えにたどり着くのを、お茶を飲んで待てるほど、気長にはできてないんだよ」

ソンジュはため息をついた。

「元同僚なんでしたっけ？　そういうの、もっと早く言ってくださいよ」

「……でも君のおかげで永倉さんが名古屋城に来るのを知ることができた」

実は萌絵が山下家を訪問したところからバイクで尾行していた。途中で見失いかけたが、萌絵が乃木倉庫に行く旨を無量に伝えていたので、ソンジュ経由で知り、先回りできたのだ。萌絵の前に軍服男が現れた時も、物陰から見ていた。

「やっぱり尾行されてたんですか。永倉さん」

「山下家の近くにも不審な車が駐《と》まってた。昨日、君たちが作業所に駆けつけたところを見られてたんだろう」

萌絵が「板垣」にマークされたと見越した上で、忍は萌絵を尾行した。案の定、怪しい車が萌絵をつけ回していた。

「でも乃木倉庫で接触してきた軍服男は、お堀に飛び込んだって言ってましたよ。萌絵さんは『消えた』なんて言ってたけど」

「見つけたよ」

「えっ！　警察だって見つけられてないのに、どこで」

「御深井丸《おふけまる》の北側の石垣から『飛び込んだ』って永倉さんは言ってたろ？　正しくは石垣に『はりついた』んだ。北の石垣にへばりついて西北隅櫓《せいほくすみやぐら》の角をまわり、西側の石垣からよじのぼってきた」

萌絵たちは男が消えた場所に気を取られて北側ばかりを捜していた。石垣の角には西北隅櫓が建っていて、西側が死角になっていたのだ。軍服男はまんまと萌絵たちの目をくらまし、周到にも櫓の陰に着替えまで用意しており、まったく違う姿になって、悠々と立ち去ったのだ。

「でもあの石垣、上の方は勾配《こうばい》きつくてほぼ垂直ですよ。張り付いて横移動できるなんてスパイダーマンかな」

「よっぽどピンチが強いんだろうな」

「ピンチ？」

「指でつまむ力のこと。石垣のほんのわずかな出っ張りに指をかけて全体重を預けられる。ボルダリングやクライミング経験者かもしれない」

「そういえば昨日の侵入者も『窓から消えた』って高遠《たかとお》さんが。屋根にあがったってこと？」

「一流のクライマーなら造作もない。それより問題は単独犯じゃないってことだ」

「え、仲間が？」

皆が北側の石垣で大騒ぎしている中、「板垣」は何喰わぬ顔で正門から出ていって駐車場に向かった。車が待っていたのだ。

「これがその写真」

忍はバイクのタンクに覆い被《かぶ》さるようにして、スマホを操作した。車のナンバーもはっきり写っている。助手席には「板垣」、運転席には帽子にマスクをつけた女だ。

「このふたりで永倉さんをマークしてたんだろう。追跡して行き先も確認した」

「行き先はどこだったんです？」

「笠寺《かさでら》の理容室」

ソンジュは「は？」と聞き返した。理容室？

「えーと、床屋さんでヘアメイクしてコスプレしたのかな？」

「車も確認した。明日じっくり調べてみるよ」

ソンジュが物言いたげに、じっと見つめている。なんだ？　と問うと、

「そうまでして幼なじみを助けてやりたいんですか」

忍は怪訝《けげん》な顔をした。ソンジュはすねたように、

「聞きましたよ。西原《さいばら》無量とは幼なじみだったって。同居してたそうじゃないですか」

忍は無表情でエンジンをかけ、

「幼なじみというのは本当だが、同居してたのは半分仕事だ」

「どうかな。本当の兄弟みたいに西原をかわいがってたって聞きましたけど？」

「やきもちか い？　らしくないね」

忍はヘルメットをかぶり、顎《あご》ひもをしめた。

「君のためだよ、ｓｅｏｎ。僕がここまでしてるのは。君の発掘をわけのわからない連中に邪魔されたくないからだ」

「本当に僕のため？」

疑《うたぐ》り深く、忍の横顔を窺《うかが》っている。

「そうに決まってるだろ。僕は君のマネージャーなんだから」

「それならいいけど。……これでもプライドは高いほうでね、僕を噛《か》ませ犬にさせるつもりなら御免被りますよ」

忍は聞いているのかいないのか、ライトをつけ、

「君を全力で支えるのが僕の仕事だ。お疲れ様、今日は帰ってゆっくり休んで」

アクセルをふかし、テールランプの残像をのこして滑るように走り出す。バイクが車の波に溶けていくのを、ソンジュは城門の前で見送った。

ソンジュの前では素っ気なく、薄笑いは浮かべても明るい笑顔など見せたことのない忍が、無量をどんなふうに甘やかしていたのか。想像もつかない。

「……信じてますけどね」

行き交うヘッドライトの流れの向こうに、電波塔が輝いている。

夜の街の喧騒《けんそう》に背を向けるようにして、ソンジュは地下鉄に続く階段を下り始めた。

＊

ホテルに帰った萌絵は「特薬部の板垣少佐」と「近衛《このえ》師団の大海《おおうみ》大尉」を調べるため、鶴谷《つるや》暁実《あけみ》に連絡をとった。

鶴谷は女性フリージャーナリストで、萌絵の「リサーチの師匠」だ。分野ごとにどんな資料に当たればいいか、知識が豊富なので、困ったときはアドバイスを求めていた。

さっそく軍歴が調査できる名簿類を紹介してくれた。

『しかし神器の疎開か……。そういえば、松代《まつしろ》の大本営でもそんな話を聞いたな』

「松代って長野ですか？　大本営って日本の最高司令部のことですよね。それってどういう」

『戦時中、空襲で皇居が標的になった時に備えて昭和天皇と大本営を地方の安全な場所に疎開させようとする計画があったんだ。白羽の矢が立ったのが、長野県の松代だった』

当初の目的は「天皇と大本営」の一時的な疎開だけだった。が、戦局が悪化して本土決戦が現実味を帯びてくると政府機関そのものの移転――遷都計画にまで話が発展した。

『四四年の十一月には地下壕《ちかごう》の建設工事が始まっている。天皇の地上御座所の建設も含めて工事は善光寺平《ぜんこうじだいら》一帯で終戦まで続いた』

長野県は元々軍需工場の疎開先として注目されていたが、その理由は「険しい山に囲まれていること」「水力発電による電力供給ができること」というものだったようだ。

一九四五年四月には本土決戦に関する「決号作戦」が準備され、松代はただの「疎開先」から「帝都」そのものになるため、急ピッチかつ秘密裏に大規模な工事が進められたという。

『工事のために徴用された朝鮮人もいて、その記事を書くために現地に取材に行ったりもしたんだが、建設予定の施設の中に賢所もあったんだ』

天皇が動座するなら、当然「三種の神器」も持っていく。天皇があるところには必ず剣璽《けんじ》がある。

当初は「鏡」も天皇用地下御殿の奥に置かれる予定だったが、視察した宮内省の侍従が「万一、陛下の身に何かあったとしても、三種の神器は不可侵である。同じ場所に、しかも物置に置くことなど許されない」と意見して「賢所」は別の場所に作られることになったという。

『場所にも注文がついて、御座所と伊勢神宮を結ぶ場所に南面して造営しろ、掘削は純粋な日本人の手で行え、との徹底ぶりだったそうだ』

「そこまでするとは……」

『連合国軍との講和が絶望的になった七月末には、松代への皇宮移転に否定的だった昭和天皇も移動をほのめかしていたそうだ。それはそうだろう。本土決戦も〝国体護持〟のため。それが何よりも重要だったはずだからだ』

終戦間際の切羽詰まった状況が、萌絵にも伝わってくるようだった。

「実際に移転した機関もあったんですか」

『陸海軍の部隊や研究施設は四五年には移っているな。新帝都を守る前提だろう。確か登戸《のぼりと》研究所も』

「謀略系のあれこれを開発してたとこですよね。電波兵器とか偽札とか」

『松代じゃなく伊那谷《いなだに》のほうだったけどね』

伊那といえば、と萌絵は思い出し、

「徳川美術館の美術品も、伊那の図書館に疎開したそうです」

『そうか、長野は地理的にも疎開に適してたようだな。名古屋は軍需工場だらけで最も空襲が激しかったというし、戦時中に〝避難〟なんて言い出すと〝敗《ま》け〟を思わせるから実行しづらい空気もあったと聞くよ。文化財を守るのも並の苦労じゃ……』

ん？と鶴谷が何かに気づいた。

『その板垣という将校は、マルロの特薬部に陸軍から出向していたんだっけ？』

「そう聞いてますが」

『ちょっと調べてみたい。少し時間をもらっていいかな』

鶴谷の協力は願ってもない。頼もしい味方を得た。

電話を切ると、窓から見えるミライタワーはライトアップが消えている。

萌絵はパソコンと向き合い、夜遅くまで調べ物を続けた。

＊

無量は早朝から法円寺にやってきた。

薄暗い発掘現場はうっすら靄《もや》がかかっている。ビルの陰にある境内はひんやりと肌寒く、無量は上着のファスナーを首元まで閉めた。本堂前の常香炉も蓋《ふた》が閉まっており、いつも境内に漂う線香のにおいもしていなかった。

空気がしっとりしているためか、お堂の前に立つと古い木材の香りがする。ガラス扉の向こうに祀《まつ》られた半眼のご本尊もまだ眠たそうだ。

いつものようにお参りしてから、ブルーシートのかかった調査区にやってきて、トレンチのふちにしゃがみこんだ。この下にある防空壕《ぼうくうごう》から陶管は出土した。集中してもう一度、経緯を整理してみようと思ったのだ。

原山製陶から陶管を手に入れたのは、マルロつながりの板垣少佐だったはずだ。

証拠は原山社長のメモ。陶管番号の下に「↓板垣」と読めた。板垣から電話か何かで「陶管を用意するよう」頼まれた社長が当該製品の番号を書き留め、社員に指示するために破って渡した……という流れだろうか。

板垣は陶管を何に使おうとした？

答えは「刀剣を輸送するため」だが、それだけか？

近衛師団の大海大尉との関係は？　協力者？　むしろ横取りしたのは「大海と御土居下御側組」のほうである可能性はないか？　板垣少佐を警戒したのも「奪い返しにくるかもしれない」と思ったからでは……。

「けど〝ロケット燃料の技術将校〟って、どう考えても刀剣とは結びつかないんだよな」

〝とうかん〟と〝とうけん〟。名前は一文字違いなのだが。

――陶管に草薙剣を隠して疎開させたって。

萌絵が聞いた「噂」。

無量は頭を抱えた。……さすがにそれは飛躍が過ぎる。

「おや、早いね。発掘屋のお兄さん」

庫裏《くり》のほうから、作務衣《さむえ》姿の加藤《かとう》住職がやってきた。まだ起き抜けなのか、あくびをしている。香炉の蓋を開けに出てきたようだ。

「今日は作業するのかい」

「はあ、そうしたいんすけどね。……そういえば〝陶管の所有者〟だっていう人からは、その後、連絡きました？」

きてないね、と言い、加藤住職は香炉の蓋を持ち上げた。

「取りにくる、とは言ってたけど。電話番号くらい聞いとけばよかったね」

おととい作業場に侵入者があったことは、加藤住職には言っていない。

「年配って言ってたけど、ほんとっすか？　若い人じゃなかったっすか？」

「年配の声だわ。電話口でもそれくらいわかる」

「っかしいな」

つまり、軍服男はその「年配」の指示で動いていたのか？

境内の掃除を手伝うことになり、無量は掃除用具入れに竹箒《たけぼうき》を取りにいった。掃除をしながら、まずは一旦《いったん》、「例の噂」が事実だと仮定してみようと考えた。

陶管の中の刀剣が「草薙剣」である可能性はあるのか。

無量は竹箒を二本、手に取り、剣に見立てた。

草薙剣は公式には二振り存在することになっている。ひとつは「熱田神宮にある御霊《みたま》代《しろ》（本物）」、もうひとつは「皇居にある形代《かたしろ》」。

熱田神宮にある「草薙剣」はどうだ？　終戦まで外に出てはいないようだ。空襲で神社の建物は多くが焼かれたが、開戦時に秘密裏に作られた地下の「神庫」で耐えたという（しかもそこに遷《うつ》されたのは空襲の前日だったらしい。本殿も半分焼けたほどの被害の中で幸運だったとしか言いようがない）。戦中の疎開はしていない。疎開していたなら、御料車は熱田神宮まで迎えに来ない。

皇居にある形代の「草薙剣」はどうだ？　そもそも疎開すべき剣を、空襲目標の名古屋に持ち込むのは意味がない。軍需工場だらけの街に持ち込むのは「焼いてくれ」と言っているようなものだ。その危険を冒してまで持ち込む理由がわからない。

ビルの陰から朝日が昇ってくる。靄で散乱した光をまとって箒が輝いて見える。

草薙剣といえば、無量が思い出したのは高知の横倉山《よこぐらやま》で掘り当てた鉄剣だ。

壇《だん》ノ浦《うら》で生き延びた安徳帝の陵墓からでなく「ようじん塚」という墓標もない塚から出土した。「ようじん」とは「影人」——つまり替え玉だ。だが、その塚にこそ本物の安徳帝が埋葬された、と平家《へいけ》の子孫には伝わっていた。つまり、あの「ようじん塚の鉄剣」こそが「安徳帝の草薙剣」だったかもしれない。

反りのない直刀だった。鉄錆《てつさび》に覆われていたが、おそらく両刃。大きさも〈無名〉と同じくらい。

「……影人《ようじん》塚の鉄剣……。ん？　影人？」

無量はハッとした。

「まさか、誰かが〈無名〉を神器の替え玉にしたてようとしてたんじゃ」

近衛師団の大海大尉は特別任務にあたっていた、と明代も言っていた。その任務とは「神器の替え玉」を用意することだったとしたら？　だとしたら厳重な箝口令《かんこうれい》を敷いたのもうなずける。〈無名〉は元々、後水尾天皇所有だったし、秘密任務を隠し通すためなら、防空壕からの出土そのものをなかったことにしたがるのも説明がつく。

「なら特薬部の板垣少佐は？」

ちょうどそこに電話がかかってきた。常滑の原山貢《はらやまみつぐ》からだった。

「おはようございます。どうしました？」

『朝早くからすみません、西原さん。ちょっと伝えたいことがありまして』

気を遣って始業前にわざわざ連絡をくれたようだった。

『実はあの後、実家の蔵をざっと探してみたんですが、古い金庫の中から妙なものが見つかったんです』

「金庫の中から？　なんですか？」

『設計図です』

原山が見つけたのは、戦時中のものとおぼしき陶製品の設計図だったという。

『どうやら特注品のようで、何かの部品の一部と思われる図がたくさん描かれていました。帳簿もついていたんですが、どれもマルロとは一致しなくて』

原山製陶は規格品の陶管を大量生産する傍ら、腕の良い陶芸職人も抱えていて、特注品も請け負っていた。

『その設計者の名前に〝疋田《ひきた》禎吉《ていきち》〟と』

原山の父が子供の頃、一緒に写真を撮ったという技師だ。ロケット戦闘機『秋水』の開発に携わっていたという。

「もしかして『秋水』の──ロケット戦闘機の部品なんじゃ」

『マル秘と書いてあるので、門外不出の部品図なのは確かです』

金庫の奥に厳重にしまわれていたことからもわかる。会社ではなく、自宅の金庫にしまわれていたのも訳ありのように思えた。

「でも陶器って飛行機の部品になるんですか？」

『なりますとも！ 現代のジェット機やロケットにもセラミック製品が使われてます。なにせ耐熱性能が優れていますから』

原山製陶が生産していたマルロ製品は、燃料工場の設備だったはずだ。まさか「秋水」の部品そのものまで作っていたというのか。

しかも、出てきた資料を見てみると、部品図だけではないようなのだ。

『実験データのようなものまであります。原料や化学式が書いてあって、何か新しいセラミック素材を模索しているような』

「新しい、素材？」

『天然原料と人工化合物とを幾通りも合わせて新素材を開発しようとしているように読めます。高純度精製する製造法とか焼成炉の温度管理とか』

原山は大学でセラミックス工学を学んだことがあり、文書に書かれていた内容が素材開発に関わる資料だと読み取ることができたのだ。

『父にも聞いてみたのですが、そういえば、子供の頃、工場の一角に関係者以外は絶対に近づいてはいけない小屋があったそうで、そこは終戦を迎えるとすぐに取り壊されたとか』

「まさか、その小屋で研究が行われていたと？」

『しかも〝疋田のあんちゃん〟はうちに来るたび、立ち入り禁止の小屋に出入りしてたそうです』

無量は直感した。その資料に何か手がかりがある。

「差し支えなければ、画像送ってもらえますか。一部でいいんで」

マル秘の判が捺された秘密資料だ。ＳＮＳでのやりとりでは心許《こころもと》なかったので、萌絵の仕事用メールアドレスに送ってもらうことにした。

無量はすぐに萌絵と連絡を取った。萌絵は寝起きだったが、手がかりのにおいを嗅《か》ぎ取ったのか、すぐに対応すると答えた。

『それとね、こっちもいくつかわかったことがあって、まず近衛師団の大海大尉の軍歴を調べてみたんだけど』

「御土居下御側組ＯＢの？」

『近衛師団の回想録に名簿がついてたの。皇居の警備にあたってたみたいなんだけど、終戦前は伊勢警備隊にいたみたい』

伊勢？　と無量が聞き返した。

『そう。伊勢神宮を守るために東京の近衛第一師団から選抜された兵で編制されたって』

天皇家の祖神・天照大神が祀《まつ》られ、三種の神器のひとつである八咫鏡を奉祭する伊勢神宮は「禁闕《きんけつ》（皇居）」にも等しい聖地でもあった。本土決戦が近づく中、伊勢の防衛を強化するため、発足したという。

『ただ、伊勢にいたのに、どうして名古屋で尾張藩の刀剣を守ってたのかはわからずじまいで』

そのことなんだけど、と無量は自身の推理を萌絵に語った。萌絵は絶句した後で、

『草薙剣の替え玉？　尾張徳川家の〈無名〉が？』

「伊勢神宮を警護してたんでしょ？　もしかして近衛師団の中で三種の神器の替え玉を立てようっていう特別任務があったりしたんじゃ」

これには電話の向こうの萌絵もすっかり目が覚めてしまったようで、

『でも、なんのために』

「本土決戦に備えたんじゃないかな。三種の神器が万一、上陸してきた米兵の手に渡ったり、渡った末に壊されたり、国外に持ち出されたりしたら、それこそ大事《おおごと》でしょ。当

時の日本人からしたら精神ダメージハンパないどころか、人死にが出かねない。終戦の直後だって熱田神宮の人たちが草薙剣を避難させたくらいだし」

伊勢警備隊にも「玉音放送の後、一部の軍人が八咫鏡を持って逃げようとした」という逸話があったという。実行はされなかったが、それなりの混乱があったようだ。それぐらい当時の日本人にとって三種の神器は精神的支柱であり、絶対無二の存在だったのだ。

『あとね、これは検索でなんだけど、あちこち調べてたら〝疋田禎吉さんの孫〟らしき人がヒットしたの。ボルダリング選手のインタビュー記事だったんだけど』

ボルダリング？　と無量が聞き返した。

「って、あれでしょ。壁の突起をたどって上まで登る競技」

『疋田雅樹《まさき》さんってひとで、祖父が陸軍将校で、飛行機のエンジンを作ってたって』

サイトのアドレスを送ってくれた。写真が載っている。いかにもアスリートという精《せい》悍《かん》な顔立ちだ。

『髪型違うけど、昨日会った軍服男によく似てるの』

原山家にあった白黒写真とも比べてみた。

「疋田禎吉とも似てる」

『ボルダリングって聞いてピンときた。一流選手の身のこなしなら、お城の石垣くらいいくらでもはり付けそうだし、昨日の軍服男はこのひとじゃないかな』

なるほど、と無量も理解した。作業所の窓から忽然《こつぜん》と消えたのも、それなら説明がつく。屋根にあがられたら、窓からは見えない。

萌絵は「疋田雅樹」を手がかりに調査を進めることにした。

入れ替わりに柳生からも電話がかかってきた。

『おい、聞いたぞ。例の軍服男、生きてんのか？』

お堀で消えたと聞き、安否を心配している。無量が「疋田雅樹」のことを説明すると、柳生は萌絵のリサーチ力に感心していた。

ただ物騒な状況には変わりない。

真相解明のためにも陶管の中身を取り出したい、と無量は申し出た。

『確かにな。これ以上なんかあって死人でも出たら困る。仕方ない』

陶管は県の埋蔵文化財調査センターに預けている。

さっそく連絡をとって、無量たちは弥富《やとみ》に向かうことになった。

＊

その理容室は本笠寺《もとかさでら》駅から徒歩五分ほどのところにあった。

目と鼻の先に「笠寺観音」で知られた古刹《こさつ》・笠覆寺《りゅうふくじ》がある。甍《いらか》の美しい本堂の前には赤いのぼりが行儀良く並んで風にはためいている。立派な建て構えの鐘楼には風格がある。名古屋城の鬼門鎮護の寺だという。

山門を横目に見ながら角を曲がると古いマンションが建っていて、一階が理容室の店舗になっている。昔ながらの三色サインポールがくるくると回っている。

相良忍はバイクを駐《と》めた。

ここだ。昨日、軍服男たちが入っていったのは。

看板には〝理容室りんどう〟とある。

窓から覗《のぞ》いてみると、内装は年季が入っていて、シャンプー台や椅子も、型は古いが大切に手入れして使っている様子が見受けられた。年を重ねるにつれて増えてしまった置物や古いポスターが、老舗《しにせ》ならではの居心地の良さをかもしている。

「いらっしゃいませ」

出迎えたのは小柄な年配女性だ。御年八十歳くらいに見える。白髪のふんわりしたショートパーマが優しげで白い割烹着《かっぽうぎ》をまとっている。

「すみません。予約はしてないんですが」

「ええ、大丈夫ですよ。うちは来た順にお受けしておりますので」

店には先客がひとり。年配男性客のひげそりをしているところだった。長椅子で待つ間、忍は不思議な懐かしさに浸った。子供の頃、よく近所の理容室で散髪した。いつしか理容室は利用しなくなったが、シェービングクリームの容器や前向きのシャンプー台を見ているうちに、あの筆のようなブラシでクリームをたっぷりうなじに塗られた時の、ひどくくすぐったい感触を思い出した。

男性客は常連で、その女性のことを「おかみさん」と呼んでいる。他に従業員はおらず、ひとりで店を切り盛りしているようだ。年齢の割にてきぱきとよく動くが、物静かで、ラジオから流れるお喋《しゃべ》りなパーソナリティーのダミ声ばかりがよく響く。

火元責任者の札には「疋田昌子《まさこ》」とある。

原山製陶に顔を出していた陸軍士官の名も確か「疋田」だ。ロケット戦闘機の開発をしていたと思われる。では、この女性は……。

十五分ほど待って、忍の番になった。

「お待たせしました。どのようにいたしましょう」

「襟足をすっきりさせたいので、このあたりをこう……」

かしこまりました、と「おかみさん」は散髪を始めた。

鋏《はさみ》の音が小気味よく響く。時間がゆっくりと流れるようだ。

「こちらははじめてですか」

「最近引っ越してきて床屋さんを探してました」

「そうですか。転勤か何かで？」

イントネーションで地元ではないとわかったのか。やがて近所の名所話になった。

「憩いの場いうと、笠寺公園ですかねえ。春は桜の名所で、眺めがええですよ。戦争中は高射砲が置かれとったとこで、今も砲座が残っとるんですよ」

「敵の飛行機を撃ち落とすためのものですよね。このあたりは空襲が激しかったと聞きますが」

「日本の飛行機工場の半分がこのあたりにあったというで、それはもう。撃ち落とした敵機の残骸《ざんがい》を展示しとって、皆で見に行ったのを覚えとりますよ」

「お住まいはずっとこちらで？」

「はい。私はまだ小学生でしたが、姉は学徒動員で飛行機の部品を作ってました。空襲の時は命からがら生き延びましたけど、級友が何人も亡くなってまってねえ。爆弾で防空壕《ぼうくうごう》が潰《つぶ》れて土で埋もれてまったんです。いまでも忘れられにゃーですよ」

淡々と鋏を動かしながら語る。指の皺《しわ》には木の年輪のように激動の時代が刻まれている、と忍は感じた。

「この近くということは、ご家族のおつとめも？」

「ええ、父は大きな時計工場で技師長を務めてました。飛行機の計器など作っとったんですが、そのうち機体も作ってましたねえ……。物作りする家系だったせいか、兄は帝大を出て技術将校に」

「技術将校？　海軍ですか陸軍ですか」

「陸軍です。優秀な兄で技術研究所で飛行機のエンジンを開発しとったそうです」

忍は合点した。ソンジュが話していた人物だ。

ロケット戦闘機『秋水』に携わっていたという技術将校。原山製陶では家族ぐるみのつきあいをしていたという。

とすると、このひとは疋田禎吉の妹？

「でも終戦の時に亡くなってしもて。……内地にいましたけど、戦地で死んだようなものですわ」

と遠い目をする。すぐ我に返り、

「ごめんなさいね。戦争の暗い話なんて聞きたくないでしょう」

「いいえ、そんなことは」

「だってひどい目に遭った話ばかりなんですもの。ひどい目に遭った、つらい目に遭った、だから戦争はよくない。私たち年寄りが言うのはそればかり。若い人が本当に知りたいのは——だったらどうしたら戦争をせずに済んだのか。そうなる前にどうしとったら戦争を終わらせられたか、なのにね」

忍は反応に窮した。

すると「おかみさん」はバリカンを取り出して、

「でも、いまだにわからんの。小学生だった私はあのとき、何をどうすればよかったのか。非国民と怒鳴られたり、仲間はずれにされるのも怖かったでねぇ……」

「それを考えるのは僕たち若い者の仕事です。ひとりの力ではどうにもならない流れがあったと思いますし」

「いいえ、ひとりの力なんです。ひとりひとりが大事だったんですわ。きっと」

柔らかな言葉の中にどこか決然とした響きがあった。うなじのあたりで電動バリカンの音がする。沈黙が訪れてラジオＣＭの声がやけに明るかった。

「このお店は長いんですか」

「元々は夫と。夫は昔、工場を経営しとったんですけど、いろいろで。私が理容師の免許を持っとったで店を開きました。夫は十年ほど前に、がんで」

ん？　と忍は思った。

「疋田という苗字《みょうじ》は、もしかして旦那《だんな》さんの、ですか？」

疋田昌子は「そうですよ」とシェービングクリームを泡立てながら答えた。

「その旦那さんというのは、もしかして禎吉さんとおっしゃいますか」

「え、はい。そうですけど？」

忍はようやく勘違いに気づいた。飛行機開発をしていたというから、「兄」とはてっきり「疋田禎吉」――原山武と写真を撮った若い士官のことかと思っていたら。

では「兄」というのは……。

「夫は兄の部下だったんです。兄をとても尊敬してくれて。兄の訃報《ふほう》を伝えてくれたのも夫でした。そんなご縁で……」

「お兄様はご病気で？」

「不慮の死でした。亡骸《なきがら》が港で」

「まさか、あなたの旧姓は『板垣』というのでは」

昌子は驚いてブラシを持つ手を止めた。

「お兄さんの名は板垣辰五郎《たつごろう》技術少佐ですか」

鏡に映る昌子の表情が目に見えて硬くなった。急に黙り込んだかと思うと、暗い眼差《まなざ》しになり、

「どうして」

「兄の名をどこで？」

その手がカミソリの柄を握ったのを見て、忍は内心緊迫した。思わず前屈《まえかが》みになったのは、体が無意識に身構えたせいだ。

「なぜ兄のことを知っているの？」

「戦時中、海軍の軍需局に出向して、常滑の原山製陶という会社に来ていたと聞きました」

鏡に映る昌子の手にあるカミソリから目を離さず、忍は答えた。昌子は椅子の背もたれに下げてあった幅広の革ベルトを手にした。「革砥《かわと》」と呼ばれる昔ながらの砥ぎ道具だ。カミソリを横たえて表面を撫《な》でるように滑らせると、切れ味がよくなる。

昌子は手首を左右にそよがせるようにして革砥をかけ始めた。

「兄は何者かに殺されたんです。兄のしようとしていたことが許せないひとたちに」

「お兄さんが――板垣少佐がしようとしていたこととは？」

「兄はスパイなんかじゃありません。戦争を終わらせるためにしたことです」

忍は「えっ」と振り返った。昌子はカミソリを見つめ、無心に手を動かしながら、

「どの道、マルロは間に合わなかったんです。これ以上たくさんのひとが死ぬ前に戦争を終わらせたかったんです。クサナギと引き換えにして、それがかなうならと」

「まさかそれは、あの陶管の中身のことですか」

ハッとして昌子は手を止めた。

「あんた、それ知っとって、ここに来たんではにゃーの？」

「それを知るために来ました。板垣少佐は何をしようとしていたんですか」

昌子は青ざめ、カミソリを肩まで振り上げた。手を震わせながら、鬼の形相で、今にも切りつけんとしているように見えた。だが忍はひるまず、

「話してください。少佐の目的を」

「…………」

「知りたいんです」

真剣さが伝わったのか。

昌子はゆっくりとカミソリをおろし、ふたつに折って、ワゴンに置いた。

「知って、どうするんです」

「板垣少佐の名誉を守るため、力になりたいと思います」

昌子は驚いた。本当か、と言い、

「私は自分が生きとる間に、兄の汚名をどうにか雪《そそ》ぎたいと思っとったんです。でも誰

にも言えんかった。本当に力になってくれるのですか」

「僕でお役に立てることなら。そのためにも話していただけませんか」

昌子は戸惑い、何か言いかけた時だった。

「話したらあかんがね、お母さん」

物陰から女の声が聞こえた。バックヤードから聞き耳を立てていた者がいた。

現れたのは、五十代くらいの女性だ。きつい目をして、

「そいつは大海の手先だがん」

忍にはすぐわかった。昨日、軍服男を乗せて逃げた車を運転していた女だった。

「大海の手先？　僕が？」

「とぼけんでちょう。あの陶管が出たもんで、大海に言われてクサナギのこと嗅《か》ぎ回っとるくせに」

「近衛《このえ》師団の大海大尉のことですか。御土居下御側組の」

と忍が言った途端、女は昌子が置いたカミソリを取って、刃を開き、忍の喉元《のどもと》に突きつけた。

「やめやぁ、悠子《ゆうこ》」

昌子が叱りつけたが、悠子と呼ばれた女はカミソリを下ろさなかった。

「大海の手先に話すことなんて無いわ！　出てって！」

「たーけ（たわけ）！　お客さんに手ぇ出すもんがおりゃーすか！」

忍が散髪用のガウンを自ら脱いで、椅子から降り、悠子と向き合った。

「名も名乗らず失礼しました。僕は相良忍と言います。陶管が出土した発掘調査に身内が参加していました。昨日、名古屋城の御深井丸《おふけまる》にいた軍服の男はあなたのお身内ですね」

これには昌子が驚いた。

「悠子。あんた、雅樹と一緒にお父さんの軍服を持ち出ゃーたのは、学校の生徒に見せるためいうのは嘘だったんか？　あんたら何しとったの」

悠子は気まずそうに顔をそらしてしまう。昌子はおろおろとして、

「うちの娘たちが何かご迷惑を？」

「いえ、陶管が出土したのをなかったことにしてくれと頼まれただけです。ただ発掘調査ですので嘘の報告は……。ですが、対応の仕方はあるので、なぜ出土されては困るのか、事情を聞かせていただけないでしょうか」

悠子は困惑を隠せない様子で、

「あれが知れ渡ったら、世間からまた何を言われるか、わからん。辰五郎おじさまだけでなく、お母さんまで悪う言われてまう」

「私のことはええの。それよりも、兄のしたことが間違って後世のひとたちに伝わってまうのがつらい」

昌子の言葉に、忍はますます真相が知りたいと思った。

「先ほどクサナギと言いましたよね。あの刀剣は草薙剣なんですか。クサナギと引き換えに、というのは、まさか草薙剣を連合国軍に引き渡そうと」

悠子が再びカミソリの刃を忍に向けた。

「変なこと言わんでちょう。おじさまはそんなことはしとらん。大体、あれは替え玉で、それを仕立てたのは、大海……！」

「替え玉？」

悠子がハッと口を押さえた。だがもう忍は理解してしまった。

「……近衛師団が神器の替え玉を用意していた、ということですか」

もう隠すのも限界だというように、昌子が悠子をなだめ、代わりに答えた。

「大海さんは、敵の本土上陸に備えて宮内省から指示を受けとったそうです。米兵は日本人の心を折るために必ず神器を探そうとするはず。米兵の手にだけは絶対に渡らんよう、替え玉を用意せよ、と」

「つまり、草薙剣の替え玉となったのが〈無名《むみょう》〉」

「作戦は〈無名〉という剣の名から〈ム号作戦〉と呼ばれました。兄は大海さんに協力することになったんです」

「なぜ大海大尉は板垣少佐に？　おふたりはどういう」

「兄の旧姓は久道《くどう》辰五郎。御土居下御側組の家の出でした」

忍は驚いた。

久道家とは、御側組の最古参だという。

当時、板垣家は跡取りの男子を相次いで亡くし、親戚《しんせき》筋の久通家から五男の辰五郎を迎え、養子縁組したという。

久道家と大海家は御側組の双璧《そうへき》のような存在だった。辰五郎は年の近い大悟《だいご》とは幼なじみで、無二の親友だったという。この特別な任務に御側組を召集することにした大海は、板垣辰五郎にも当然のように声をかけた。あの陶管を用意したのは板垣に間違いなかった。

「そんなに信頼していた親友にどうしてスパイ容疑など」

「草薙剣をアメリカに引き渡そうとしていると思ったからだと思います」

憲兵が板垣少佐にスパイ容疑をかけていることを知り、大海はそう思い込んだようだった。

「でも協力者だったんですよね。何か疑われるようなことでも？」

ありました、と昌子は答えた。

「兄が〈ム号作戦〉を利用したためだと思います」

「作戦を利用？　それはどういう」

「兄は兄で、ある極秘任務を担うことになったのです。戦争を終わらせるために〝ある軍事秘密一式〟を駒ヶ根《こまがね》まで輸送する必要があったのだとか。そこで、松代に輸送される〈ム号〉と抱き合わせにして汽車で運ぼうとしていたそうです」

「駒ヶ根？　長野県の、ですか。そこには何が」

わかりません、と昌子は答えた。

「夫の話によると、兄の計画は徹底抗戦を主張する主戦派の将校たちに露見してしまったのだ、と」

主戦派とは陸軍で本土決戦を主張した者たちのことだ。「降伏は考えず、あくまで戦争を続け、本土決戦で〝一撃必勝〟する」という。徹底抗戦を主張する強硬論は、やがて全国民を戦闘員にして玉砕するまで戦い抜く「一億総玉砕」という煽《あお》り文句で喧伝《けんでん》され、若手将校を中心に一種狂信的な空気を生んだが、本土決戦が真に意図するところは、むろん玉砕などではなく、あくまで講和条件で「国体護持」を勝ち取ることにあったという。

敗色濃かった一九四五年六月の御前会議の段階では、すでに戦争目的から当初の「大東亜共栄圏の建設」が外され、「国体護持」と「皇土（国土）保衛」の二点に絞られていた。ドイツの降伏で即時和平を求める機運が強まる中、政府は外交交渉で本土決戦前に「国体護持」を確保しようとしていたが、陸軍はかたくなに「国体護持は本土決戦での〝一撃必勝〟でのみ勝ち取ることができる」として退かなかった。

だが、そんな陸軍も一枚岩ではなく、本土決戦を回避して早期講和の道を探ろうとする集団があったという。

「つまり、板垣少佐は講和派のもとでなんらかの終戦工作に携わっていたということですか。特薬部の技術将校が？」

「いきさつはわかりません。例の陶管には、替え玉の剣〈無名〉とともに〝クサナギ〟と呼ばれる物が入っていたはずです」

先ほどから何度か悠子が口にした〝クサナギ〟とは「替え玉の剣」を指す名だと忍は思っていた。だが、そうではなかった。

板垣少佐が用意した「軍事秘密一式」のことのようだ。

「大海大尉の〈ム号作戦〉は、陶管の輸送に偽装して、替え玉の剣を大本営が移る松代に持ち込むことでした。その刀剣を入れた箱に、兄は密《ひそ》かに〝クサナギ〟を同梱《どうこん》したそうです。なぜなら、その箱は何人たりとも開けられない、決して触れられない。安全だったからです」

「なんなのですか。その〝クサナギ〟とは」

「夫によれば〝戦争を終わらせるための交渉材料〟だったと」

秘匿名〝クサナギ〟から、板垣らは〈ク号〉と呼んでいた。

それ以上のことはわからないという。

刀剣の箱に入るというから、さほど大きなものではないはずだ。

いったい、どんな「交渉材料」であの戦争を終わらせようとしたのか。

「つまり、陶管の箱の中には〈ム号〉と〈ク号〉ふたつが存在したわけですね」

板垣少佐は大海の作戦に便乗すれば、主戦派の目をかいくぐれると考え、替え玉輸送をカムフラージュに利用した、というわけか。

「法円寺の住職に、あなたがたが板垣辰五郎を名乗って電話をかけたのも、〝クサナギ〟を取り返そうとしたからですか。発掘会社の作業所に忍び込んだのも、陶管を引き渡せと求めてきたのも」

昌子は寝耳に水だった。

「あんたたち、そんなことを？」

「中身が見つかって報道されたりしたら困る思ったんよ。本当に例の陶管なのか、確かめようとしたけど、作業所の方に訊《たず》ねても『答えられない』と言われてまったで、雅樹が変装して」

でも、と悠子は言い、

「お寺に電話をかけたりはしていません。それは私たちではない。私たちが知ったのは、住職の奥様から直接聞いたからです」

悠子は大須の商店街で働いている。防空壕《ぼうくうごう》から爆弾が出たかもしれない、と噂になって、法円寺に確かめにいった。それで知った。

「では、お寺に電話をかけてきたご年配の男性というのは？」

ふたりの表情が心なしか、青ざめている。

「それ多分、大海省悟《しょうご》です」

「省悟……？　大海大悟氏のお身内ですか」

「弟です。大手の素材メーカーで元重役だった」

大海省悟、どこかで聞いたことのある名だと忍は思った。

「省悟さんは私たちに恨みを持っとるはずなので、陶管を手に入れて、板垣辰五郎が敵国のスパイだったと証明しようとしとるにちがいありません」

「恨みというのはどういう」

「若い頃、許嫁《いいなずけ》のような間柄に」

「許嫁？」

経緯を聞くと、大の親友だった大海大悟と板垣辰五郎は、自分たちの弟と妹を夫婦にしてはどうか、と画策していたらしい。そこはいかにも戦前の感覚で、正式に婚約していたわけでもなかったが、なんとなく未来の夫婦のように扱われたという。板垣の死後しばらくの間、大悟が板垣家の面倒を見ていたことがあった。親友が国を裏切ったと思い込んでいた大悟は、辰五郎を許しはしなかったが、それでも昌子の面倒を見たのは、親友の責任感だったのか、罪滅ぼしだったのか。遺《のこ》された昌子と家族をよく援助してくれたという。

そんな昌子に、年頃になった弟の省悟が一方的に恋慕した。だが昌子は辰五郎の部下である疋田禎吉と恋仲になり、結婚して、大海兄弟を激怒させてしまったのだ。

「それだけではにゃーのです。夫は復員後、疋田発動機という会社を立ち上げたんですが、経営が苦《えら》なってまって……。あわや倒産か、いう時に、省悟さんが援助を申し出てくれたんです。でも夫はその手を振り払って、あろうことか省悟さんのライバル会社からの買収話を受けてしまい、メンツを潰《つぶ》された、とひどく怒りを買ってまって」

憤慨したのは悠子だった。

「だって〝援助してやるから離婚しろ〟なんて言ったんですよ。お父さんにそんなことできるわけないじゃないですか。よそに買収されたほうがマシです」

大海省悟はよほど昌子に執心していたのだろう。

——おまえの兄が米国のスパイだったことを世間に言いふらしてやる！

そんな捨て台詞《ぜりふ》を残したという。

「陶管には兄が用意した〝クサナギ〟が入っているはず。もし省悟さんが見つけたら、兄がスパイだった証拠にされてしまいます」

板垣が携わった陸軍の早期講和派による終戦工作は極秘だったのだ。主戦派に知られたら、間違いなく潰されてしまう。そんな危険を孕《はら》んでいた。それがゆえに細心の注意を払った秘密行動が〝スパイ〟とみなされてしまったのだろう。

しかも悪いことに、大海省悟は大手出版社とも懇意だった。ネタに飛びついた週刊誌が「陸軍に潜伏していたアメリカのスパイが草薙剣《けい》をルーズベルト大統領に献上しようとしていた」などと面白おかしく書き立てたのだ。荒唐無稽《こうとうむ》な上に、陶管自体が見つかっておらず証拠も無かったので、一瞬話題になっただけで、いつのまにか立ち消えたが、それでもまだ戦争経験者が多かった時代だ。板垣少佐は実名で書き立てられ、近所の者から後ろ指をさされ、家族はいたく傷ついてしまった。

「あの陶管が出たせいで、兄のスパイ疑惑を蒸し返されでもしたら、と思うと……」

「そういういきさつでしたか。ひどい話だ。……では先日、亀石建設の作業所に忍び込んだ男性は」

軍服男の正体は、昌子と禎吉の「孫」だった。

名は疋田雅樹。ボルダリングの元選手で、悠子はその母だ。

「出土しなかったことにしてほしい、というのは、スパイの証拠に悪用されてしまうものを見つけてほしくなかったから、ですね」

「兄は敵国のスパイじゃありません。私はそう信じているんです」

だが、それが終戦工作だったという証拠も、ない。

あるのは、亡き疋田禎吉の証言だけだ。

「そうですか……。それは確かに難しいですね」

「私たちは兄の潔白を信じとります。潔白が証明できるのなら、陶管の真相は、むしろ世間の人たちにも知って欲しい」

「もし証明できたなら、陶管の出土をなかったことにしなくてもいい、と？」

昌子が悠子に「いいですね」と言い含める。悠子は母の意を汲《く》んで、

「証明できるというなら、私たちは何も」

わかりました、と忍は答えた。

「できる限りのことはします」

場の空気がようやく和んだと思ったその時、店の前の駐車場に車が入ってくる音がした。外を見るとタクシーが一台停まっている。そこから降りてきたのはパンツスーツを着た若い女性だった。忍は目を疑った。

永倉萌絵ではないか。

忍はとっさにバックヤードを仕切るカーテンの陰に身を隠した。こんなに早くここを突き止めてくるとは思っていなかった。

「どうしたんですか」

「すみません、時間切れです。今から入ってくる女性とバトンタッチしますので、いまの話とその続きを彼女に全部伝えてもらえますか」

「ええっ」

「二度手間ですみませんが、信頼できる人です。必ず力になってくれます。では」

というと忍は勝手口から飛び出した。入れ替わりに萌絵が店に入ってきた。

「……おそれいりますが、疋田禎吉さんのお店はこちらでしょうか」

昌子と悠子がぽかんとした顔で萌絵を見ている。奇妙な空気に萌絵はきょとんとしてしまった。まさかほんの数秒前までここに忍がいたとは露知らず、

「あの、疋田さんのお店で間違いないですよね」

「ええと……。父の任務について、話せばいいのでしょうか」

「えっ、なんでわかったんですか！」

外からバイクのエンジン音が聞こえた。見ると、店の前に駐《と》めてあった中型バイクが道路に飛び出していくところだった。

「今のバイク、どこかで……」

その後、昌子たちから経緯を聞いた萌絵はますますわけがわからなくなった。

「そのひと、私とバトンタッチって言ったんですか？　心当たりがないんですが、そのひと名前はなんて」

「確か、アサクラだったかサクラだったか」

「アサクラシノブさんじゃなかった？」

要領を得ないやりとりに、萌絵は目を瞬かせるばかりだ。

年季の入ったバーバーチェアの下には、忍が残した後ろ髪が散らばっている。

＊

無量は愛知県埋蔵文化財調査センターを訪れるため、弥富《やとみ》へとやってきた。

ソンジュもついてきた。弥富は三重県との県境にある、木曽川《きそがわ》の河口の街だ。駅におりると大きな文鳥の絵に迎えられた。江戸時代から飼育がされていて「文鳥の聖地」と呼ばれているそうだ。

金魚も特産品だ。歴史民俗資料館には文鳥と金魚がいて、金魚すくいもできると聞いたソンジュがSNSにあげたがったが、

「仕事で来てんの」

首根っこを摑《つか》んで、埋蔵文化財調査センターに到着した。一足先に柳生が来ている。保管手続きをしてくれた顔なじみの学芸員が作業の支度をして待ってくれていた。

「漆喰《しっくい》は崩すと粉塵《ふんじん》が出ますので、防塵《ぼうじん》マスクとゴーグルをつけてください。事務室にいますので何かありましたら呼んでくださいね」

さっそく「開封の儀」に臨む。

まずは陶管を塞《ふさ》いでいる漆喰の蓋《ふた》を取り除くところからだ。鑿《のみ》を木槌《きづち》で叩《たた》いて漆喰を崩していく。無量とソンジュは陶管の両端から、中身を傷つけないよう慎重に作業を進めた。漆喰は消石灰でできているので強いアルカリ性だ。触れると皮膚が荒れたり目に入ると失明したりする危険もあるので、完全防備が必要になる。無量もそう思って用心していたのだが、なにか違和感がある。

「この漆喰、変ですね」

ソンジュも気づいた。

「硬いのは表面だけで、削るとアイスをスプーンですくったみたいになる。粉塵も出ないし、これほんとに漆喰ですか」

「消石灰でなく珪藻土《けいそうど》？　……じゃないな。洗浄しても水吸わなかったもんな」

「モルタルでもないし」

ふたりは頭をひねっている。材質はあとで分析にかけることにして、とにかく蓋の剝《は》ぎ取りを進めることにした。

「貫通です」

陶管の内部がついに日の目を見た。

「刀剣の箱だ」

X線であらかじめ見た通りだ。まるで陶管の口径と奥行きに合わせて作られたような四角い長箱が入っている。金襴《きんらん》の錦織《にしきおり》に包まれて固く組紐《くみひも》で結ばれている。柳生が取りだした。見かけ以上にずっしりとしている。

「やけに重いな。特に底のあたりが」

作業台に移し、組紐を解いて布を開くと、きれいな桐箱が現れた。

「これって！」

蓋に箔押《はくお》しされた紋章を見た三人は、息をのんだ。

「菊の御紋……か」

花弁の数を数えると十六。十六弁八重表菊。まぎれもなく天皇家の紋ではないか。

皇室の物が下水道にも使われる土管に収まっているとは、あまりにシュールすぎる。いくら未使用の新品とは言え、さすがにただごとではない。訳ありだということは一目《いちもく》瞭然《りようぜん》だ。

「マジもんすかね。これ」

「今上天皇の即位の礼をテレビで見たが、確かに剣璽《けんじ》はこんな布にくるまってたような」

三人の顔はこわばっている。ここまで来ると困惑するというより、見てはいけないものを見ている気がしてならない。かと言って見なかったことにもできない。

「〝陶管に入れて疎開した〟とかって噂があったみたいですけど、まさか本当にこの中に草薙剣が入ってるっていうんじゃ」

「……。開けましょう、十兵衛さん」

無量が意を決して言った。

もうここまで来たら、後には引けない。箱を開けて中を確かめるしかない。

「だな。びびってても仕方ない。よし、開けるぞ」

結ばれていたひもを解く。蓋を開けた。

箱の中には白木の固定台があり、紫色のクッションが敷かれ、剣が横たわっている。

両刃の直刀だ。柳の葉のような形をしており、かなり古い時代の鉄剣であることは間違いない。多少、錆《さび》は出ているが、比較的少なく、保存状態はかなりいい。

これが熱源だ、と無量にはすぐに分かった。右手が感じていた熱の発生源。

「酸化が進まないようにすぐに処理だ」

剣を保存容器に移し、問題の二重底の部分を取り出すことになった。X線では長さ三十センチほどの四角い物体があったが、果たしてそれはなんだったのか。

「箱、壊していいすかね」

「いや、ちょっと貸して」

ソンジュが前に出てきて箱をいじりはじめる。固定台を順番に回して持ち上げると、底板が外れて持ち上がった。底部分があらわになった。

「土……だと？」

底にはぎっしり粘土が敷かれている。やけに重かった理由はこれだ。赤みを帯びた土が底一面に敷き詰められ、真ん中にやや黒ずんだ金属容器が収まっている。四角い物体の正体は金属容器だった。無量は指先で粘土をとってこすりあわせ、

「これ……常滑の赤土じゃないすかね」

「常滑の？　なんでわかる」

「いや、原山さんのお店にあったんすよ。朱泥っていう陶土なんすけど、常滑の急須《きゅうす》なんかに使われる」

「朱泥土を詰めた？　なんのために」

無量は赤土に埋もれた金属容器を取り出した。

「まあ、緩衝材がわりでしょうね。万一、陶管が転がされても容器の中身が壊れないように」

「材質は鉛か？　だからX線にも中身が映らなかったのか」

「ちょっと待って。放射性物質とかが入ってたりしないでしょうね」

鉛と聞いてソンジュが止めた。研究などで放射性物質を持ち運ぶ時、鉛製容器に入れることがある。柳生は金属容器を上下左右から見て、

「X線から写真フィルムを保護する箱じゃないか？ 空港の検査場で昔よく使ったぞ」

無量がおもむろにバッグから取り出したのは分厚いゴム手袋と手のひらに収まるほどの何かの電子機器だ。

「鉛かもって思ったんで、念のため、遮蔽《しゃへい》手袋とガイガーカウンター買っときました」

「用意がいいな。命がけか」

「気休めとも言いますね。放射性物質でないこと祈りましょ」

遮蔽手袋をはめて、容器の蓋を持ち上げる。幸いガイガーカウンターは反応しなかった。箱の中に入っていたのは——。

「試験管？」

緩衝材にくるまった試験管が数本、収まっている。中には液体ではなく、白い粉が入っている。コルクで蓋がしてある。

緩衝材を取り除くと、底に敷かれていたのはモノクロの写真絵ハガキだった。高台から海を見渡す風光明媚《ふうこうめいび》な風景写真だ。松林が並んでいて海水浴をしている子供の姿も見える。

「なんすかね、この粉？ この絵ハガキも」

絵ハガキの裏は真っ白で特に何の説明もない。試験管の説明があるわけでもなく、これだけだ。

無量はハッとした。

「もしかして、これは……」

試験管の白い粉はすぐに成分分析にかけられることになった。

そして、その容器がもつ意味は、数時間後、萌絵が伝えることになる。

＊

「終戦工作のための交渉材料？　あの鉛の箱が？」

法円寺の発掘現場に戻ってきた無量たちのもとに、疋田家から戻った萌絵が合流した。

「どうやら、そういうことだったみたい」

萌絵は疋田昌子から聞き取った話をあらかた伝えた。どうやら陶管に同梱《どうこん》されていた鉛の箱が「クサナギ」と呼ばれていたものだったらしい。

大海大尉が担った〈ム号作戦〉と板垣少佐が担った〈ク号計画〉。

ふたつが交錯したのが、原山製陶のあの陶管だったのだ。

「まじか。ほんとに神器の替え玉なんて用意してたの？」

無量の読みが的中した。〈無名〉が後水尾天皇の所有した剣だったからなのか、しかもそれが奇《く》しくも古い鉄剣だったためだろうか。いずれにせよ「陶管に草薙剣を入れて疎開」という噂の出所がここだというのはまちがいない。横からソンジュが、

「桐箱にこれ見よがしに皇室の紋がついてたのも、替え玉だからこそ、でしょうね。本物なら逆に菊の紋章なんかつけない。あってはならないところにあることをアピールするようなもんですし」

とトレンチの底を掘る手を止めずに言った。

「皇室の紋を人除《ひとよ》けに利用してる。十六花弁の菊の御紋が入った箱なんて、当時の人間なら誰も手を出せない。その中なら絶対に安全だっていう板垣少佐の読みは、的を射てますね」

「問題は鉛の箱のほうだな。あの白い粉が終戦工作にどう役に立つんだ？」

終戦工作の具体的な内容はまだわからない。が、主戦派には狂信的に徹底抗戦を唱える将校たちもいて、そういう連中に終戦工作などばれたら何をされるかわかったものではない、という空気があったそうだ。ちなみに、と萌絵が言い、

「〈ム号作戦〉の手順では、他の陶管と一緒に汽車で松代まで運ぶ予定だったみたい。元々は中央《ちゅうおう》本線を使うはずでしたけど、板垣少佐が〝木曽にて不穏な動きあり〟って言い出して、飯田《いいだ》線を使うようルート変更を指示したそうです。途中の駒ヶ根駅で貨物の入れ替えなどで半日ほど停車。その間に板垣少佐の仲間が貨車からおろし、〝クサナギ〟だけを取り出して、また陶管に戻す手はずだったって」

だが、直前で板垣の「スパイ活動」に気づいた大海大尉が、「丙25607」の陶管だけを発車間際の汽車からおろし、市内の防空壕《ぼうくうごう》に隠したため、板垣の計画は頓挫《とんざ》してしまったのだ。

「軍服男はやっぱり疋田さんの孫でした。作業所に忍び込んだのは、本当に板垣少佐の陶管なのか、確かめようとしたためだそうです。平謝りしてました。被害届も出ているので警察にも名乗り出るって。ただ、板垣少佐が雑誌でスパイ呼ばわりされたことにはいたくこだわっておられて、スパイじゃないことを私たちが証明できるなら、遺物の調査に協力してもいいそうです」

疋田昌子の気持ちは、無量にもわかる。

祖父・瑛一朗《えいいちろう》の場合は過ちを犯した張本人だから同じとは言えないが、それでも身内が世間から後ろ指をさされるのは、身も細る思いがする。まして、えん罪なら、なおさらだ。しかも少佐は不自然な死を遂げている。自殺にしろ他殺にしろ、家族が傷ついたことには変わりない。その上、世間から誤解されて名誉を傷つけられてはやりきれない。さぞ悔しかっただろうし、悲しかっただろう。

難儀だなあ、と柳生も腕組みをして、

「鉛の箱の中身を調べろってか」

それがわかれば、板垣少佐がしようとしていたことも見えてくるかもしれない。

「いくつか手がかりが。駒ヶ根駅で陶管を受け取るはずだった人物と、疋田禎吉さんが終戦後も連絡をとっていたようで」

ただ、禎吉の生前の話なので、いまも健在かはわからない。

無量は測量のために張った水糸を巻き取りながら、

「駒ヶ根か……。行けるか、ソンジュ」

行きますけどね、とソンジュは剣スコを地面に刺した。

「けど〝クサナギ〟の正体を調べた結果、かえって板垣少佐のスパイ疑惑を証明してしまうことになるかもしれませんよ。本当のところは、家族だってわからないんだから」

「つか、失恋の腹いせで週刊誌にガセ書かせるほうがヤバくね？」

「スパイ疑惑が事実にせよ虚偽にせよ、真実が判明すれば説得のしようもある。判明しないことには、何もできん」

柳生があらためて無量に指示した。

「おまえたち、駒ヶ根に行ってこい」

「いいんすか？　現場は？」

「高遠さんとこの現場が一段落したそうだ。こっちに応援をよこしてもらえることになった」

「ありがたい。そういうことなら、遠慮なく」

そこへ加藤住職がやってきた。

三人が留守にしている間に、発掘現場を見に来た者がいるという。

「どうしても見せてくれというで、ロープの外から見せてやったよ」

ほかにも、何が出土したか、どういう状態だったか、その出土品はどこにあるのか、など根掘り葉掘り訊《き》いていったらしい。

「もしかして年配の男性ですか。電話をかけてきたっていう」

「いや、三十代くらいだったなあ。ぱりっとした背広着て眼鏡かけとった。防空壕から出た陶管はどこにあるのか、中身は見たか、と、しつこかったわ」

「そいつ名乗りましたか」

「板垣辰五郎の代理人、いうとったで、あの電話のモンとちがうか？」

代理人、と聞いて萌絵はピンときた。

「大海省悟の関係者です。きっと陶管を確認しにきたんだ。……他には何か？」

「白い粉が入った容器はなかったか、とか言っとったなあ」

無量とソンジュは顔を見合わせた。

あの試験管のことか？

だが、大海大悟の弟が、なぜそのことを？

日が傾き始めた。

無量たちの影が長く伸び、発掘現場には秋の冷たい風が吹き始めた。

第六章　ハヤタロウが知っている

早朝の名古屋駅バスターミナルには無量《むりょう》と萌絵《もえ》とソンジュの姿があった。

伊奈行きの高速バスに乗りこんで、向かう先は長野県駒ヶ根市だ。

板垣《いたがき》少佐が陶管に隠した「クサナギ」を引き渡そうとした人物がいると知り、探しにいくことになった。

「しかし、最後に連絡とれたのはもう二、三十年前なんでしょ？　戦時中は若かったとしても、もう九十は超えてるだろうし……」

無量はバスの席で朝食の天むすを食べている。その人物とは手紙のやりとりだけで、電話番号もわからないという。隣で萌絵もあんバタートーストに嚙《か》みつきながら、

「厳しいかもだけど、疋田禎吉《ひきたていきち》さんも板垣少佐の計画の詳細までは知らなかったようだから。そのキーマンに賭《か》けてみるしかないよ」

「駒ヶ根のキーマン……。ご存命だといいけど」

横を見ると、通路をはさんだ席ではソンジュがアイマスクをして爆睡している。

「疋田禎吉さんは板垣少佐の部下って言ってたけど、特薬部じゃなかったんでしょ？」

「疋田さんはもともと、陸軍の技術研究所でロケット航空機の研究をしてたって。板垣少佐の軍歴がまだわからないんだけど、同じ研究所にいたのかもね」

無量がアイスコーヒーの氷をかきまぜながら「ちょっと思ったんだけど」と言い、

「あの鉛箱に入ってた白い粉さぁ。もしかして、原山《はらやま》さんと板垣少佐が研究してた〝新しい素材〟なんじゃない？」

萌絵が猫のように目を丸くして、無量の顔を覗《のぞ》き込んだ。

「あれが？　原山さんが送ってくれたデータの？」

「今のロケットエンジンにはセラミック部品も使われてるんだってさ。疋田さんは『秋水』のエンジン担当だったそうだし、原山製陶で部品も作ってたのかも」

「原山製陶で手がけたマルロ製品は、工場の耐酸炻器《せっき》だけじゃなかったと？」

「終戦まで一年しかなかったけど、少なくとも疋田さんはずっと前から研究してたんでしょ？　完成間近か、完成してたかも」

「なるほど。ロケットの部品までは考えなかったなあ……」

「あの白い粉は新素材の原料だったとか」

高速道路の標識が見えてきた。朝日が窓から差し込んでくる。

「でも〝戦争を終わらせるための交渉材料〟だよ？　あの粉が？」

「クサナギを差し出すって言ってたんでしょ？　あれと引き換えにアメリカとの交渉を有利に持ってこうとしたんじゃね？」

「……どうですかね。戦犯逃れかもしれませんよ」

通路の向こうから、アイマスクをしたままソンジュが口を挟んできた。

「起きてたのかよ」

「交渉材料っていうけど、当時は確かアメリカとの交渉ルートはなかったって聞きますよ。日本の降伏が近いことを嗅《か》ぎ取って、戦犯逃れのために『秋水』に使うはずだった新素材を米軍に引き渡そうとしたんじゃないですか？」

「でも疋田さんは戦争を終わらせるためだったって」

「後からなら、いくらでも言える。さもなければ、本当にアメリカのスパイだったのかもね」

と言い、ソンジュはアイマスクを持ち上げた。やけに鋭い目をしている。

「悪事を自覚してる人間ほど変わり身が早いし、保身に走る。萌絵さんは人がよすぎ。軍人なんて後ろ暗いことしてなんぼですよ」

「そうかもだけど、そういう言い方はちょっと」

ソンジュはシャットアウトするようにアイマスクをおろし、耳にイヤホンをさして、また眠りの態勢に戻ってしまう。無量は半目になり、

「こいつ、だんだん本性現してきたな」

「まあ、否定できないのがツライとこなんだけど。……実は西原《さいばら》くんにもうひとつ伝えときたいことがあって」

萌絵は妙に改まった口調になった。

「疋田さんちに行った時のことなんだけど、私より先に板垣少佐のことを聞きに来た男の人がいたんだって」

「永倉《ながくら》より先に？　誰そいつ」

「それがね、板垣少佐と陶管だけでなく、軍服男のことまで知ってたらしくて。私と入れ違いに出てっちゃったみたいなんだけど、名前はアサクラシノブって」

「誰それ。もしかして昨日、現場に来たやつじゃない？　眼鏡かけたスーツの」

「かな？　って思ってたんだけど」

バスがカーブにさしかかり車体が傾いた。萌絵は「おっと」と肘掛《ひじか》けをつかみ、

「そのひと、発掘現場で身内が働いてるって言ってたらしくて。疋田さんに調査に協力してくれるよう、説得してったみたい。なぜか私のことも知ってて『必ず力になってくれるから』なんて」

萌絵が行き着いた答えはひとつだった。

「相良《さがら》さんだったんじゃないかな、そのひと」

「忍《しのぶ》が？　なんで」

「わからないけど、アサクラシノブでなくサガラシノブの聞き間違いって考えたら、説明がつくもんだから」

無量は思わず黙った。今度の発掘で起きたことは忍には一言も伝えていない。どこで

どうやって知ったのか、なぜ、カメケンを離れた忍がわざわざ隠れて探ったりするのか。

「十兵衛《じゅうべえ》さんから聞いたのかな。亀石《かめいし》所長とか……あ、鶴谷《つるや》さんかも」

「誰から聞いたにしても、俺たちに一言もないのはおかしい」

忍とのＬＩＮＥは既読がついたまま返事がない。今どこで何をしているのかもわからない。

「まさか黒子に徹して俺たちを陰から助けるのが、忍の『やりたいこと』？　どんな退職理由だよ」

「なんかね、恐山に行ったとき、やけに相良さん、吹っ切れた顔してたでしょ。私ずっと気になってて」

吹っ切れが良い方向に働くならいいけれど、萌絵が心配なのは、忍が完全に割り切ってしまった時だ。

「ケリー氏が西原くんに手を出せなくなるよう、カタをつけるつもりなんじゃないかって。カメケンやめたのも決意表明なのかも」

「決意表明？　俺のために？」

同僚として忍と仕事をしてきた萌絵には、無量よりも少しだけ、忍という男の行動原理が第三者目線で理解できているようだった。

「福井の結婚騒動の時もだけど、相良さんって自分のことには無痛症みたいなところあるでしょ。一度その方法が有効だと思ったら、自分を簡単に捨て駒にできちゃうの。しかも自己犠牲みたいな湿っぽいヒロイズムじゃなくて、ただ単に合理的だからそうしちゃうんだと思う。それが外からは自分を大切にしてないように見えるんだけど」

確かに、と無量も思った。忍には人として何か抜け落ちているものがあると感じるのは、そういう理由でもありそうだ。

「たぶん相良さんには、それのどこが悪いのかもわからないんじゃないかな。そのせいで周りの人がどんな気持ちになっちゃうかも」

「だから心配？」

「うん。西原くんがマクダネルへの移籍を断ったから、これにて一件落着とも思えないし。相良さんはGRMに戻ったんだとしても、西原くんのこと、カタがついてないうちに放り出すとも思えないもん。普通に考えたら、西原くんを候補から落とすためだよね」

萌絵も、忍の退職理由「やりたいことができた」を額面通りには受け取っていなかった。

「それと疋田さんの店に来てたことに何か関係が？」

「そこなんだよね……。そこが説明つかない」

あとで疋田に忍の写真を送って確認してもらうつもりだ、という。萌絵の見解には説得力があって、無量も無視できなかった。

スマホを確認するふりをして画像を見る。退所の日に忍を交えて撮った写真だ。

駅へと去っていく後ろ姿を皆で見送った。最後に振り返った忍は笑っていたが、前へと向き直った時、忍はどんな表情をしていたのだろう。

無量には思い浮かべることができない。

通路の向こう側から、ソンジュがアイマスクを少しだけずらし、そんなふたりを見つめている。

＊

名古屋からバスで二時間半ほど揺られ、駒ヶ根のバスターミナルに到着した。

降りると、空気がひんやりして爽《さわ》やかだ。

東を見れば南アルプス（赤石山脈《あかいし》）、西を見れば中央アルプス（木曽山脈）。

日本アルプスのうちのふたつに挟まれたこの一帯は「伊那谷」と呼ばれている。どちらも二、三千メートル級の山脈で「日本の屋根」と呼ばれている。

ゆうべの冷え込みで頂付近が冠雪したらしく、千畳敷カールで知られた宝剣岳《ほうけんだけ》の稜線《りょうせん》がパウダーをふりかけたように白い。空気が澄んでいるせいか、手前に横たわる山並みから身を乗り出すように顔を出した中央アルプスの白さがいっそう際立ち、まるで阿弥《あみ》陀如来《だにょらい》の来迎図のようだ。

東西を山に挟まれた駒ヶ根市は、天竜川《てんりゅうがわ》が削った広い谷にできた街だ。中央アルプスの登山口で、標高約七百メートルの高原地帯にあり、天竜川を底にしたV字地形の上に街がある。

「ここが伊那谷ってとこですか……」

ソンジュが心なしか感慨深げな目をして呟《つぶや》いた。

「知ってるの？」

「いえ……祖父が昔……」

「ご出身？　ああ、ならご縁がある土地だね」

ソンジュは白く薄化粧した千畳敷カールのあたりを眺めている。顔色が優れないので萌絵が心配すると「バスに酔った」と答えた。少し休んで車を借りることにした。

無量がカーナビに目的地を入れようとしたところ、

「えっ、住所わからない？　どゆこと？」

「ハガキの住所は郵便局留になってたみたい。〝中沢《なかざわ》郵便局〟でセットして」

捜す人の名は〝中郡喜一郎《なかごおりきいちろう》〟という。

中央アルプスを背にして走り、天竜川にかかる橋を渡っていくと、中沢という地区がある。山裾《やますそ》には田畑が広がり、ぽつぽつと農家らしき建て構えの屋敷が建っている。バイパスから横道の坂をあがったところに小学校があり、四つ角に三角屋根を持つきれいな郵便局があった。

「たぶんこの近くだと思うけど、郵便局では教えてもらえないだろうから、手分けして近所のひとに聞き込みするしかないよね」

「このご時世に教えてくれますかね。オレオレ詐欺の受け子と思われるのがオチじゃ」

ソンジュの心配はもっともだが、ダメ元で聞き込みを始めてみたところ、その人を知る人物に出会うことができた。

「ああ、中割《なかわり》の花咲《はなさか》じいさんか」

稲刈りの終わった田んぼで水路掃除をしていた男性が、あっけらかんと教えてくれた。

「花咲じいさん……とは」

「このへんの集落は春になると桃の花がいっぱい咲くもんだでねえ。よそからもたくさん見に来るんだけど、うちの集落のは喜一郎さんのおかげだに」

なんでも自宅の敷地の周りに花桃を地道に植えて、毎年素晴らしい花を咲かせるようになったのだとか。それに感化された集落の人たちも積極的に花桃を植えるようになり、地域全体が桃の里のようになったのだ。

「花桃の話聞きに来たんじゃないの」

「え……ああ、それっすそれっす。花咲じーさんの喜一郎さんです。おうちはどちらになりますかね」

「突き当たりの小高いとこに石垣があるだろ。花桃がいっぱい植えてある。あそこが喜一郎さんちだよ」

さっそく訪れてみたところ、庭で作業している高齢の男性を見つけた。

木の剪定《せんてい》をしている。

日よけ帽をかぶった高齢男性は背中こそ丸くなっているが、動きは矍鑠《かくしゃく》としており、脚立にまたがって鋏《はさみ》を動かす手つきもしっかりとしている。萌絵が声をかけようとしたのを止めて、無量が横から、

「それ桃の木ですか」

と声をかけた。高齢男性は若者たちに気づき「そうだよ」と答えた。

「普通は冬に剪定するんだがね、このあたりは標高が高くて落葉が早い。木に勢いがあるから今から剪定を始めとる。なにせ数が多くて間に合わん」

「あなたが〝中割の花咲じいさん〟ですか」

「俺は二番手。元祖は中沢地区のじいさんだ」

枝振りを確かめながら鋏を入れて枝を落としていく。腕の力も強くお達者だ。首のしわの様子からみるに、たぶん九十代ではないか。

「花桃は紅と薄紅と白の三色、ひしめくように咲く。あたり一面、夢のように華やかになる。まさに桃源郷だ。まるでおとぎ話の絵本だ。見たことあるかね」

「いや、ないっす」

「なら春に来なさい。桜は美しいが、儚《はかな》い。見てると悲しくなる。その点、桃はいい。なんとも明るい。仙人の気分だ」

高齢男性はしわがれた声で「観光客か」と問いかけてきた。

「いえ、実はおたずねしたいことがあって名古屋から来たんですけど。中郡喜一郎さん、

ですよね？」

男性は鍬を動かす手を止めた。

「俺に用か」

「名古屋市内で発掘調査をしてる者で、西原と言います。実はつい先日、防空壕跡《ぼうくうごう》から奇妙な陶管が出土しまして」

喜一郎は見るからに不審そうな顔をした。

「陶管？」

「陶器でできた土管のことっす。これくらいの長さの。その土管の中から刀剣が入った木箱が出てきたんすけど……心当たりはないっすかね」

喜一郎は明らかに表情を硬くしたが、取り繕うように背を向け、再び手を動かし、

「ない」

萌絵も落ちてくる枝を避《よ》けながら、覗《のぞ》き込むようにして、

「陸軍の技術研究所におられた疋田禎吉さんをご存じかと思うのですが、奥様の昌子《まさこ》さんから中郡さんのことを伺いまして。板垣辰五郎《たつごろう》少佐の件でいくつかお訊《たず》ねしたいことが」

「知らん」

「あの」

「何も知らん。帰れ」

けんもほろろな喜一郎に、無量はあきらめず食い下がり、

「陶管の受取人は、駒ヶ根にいる中郡喜一郎さんだったと聞いたんすけど」

「人違いだ。帰れ」

「なら、この写真に写っている場所がどこか、わかりませんかね」

無量は鉛箱に入っていた松林の絵ハガキを喜一郎に見せた。

喜一郎は鋏を止めて一瞥《いちべつ》した。無視するか、と思ったが、何か気になることがあったのか「貸せ」というように手を差し出した。喜一郎はじっと見ていたが、やがて脚立をおりると、写真を手にして母屋に戻っていく。縁側から座敷にあがり、こたつに置いてあった老眼鏡を手に取ると、また何も言わずにじっと見ている。無量たちは庭で待っている。

おい、と家の中から声をかけてきた。

「この写真はどこにあった」

「刀剣の箱の中に。二重底になってて鉛の容器が出てきたんすけど、その中に白い粉末入りの試験管と一緒に入ってました」

「おまえたちの目的はなんだ」

厳しい声で問われ、三人は身を硬くしたが、無量はひるまず、

「疋田さんの奥さん――板垣少佐の妹の昌子さんから頼まれました。少佐にスパイ疑惑をかけている人がいて、お兄さんの潔白を証明したいと。それができたなら、陶管の出

士を公にしてもいいと」

「なぜ俺のところに来た」

「駒ヶ根駅で陶管の中身を受け取るはずだった、と聞きました」

喜一郎は岩のような顔でにらんでいる。

「あの鉛の箱は〝戦争を終わらせるために必要だった〟と昌子さんから聞きました。昌子さんは〝クサナギ〟と呼んでました。その正体を調べてます。板垣少佐は何をしようとしていたのか、どうしても知りたいんす」

喜一郎は老眼鏡をずらし、眉間《みけん》の皺《しわ》を深くした。口を真一文字に引き結んでいる。

無量は根気強く、その口が言葉を紡ぐのを待った。

すると、喜一郎は膝《ひざ》を立てて立ち上がり、一度奥に下がったかと思うと、取っ手のついた木箱を持って戻ってきた。縁側で蓋《ふた》を開けると、中に入っていたのは古い顕微鏡だ。慣れた手つきで顕微鏡をセットし、対物レンズの下に、なぜか松林の写真をセットすると覗き込んで、何か探している。やがて無量たちを手招きした。

「覗いてみろ」

「は？　あの？」

「三番目の松の枝だ。こいつで見てみろ」

意味がわからず、無量たちは顔を見合わせていたが、言われた通りに顕微鏡を覗いてみた。途端にハッとした。

「なんすか、これ」

ソンジュと萌絵も横から顔をよせてくる。

「なにが？」

「めちゃめちゃ小さい文字が書いてある」

枝に埋もれている部分だ。肉眼で見ただけでは気づかなかった。おそらく髪の毛の太さと同じか、もっと小さな文字だ。横にいたソンジュが気づき、

「マイクロドットフィルム？　超縮写ってやつですか」

「超縮写？」

「すごく小さな文字を写真に組み込む技術です。戦時中にスパイなんかが使った」

スパイと聞いてギョッとしたのは萌絵だ。まさか板垣少佐が残したのか？　本当にスパイだったのか？

「西原くん、そこになんて書いてあるの？」

「〝グンジヒミツ　ハ　ハヤタロウ　ノ　ネドコ〟」

誰だ？　「ハヤタロウ」とは？

「これ、なんのことです？」

喜一郎は答えない。ひたすら苦虫を噛《か》みつぶしたような表情をしている。

「いまごろ見つかっても仕方がないものだ。捜すだけ無駄だ」

「これを受け取るのは中郡さんだったはずですよね。ここにある〝グンジヒミツ〟が何

かも、中郡さんは知ってるんじゃないすか。それを手に入れれば、板垣少佐がやろうとしていたことがわかるんすか」

「意味が無いと言ってる」

かたくなに口を閉ざす喜一郎を説得するのは到底難しそうだった。

「……なら、ハヤタロウというのは」

「知らん」

庭におりてきて、また剪定《せんてい》を始める。それ以上は関わり合いになりたくないというように会話を拒んでいる。それはこの老人にとって「過去の傷」なのかもしれず、執拗《しつよう》に問うのも心が咎《とが》める。無量は畳みかけようとした言葉を喉《のど》の奥に飲み込み、ぐっと口を結ぶと、深く頭を下げ、ふたりを促して中郡家を後にした。後ろ髪を引かれた萌絵がもう一度、喜一郎のもとに駆け寄って名刺を差し出した。

「もし何かお気づきのことがございましたら、小さなことでもかまいません。いつでもよいので、こちらにご連絡を」

喜一郎はチラと一瞥し、萌絵の名刺をぞんざいな手つきでポケットにねじこんだ。

無量たちは新たな「謎の言葉」を自力で解かねばならなくなった。

「〝グンジヒミツ〟もよくわからないが、誰だ〝ハヤタロウ〟って」

「板垣少佐の同僚とか？」

「〝ネドコ〟ってのが気になりません？　寝床？」

手がかりを求めてスマホで検索をかけたところ、寺社案内の記事が目にとまった。

「もしかして、これのこと？　駒ヶ根市内にあるお寺に〝霊犬早太郎《れいけんはやたろう》〟って犬がいたそうです」

犬？　と無量と萌絵が目を丸くした。

光前寺《こうぜんじ》という有名な寺の伝説だという。

今から七百年前。光前寺では「早太郎」というたいそう勇猛な山犬を飼っていた。

その頃隣国である遠州府中《えんしゅうふちゅう》にある見付《みつけ》天神社では、祭の夜に人身御供を差し出す習わしがあった。差し出さないと神に田畑を荒らされるという。生《い》け贄《にえ》にされる娘を哀れに思った旅の僧（一日坊弁存《いちじつぼうべんぞん》）が「そんなひどいことを求める神などいるはずがない」として神の正体を見届けることになった。祭の夜、現れたのは神ではなく怪物（老ヒヒ）で「この場に信州信濃《しんしゅうしなの》の早太郎はおるまいな、早太郎には報《しら》せるな」と言いながら、娘をさらっていったという。

弁存は信州に赴き、早太郎を探した。ついに光前寺で早太郎と出会い、寺の許可を得て、村につれて帰った。早太郎は見事に怪物を退治して、無事、娘を取り戻すことができたが、傷を負った早太郎は、なんとか寺に帰ってきたところで命つきてしまった。

「光前寺には早太郎を祀《まつ》ったお墓があるそうです」

「つか、その怪物、なんで自分で言っちゃったの？　フリにもほどがあるでしょ」

ともかく行ってみることにした。

光前寺は天竜川を挟んで反対側、中央アルプス・千畳敷カールの登り口にあたる場所にある。

想像していたよりもずっと大きな寺だった。天台宗の大寺院で、創建も貞観《じょうがん》二年と古く千年以上の歴史を誇る。徳川家から十万石という大名格を与えられ、隆盛を極めた、と説明書きにある。しだれ桜の名所としても知られている。

「立派な山門だな」

境内には杉の巨木が林立し、本堂のたたずまいは古色蒼然《こしょくそうぜん》としたものがある。参道の楓《かえで》も色づいて、陽光に透ける赤や黄色の葉が美しい。紅葉狩りに来た参拝客でにぎやかだった。

山林を背にした本堂は茅葺《かやぶ》きで、暗い堂内には灯明がともり、線香の香りが漂う。秘仏不動明王が祀られている須弥壇《しゅみだん》には古仏が並んでいる。

向拝の右手に「霊犬早太郎」の木像が鎮座していた。脚が長く筋肉質で強そうだ。

「おお、早太郎かっこいい。耳が大きくてオオカミみたい」

本堂から三重塔に至る道の途中に「早太郎の墓」がある。苔《こけ》むした石積みの、かわいらしい墓だ。大切にされている様子を見れば、早太郎が死後も参詣者《さんけい》に愛され、崇敬されてきたことがわかる。

だが〝寝床〟というのが具体的にどこなのか、わからない。

寺の僧侶《そうりょ》に訊《たず》ねてみたところ、わからないという。ほかにもゆかりの場所はあるか、と尋ねたが、早太郎伝説の史跡はおそらくここだけ、という答えが返ってきた。

「伊那ではここだけですが、伝説にある見付天神は静岡県磐田《いわた》市にあります。その境内社に霊犬神社があって、悉平太郎《しっぺいたろう》という名で祀られていますよ」

磐田は天竜川の河口にあり、舞台となった見付天神の地元では、早太郎は「悉平太郎」という名で呼ばれ、ほぼほぼ同じ内容の伝説が残っていた。

無量たちは困った。今度は静岡に行け、と？

「天竜川で結ばれてるとはいえ、なかなかにしびれる距離だね」

「あとは光前寺の近くに早太郎温泉というのがあるけど、湧いたのは平成七年だって」

「そこはちがうかな」

でも、なんで駒ヶ根だったんですかね、とソンジュが首をかしげた。

「板垣少佐がわざわざ鉄道のルート変えさせてまで、駒ヶ根まで運んできた意味は？」

頭を悩ませていると、萌絵のスマホが着信を報せた。鶴谷暁実《あけみ》からだった。

板垣少佐の軍歴がわかったという。

寺の駐車場で、三人は鶴谷の報告を聞くことになった。

『板垣少佐はもともとは陸軍航空技術研究所でロケットエンジンの開発を手がけていたそうだ』

疋田禎吉と同じ部署だ。〈秋水〉以前に、陸軍の航技研は特呂一号エンジンを開発していた。それを積んだイ号一型誘導弾の研究班にいたという。

「そのつながりでマルロの特薬部に出向したわけですか」

『みたいだな。だがその前に意外なところの研究にも参加している。第九陸軍技術研究所だ』

「第九……？　って確か」

『登戸研究所だ。謀略や秘密戦の研究をしていた』

無量たちは思わず押し黙った。

「風船爆弾とか殺人光線とか手がけてた、あの？」

『板垣少佐は第一課でロケット砲開発を手がけていたみたいだが、その後、〈丙第25607〉という部隊に配属されている。それが最終軍歴になっていた』

どこかで聞いた番号だと思ったら、あの陶管の製造番号ではないか。

「その部隊はどういう？」

『それがよくわからん。この部隊名は通称号と思われるが、丙という文字符は登録されておらず、秘匿略号のようだ。表向きは航空エンジンの研究らしいが、実態不明だ』

電話の向こうの鶴谷は相変わらずクールな声で、

『そして、おまえさんたちが今いる駒ヶ根は、その登戸研究所が疎開したところだ』

「疎開先？　ここに来てたんですか」

そういえば、疎開先は伊那谷だと言っていた。駒ヶ根周辺に散らばっていて、寺社や小学校の校舎などを間借りして研究施設や工場として使っていた。

『本部は宮田村《みやだ》の真慶寺《しんけいじ》。技術系の本部は中沢国民学校にあったそうだ』

「中沢？　それって郵便局の隣にあった小学校じゃん。中郡さんが……陶管を受け取るはずだった人が使ってた郵便局の」

『やはりな。その人物は登戸研究所の職員だった可能性がある』

中郡喜一郎が板垣少佐の携わった秘密作戦に協力していたのは、同じ登戸研究所の人間だったからのようだ。

「マイクロドットフィルムにも気づいた。やっぱりあの人が……」

鶴谷との通話を終えて、三人は円陣を組んだまま、情報をまとめた。

「もしかして、その〈丙第２５６０７〉部隊というのが〈ク号計画〉を実行した集団ってことか。中郡さんや疋田さんはその協力者だったと」

「どうする？　西原くん」

無量は腹をくくった。

「霊犬神社は後回しだ。やっぱり、もう一度、中郡さんに会う」

＊

無量たちが再び中郡家を訪れると、喜一郎は自宅の縁側にいた。

干し柿を吊《つる》す支度をしているようだったが、その手は止まってしまっている。何か考え事をしているようでもある。庭に立つ無量たちに気づくと手を動かし始めた。

「なんだ。まだいたのか。今度は何の用だ」

「やっぱり、中郡さんに話を聞きたくて。教えてくれませんかね」

喜一郎は柿のへたを紐《ひも》でくくっている。慣れたその手つきを無量は見つめ、

「中郡さんも、もしかして、登戸から疎開してきたんですか」

手が止まった。喜一郎は顔をあげた。

「誰に聞いた」

「板垣少佐は陸軍の登戸研究所に在籍していたと聞きました。登戸研究所はここに疎開してきてたんですよね。あの中沢の小学校を使ってたと。ここに来る前に学校に寄って職員の方から話を聞きました。終戦後、研究所で使ってた器材や実験道具が小学校に寄贈されて、ついこの間まで使ってたって」

「……疎開してすぐ終戦になったから、ここではまともな研究にはならなかった」

喜一郎が自ら語りだしたので、無量たちは姿勢を正した。喜一郎は縁側に置かれた柿をひとつひとつ手にとって、紐でくくり、

「このへんの寺や神社も作業所になった。そこの川では、焼夷弾《しょういだん》の材料になる黄燐《おうりん》が入った一斗缶を沈めて冷やしとった」

「〝ハヤタロウ　ノ　ネドコ〟もこの近く……、なんですよね」

萌絵たちは気づいていなかったが、無量は確信を持っていた。

「知ってるなら教えてください。お願いします」

「なぜ知りたい。少佐の家族に頼まれたからか」

「それもあるけど……一番は、俺が知りたいんす。この手で掘り当てたから。あの陶管はなんだったのか、俺自身が誰よりも知りたいんすよ」

喜一郎の鋭い目が無量を捉《とら》えた。無量はてこでも動かないつもりだった。喜一郎は大きな口を真一文字に結んで、にらんでいる。まるでにらめっこだ。ピンと張ったピアノ線のような空気に、萌絵とソンジュは固唾《かたず》をのんでいる。

やがて——。

「香花社《こうかしゃ》の裏だ」

と喜一郎はぽつりと答えた。無量は驚き、

「このへんの…会社か何かっすか」

「神社だ。この近くの」

「神社の裏？」

「疎開したての頃、境内によく現れる若いカモシカがいた。まるで我々を監視しているかのように毎日やってきた。〝霊犬早太郎〟にあやかってハヤタロウと名をつけたが、ある日、車とぶつかって死んだ。肉は喰《く》って骨は香花社の裏山に埋めた。小さな祠《ほこら》を建て、研究所の工員たちと〝ハヤタロウの寝床〟と勝手に呼ぶようになった」

そんなエピソードは部外者にはわかるはずもない。

「板垣少佐はたまたま駒ヶ根に来ていて、一緒にハヤタロウの肉を喰った。『霊獣の肉だ。我々は不死の体を得たかもしれんよ』とうそぶいとった」

おそらく板垣少佐はそのカモシカの墓に「グンジヒミツ」を埋めた。同じ場所に埋めれば、掘った痕跡《こんせき》が残っていたとしても怪しまれないと思ったのだろう。

「あやうく霊犬神社まで行くところだったっす」

「捜したいなら、勝手に捜せ。捜せたら、の話だがな」

その墓には目印がない。当時は小さな祠を墓石がわりにしたが、とっくになくなっている。昔は建物もあったが、とうに壊され、今は草ぼうぼうの更地だ。

そこそこ広く、全部掘り返すくらいでなければ、到底みつからないという。

「何日かかるか、わからんぞ。何ヶ月も居座る根性があるなら、捜してみるがいい」

何ヶ月も、と言われて、さすがの無量たちもたじろいだ。

どうしたものか、と顔を見合わせていた時だった。

垣根の向こうから車が坂をあがってくるのが見えた。やけに大きな黒いセダンだ。それを見た喜一郎が何に気づいたのか、急に慌てたように、

「おまえたち、早く座敷にあがれ。靴を持って、早く」

急《せ》かされて三人は慌てて縁側から座敷にあがった。無量たちが障子の裏に隠れた直後、車は庭に入ってきて運転席から男がひとり近づいてきた。三十代くらいの。

スーツを着た男だ。

萌絵が「あっ」と声をあげそうになって慌てて口をふさいだ。小声で、

「あのひと、名古屋城で私に声をかけてきた男の人」

「まじか」

乃木倉庫の前で話しかけてきた男だ。「陶管に草薙剣を入れて疎開させた」と萌絵に教えた、あの。

「お久しぶりです、中郡さん。覚えてますか、河野内《こうのうち》です」

喜一郎は一瞥《いちべつ》しただけで、また柿を紐でくくる指先に視線を落とし、

「また来たのかね。何度来ても大海《おおうみ》くんに話すことはないぞ」

萌絵は思わず声が出るところだった。慌てて自分の口を塞《ふさ》いで障子の陰から耳をそばだてた。

「実は例の陶管が見つかったんです。名古屋市内で」

河野内と名乗った「乃木倉庫の男」は指先で眼鏡のブリッジをあげながら、縁側に腰掛けた。

「中身を引き取ろうとして発掘会社に交渉したんですがね。所有権を証明できないことを理由にはねのけられました」

「そうなるだろうな」

「ですので、あれは盗品であると主張することにしました」

河野内はゆったりと脚を組み、

「松代に輸送していた刀剣〈無名〉は、もともと、徳川将軍家から秘匿するために名古屋城の本丸御殿地下に隠されていたもの。将軍を迎えるためだけの建物で、普段は誰も立ち入りできない本丸御殿ですから、どこよりも安全だったのです。それを管理していたのが御側組の大海家でした」

「それがどうした」

「尾張徳川家のものであることは事実ですし、大海家はそれを証明できる。尾張徳川家から大海大尉に預けられた刀剣を、板垣少佐が奪った。そうであれば、盗品は自《おの》ずと元の持ち主に、ということになりますからね。刀剣箱ごと返還してもらう算段で、話をつけようかと」

「少佐に罪を着せるつもりか」

「そもそも大悟さんを騙《だま》したのは板垣氏のほうではありませんか。なに、ほんの少し。ほんの少しストーリーを書き換えるだけですよ」

河野内《こうのうち》という男、乃木倉庫で萌絵に声をかけてきたときとは人相がまるで別人だ。物腰穏やかなのは一緒だが、策士めいた眼は鋭い。

「どの道、板垣氏をはじめとして当事者は皆、亡くなっていますしね」

「死人に口なしか。そうまでして手に入れたいのか」

「聞けば、その発掘会社の連中も陶管の中身を調べているようでしてね。こちらに来ませんでしたか」

無量たちはドキリとして息を詰めた。喜一郎は無愛想に、

「そんなもんは来とらん」

河野内は鷹揚《おうよう》にうなずくと、ビジネスバッグから正方形の箱を取り出した。手のひらに載るほどのサイズで、蝶番《ちょうつがい》がついた白木の箱だ。蓋《ふた》をあけて喜一郎に差し出した。物陰から覗《のぞ》いていた無量にも、その中身が見えた。

輪っか状の白い物体だ。陶製品のようだが、突起があって何かの部品にも見える。どこかで見たことがある形だ、と無量は思った。あの物体は、確か……。

河野内はこれ見よがしに、箱を喜一郎と柿の間に差し出して、

「製造法。本当は残ってるんじゃないですか」

「記録はすべて焼却した。何度もそう言っとる」

とりつく島がない喜一郎に、河野内は「やれやれ」というような仕草をすると、蓋を閉じ、上着のポケットにしまって腰を上げた。

「発掘屋が来たら伝えてください。中身には手を触れず、すぐさま返還するよう。クサナギのありかを捜しているようなら、今すぐ手を引けと。……陶管を手に入れたら、また来ます。そのときはお力添えをお願いしますよ」

車に戻り、去っていく。

無量たちはようやく障子の陰から出てきた。萌絵は憤慨している。

「あいつ！　はじめから私をマークして声かけてきたってこと？」

「あの男は何者です」

「大海省悟《しょうご》の代理人だ」

三人は驚いた。弟のほうか。疋田昌子の元許嫁《いいなずけ》だったという。

「あのリングみたいな陶製品は何すか？」

「あれは『秋水』の部品だ。正確には〝部品になるはずだったもの〟だ」

無量は絶句した。そして思い出した。

原山家の金庫にあった部品の図面。その中のひとつにそっくりだったのだ。あれはやはりロケット戦闘機の部品だったのか。

だが、なぜ大海の弟の省悟がそれを？

「どこで手に入れたか知らんが、あの部品のことを知りたがって、数年前から俺のところにもしつこく訪ねてきた。やつらは〝クサナギ〟と呼んでいた」

「あの部品が〝クサナギ〟？」

「だが研究記録はすべて焼却したと聞いている」

「つまり、〝クサナギ〟という部品に関する記録が、あの鉛箱に入っていたということですか」

ソンジュが問いかけた。

「だから、あのひとは陶管を手に入れたがっている。あの部品のことを知るために」

「そういえば、建材メーカーの研究員だって言ってたけど」

萌絵が思い出した。

「大海省悟は戦時中に作られた戦闘機の部品の作り方を知るために、板垣辰五郎を名乗って電話をかけてきたってこと？　目的は刀剣じゃなく、その下の箱？」

その理由はわからないが、そのために、またしても少佐に犯してもいない罪を着せようとしている。

「そういうことでしょうね。中郡さん、あなたが手にするはずだったものを、彼らの手に渡してもいいんですか」

ソンジュの目つきが変わった。検事のような顔つきになって、

「あの松林の写真にあった暗号には〈グンジヒミツ〉とあった。それは〝クサナギ〟にまつわる資料のことですか？　それを少佐がどこかに隠した、ということですか？　中郡さんはその陶管を受け取るように指示されてたんですよね。受け取った後、どうするつもりだったんですか」

「……俺はただの橋渡しだ」

喜一郎は、ぽつぽつと、口を開き始めた。

「俺の役目は『駒ヶ根の駅で貨車から陶管を取り出し、鉛箱を手に入れること。写真を解読し〈軍事秘密〉を掘り出す』ことだった。無事に掘り当てたら『〈鉛箱の中身〉と〈軍事秘密〉を岡谷《おかや》の部隊の新郷《しんごう》という将校に届ける』よう指示を受けていた」

「その部隊というのは〈内第25607〉部隊。ちがいますか」

今度は中郡が驚く番だった。

そんなことまでわかっているのか、という顔をした。萌絵も横から、

「つまり、最終的に手にするのは、その新郷という将校のはずだったと？」

「さっきの男が捜しているのも、おそらくその〈軍事秘密〉だ」

どうします？　とソンジュが振り返る。無量の意志は決まっていた。

「あの河野内《こうのうち》って男、〈無名〉は板垣少佐が盗んだものだから返すよう、うちに要求するって言ってた。うそつきもいいとこだ。もしそれが通ったら、あの鉛箱も大海氏の手に渡る。冗談じゃない」

「じゃあ、どうするの」

「ハヤタロウの墓を掘る」

えっ、と萌絵が声をあげた。

「でも何日かかるかわからないって。何ヶ月もかかるかもしれないって」

「何ヶ月かかってもいい。こうなったら意地だ。板垣少佐が埋めたものを見つけるまで、ここに泊まり込んででも見つけてみせる」

喜一郎は驚いた。

無量がそこまでの覚悟でいるとは思わなかったのだろう。すると、ソンジュも、

「つきあいますよ。僕も時間だけならたっぷりある。見つかるまで掘りますよ」

「ま、待って！　いくら高遠《たかとお》さんがヘルプにきてるからって、まだ発掘は」

「十兵衛さんには俺から話すわ。どの道、疋田さんの協力が得られないと報告書も出せないんでしょ。だったら徹底的に捜して、証拠を見つけて、答えを出す。見つけるまで帰らない」

これには萌絵も困惑した。なにを言い出すのか、と大慌てしているが、無量とソンジュの決心は変わらない。

そんなふたりの固い意志に動かされたのか。

「……いい覚悟だ」

ついてきなさい、と喜一郎はサンダルを履いた。

無量たちは後に従った。


三人は喜一郎の案内で「香花社」という神社にやってきた。

車道から石段を数段あがったところに平坦《へいたん》な境内があり、そこからは鳥居の向こうに冠雪したアルプスの峰が望める。この地区の鎮守の古社だ。その先がまた小高くなっていて石段をあがると、鬱蒼《うっそう》とした杉の杜《もり》に年季の入った木造社殿が並んでいる。

「この神社も登戸研究所の作業所になった。伊那商の学生が缶詰爆弾の旋盤加工をしとった。ほんの短い間だったがね」

この美しい峰々に囲まれた自然豊かな村にまで「本土決戦」の暗い影が押し寄せていたのだ。地元の若い学生までもが謀略兵器を作らされ、学び舎《や》は疎開してきた軍や軍需工場に使われた。静かで厳かな空気に包まれたこの境内からは、旋盤加工の音など想像もつかない。

「ここがハヤタロウを埋葬した場所だ」

連れてこられたのは神社の裏にある平坦地だ。境内より一段低くなっていて、土塁のように見える。実は高見城《たかみ》という中世の城跡だという。

「この土塁に埋めたのは確かだが、今となってはどの場所だったか、わからん」

昔は小屋が建っていて目印になっていたが、城跡指定されて壊された。当時あったものもいつのまにか撤去されて、今は草だらけの更地になっている。

「まったいらですね。整地されたのかな。せめて盛土でもあれば」

萌絵も悲観的だ。神社側には杉がぽつぽつと立っていて薄暗い。テニスコート四面分くらいの広さだが、これを全部掘り返すとなると、そこそこ日数がいる。しかも大雑把に掘り返せばいいというものではない。その「軍事機密」がどのようなものかもわからない。どの程度の深さに埋まっているのかも。

「競争しましょうよ、無量さん」

ソンジュが不遜《ふそん》な笑みを浮かべた。

「先に見つけられたら勝ち」

「なにおごる」

「なら、五平餅《ごへいもち》で」

「いいけど、まず建物範囲の特定からな」

まずは喜一郎に地主を紹介してもらい、「城跡調査」という名目で掘り返す許可をもらった。今までに発掘調査は一度もされていないという。城の遺構があるなら、なおさら、そこも考慮に入れなくてはならない。

「わかってると思うけど、ふたりとも遺構を壊すような掘り方だけは厳禁だよ」

「わかってる。なんか出たらまず記録優先な」

日も落ちて暗くなってきた。小屋の痕跡《こんせき》と喜一郎らの証言からその範囲を特定して、捜索範囲から除外する。そこからは区画を決めて、ひたすら掘り返す。一度始めるとふたりはすぐに作業に没頭した。

城跡というだけあって、時々、陶磁器の破片が出てくる。当時の敷石らしきものも出てきて、たびたび手が止まる。一区画掘って何かが出れば記録し、埋め戻す。そのくりかえしだ。

山間だけあって日が落ちると一気に気温が下がる。ダウンを着込んだ。

目標の物体がどれほどの大きさのものなのか。どういう形状なのかもわからない。ヒントは「カモシカの骨を埋めた墓坑」だ。動物の骨が目印にはなるが。

「もう分解して土に還《かえ》ったんじゃないかな」

萌絵が言うと、無量は懐中電灯で土を照らしながら、

「それはない。土壌にもよるけど、骨の分解には百年はかかる」

「動物の骨、出ました」

とソンジュが言った。駆け寄って見ると、土中に白い棒のようなものが覗《のぞ》いている。

「これがカモシカの骨？」

「腓骨《ひこつ》ですね。偶蹄目《ぐうてい》の。でもカモシカは腓骨が退化してるから、たぶん、イノシシだ。

……残念、はずれ」

萌絵は舌を巻いた。骨をぱっと見ただけで動物の種類までわかるのか。

「えっ、ソンジュくんって何？　動物学科？」

「これくらい誰だってわかりますよ」

「いやいや、わからないって」

星が瞬き始めた。

天気がいいので放射冷却のせいだろう。息が白くなってきた。動いているふたりはいいが、萌絵は手足がかじかんできた。

「ふたりとも、今日はもうこれくらいにしない？　もう九時になるよ」

「あと三十分だけ」

「まだ掘るの？」

萌絵は悲鳴をあげた。まるで無量がふたりに増えたみたいだ。と思ってふと見ると、無量の手が止まっている。

顔をあげて、ぼんやりと山のほうを眺めている。目線を追うと、冠雪した中央アルプ

スの峰が月明かりに照らされて輝いている。あまりにきれいなので見とれているのだと思い、萌絵が声をかけると、

「いや、そこにカモシカが」

無量が指さした方を見ると、香花社の社殿前に月を背負うようにして小牛ほどの大きさの獣がいるではないか。猪よりは脚が長く牛よりは体が丸い。毛がふさふさして額には小さな角が生えている。こちらを警戒している。

「本物だ……。かわいい」

無量たちがじっとしていると、カモシカは首を下げて植え込みの草を食《は》み、そのうちふいと石垣の向こうに去っていった。

「すごい、本当にいるんだ。野生のニホンカモシカ」

特別天然記念物だ。ごく稀《まれ》にだが、畑に降りてくると喜一郎も言っていた。

興奮する萌絵をよそに、無量は何に気をとられているのか、まだ山のほうを見ている。

そして、まるでカメラマンが撮影アングルを探すようにウロウロ歩き回り始めた。

「どうしたの？」

「いや。なんかわかったから」

「わかったって、何が」

無量が立ち止まった。夜のアルプスが一番きれいに見える場所に立つと、振り返ってしゃがみこんだ。なんの変哲もない場所だ。地面が盛り上がっているわけでも、へこん

でいるわけでもない。なんにもない。

右手をついて何度も地面を押すような仕草を繰り返していたが、

「ここかな」

無量がスコップを突き立てた。へりに足をかけて体重をグッグッと乗せながら、表土を剝《は》ぐ。ソンジュも気づいた。ふたりがまだ手をつけていなかった場所で、無量が作業を始めたのを見て怪訝《けげん》そうにしている。

無量は土色を観察する。攪乱《かくらん》（掘り返した後）の痕跡を見ている。やがて確信めいた様子で掘り進め、穴の中から何かを拾い上げた。

白い象牙《ぞうげ》のようなかたまりだ。

「ツノだ。カモシカのツノ」

「うそ」

萌絵も絶句した。

「ということは」

無量は右手と相談するように考えを巡らせ、手前のほうへと穴を掘り広げ始めた。やがて、コツン、とスコップの先が何か硬いものにあたった。手応《てごた》えを感じた無量はスコップを移植ゴテに持ち替え、草の根と格闘しながら、周囲の土を取り除いていく。深さ約五十センチから顔を覗かせたのは、灰色のコンクリートでできた筒状の物体だ。

「土管……？」

細い土管だ。水道管にでもあたったかと思い、確認のため掘り広げたところ、前後がつながっていない。防空壕《ぼうくうごう》で陶管を見つけた時と同じだ。これ一本だけだ。

「みつけた」

と無量が言った。

「これじゃないか？　少佐が埋めたもの」

萌絵も身を乗り出すように覗き込んで「これだよ。きっと」と大きな声をあげた。これにはソンジュも驚いて、スコップを持ったまま駆け寄ってきた。ライトに照らされた黒い土の底にコンクリート製の物体が横たわっている
「一発で掘り当てたんですか」

ソンジュはぼう然としている。

「うそでしょう」

掘り当てた当の本人である無量は、穴を見下ろして首をかしげている。

「マルロの……耐酸パイプ？　にしては」

ソケット部分がない。

発掘屋は記録をとることも疎《おろそ》かにしない。その間に萌絵がひとっ走りして、喜一郎を呼びにいった。

出土したのは全長五十センチほどの、小さな土管だ。両手で普通に持ち上げられるほど軽い。筒径（口径）は八センチほど。やや太い巻物くらいの太さで、筒身はコンクリ

ートのような色合いだ。素焼きの筒だが、少し変わっているのは、両端と内部がアルミでできていることだ。

「なにかな。ミニ土管……？」

駆けつけた喜一郎にはそれが何か、すぐにわかったようだった。

「濾過筒《ろかとう》だ」

「ろか……とう？」

「汚れた水を濾過する装置に使う筒だ。登戸研究所が持ち込んだものだ」

戦時中に使われた「石井《いしい》式濾水機」というものに使われる濾過用カートリッジだった。

外見は珪藻土《けいそうど》の素焼きだが、内部に筒径三センチほどのアルミ筒が入っている。

「戦地の密林地帯などで使われる移動式の濾過装置だった。満州《まんしゅう》の防疫給水部が開発した」

「防疫給水部」

「その名の通り、野戦中の病原菌に対する防御や浄水任務を担っていたが、細菌兵器も開発していた」

「それって、まさか……731部隊とかの」

「登戸研究所でも細菌研究をしていたからな」

無量たちはぞっとした。

目の前に実物があるせいで、その言葉が急に生々しく感じたのだ。

「ここに何か書いてある」

萌絵が気づいた。筒の先端のアルミ部分に漢字四文字で何か刻印されている。

「〝密秘事軍〟……？」

「いやちがう。右から読むんだ。これは……〝軍事秘密〟」

超縮写写真の暗号「グンジヒミツ」とは、この濾過筒そのもののことだったのだ。

やはりそうか、と喜一郎は呟《つぶや》いた。

「我々はこの四文字が刻まれた濾過筒を駒ヶ根にたくさん持ち込んでいた。埋まっていたのはこれ一本か？」

「みたいっすね」

よくよく観察してみると、中心部のアルミ筒に何か収まっている。

取り出してみると、褐色のフィルム状物体だ。広げてみるとX線フィルムに似ている。非常に薄くてよくしなるが、材質はプラスチックではなさそうだ。ガラスフィルムだろうか。

月明かりに透かしてみると、何か記してある。図面のようだ。

枝分かれした線が幾何学模様のようになっている。

「ナスカの地上絵？……なわけないか」

小さな文字で「第○坑」と数字が振ってある。覗《のぞ》き込んだ喜一郎が、

「坑道……いや、これは地下壕《ちかごう》だな」

「戦時中、軍需工場を敵の目から隠すために工場施設を山中の地下に作った。その設計図面だ。終戦前には国の機関も地下に移す計画があった」

「地下壕？」

「松代の大本営？」

萌絵が思わず声をあげた。

「まさか、これは松代の大本営の設計図だというんじゃ！」

枝分かれした坑道のひとつに矢印がついている。◯で囲んで何かを指し示している。

無量たちは顔をこわばらせた。

喜一郎は大きなルーペを持ち出して図面を精査する。いや、と言い、

「これは大本営ではない。伊那の山の名がある。これは……」

「心当たりがあるんですか」

喜一郎は険しい顔をしている。

濾過筒を観察していたソンジュが「まだ何か入ってますよ」と言った。筒を振るとカラカラと音がする。一番奥にフィルムケースのようなものが残っていた。取り出して、蓋《ふた》を開けた無量たちは驚いた。

「鍵《かぎ》だ」

何かの扉の鍵のようだ。だが、金属製ではない。プラスチックとも違う。とても軽い。

「この図面の目印んとこを開ける鍵ってことじゃないか？」

板垣少佐が「陸軍の主戦派」の目に触れてはならないものを、ここに隠した。そういうことか。

「河野内《こうのうち》っておっさんが探してた目当てのものも、ここにあるってことか？」

黙り込むと、寒さで虫の声も絶えた一帯は静寂に包まれる。

月明かりに照らされた夜の城跡で、無量たちは考えた。

どうする？

「宝物発掘師《トレジャー・ディガー》が宝の地図を手に入れて、探さないわけにいかないでしょ」

無量は「謎の鍵」をケースに収めて、ポケットに入れた。

「探そう。板垣少佐の足跡を」

雲ひとつない夜空に月がこうこうと明るい。

青白い月光に浮かび上がる冠雪した中央アルプスが、無量たちを遠くから見守っている。

＊

その夜はビジネスホテルが一室しか空いておらず、困っていたところ、喜一郎が無量とソンジュを泊めてくれるというので、萌絵だけホテルに向かうことになった。

喜一郎はひとり暮らしだ。妻とは十年前に死別し、子と孫は遠方で暮らしている。

「風呂《ふろ》いただきました」

無量が戻ってくると、喜一郎はこたつで日本酒を飲んでいる。

飲《や》るか、と聞かれ、一杯だけつきあうことにした。

居間は日用品で雑然としている。工務店の名が記されたカレンダーにはひとり暮らしの老人らしく福祉施設の訪問予定が記されている。散らかったこたつの上にはテレビのリモコンが無造作に置かれ、夕食の残りにラップがかけられている。飾り気皆無の日常感に、不思議と実家に戻ったような居心地の良さを覚えた。

「最高っすね。風呂の窓からアルプスが望めて、星がたくさん見えて。こりゃ登戸には帰りたくなくなるわけだ」

「……家族も一緒に移ってきたからな。独身と違って、戦争が終わったからすぐ帰るって訳にもいかんわ」

皺《しわ》だらけの手でコップ酒をちびちびやりながら、喜一郎は言った。半纏《はんてん》に染み付いた古着の匂いに、祖父と住んでいた頃を思い出し、無量は妙に懐かしい気分になった。

「登戸では板垣少佐と同じ部署に？」

「いや。少佐がいた第一課は北安曇《きたあずみ》に疎開した。伊那に来たのは第二課、俺は第五班でマイクロドットの技手をしていた」

それであの写真の超縮写にもすぐに気づいたのだ。

「少佐と親しくなったのは、登戸にいた頃だ。少佐の実家の兄が名古屋でレンズ工場の技師をしとると聞いて紹介してもらった。上官なのに気さくなひとで、お互い野球好きなこともあってウマがあった」

軍人というより技術者になるために生まれてきたような人物で、実験にのめりこんでは研究所に何日も泊まり込み、外の洗い場で洗濯している姿をよく見かけたという。

「少佐はな、頭が下がるほど精力的で、粘り強く、新しいものを作り出すという一事に文字通り心血を注いどった」

——中郡君、私はね、戦争になった上で我々技術者にできることは、敵の戦力を上回るための技術開発に尽力することだと思っていた。

——我々だけではない。大人から子供まで、目の前のことに尽力していれば、お国の役に立つ、戦争に勝てると信じ込んできた。いや、信じ込まされてきた。

だがどうだろうねえ、とカモシカ鍋《なべ》をすすりながら、少佐は言った。

——神国日本などと勇ましく叫んでいれば勝てると思いこんでる連中が、我が軍にはあまりに多すぎた。戦争には明確なゴールが必要なのにろくに定めず、神がかりで根拠のない精神論が、冷静な情報精査をことあるごとに妨げて、目を奪い、耳を奪い、本当に必要な物事の判断を妨げてきた結果がこれだ。

——国民に「目の前のことを必死でやっていれば勝てる」と思い込ませている間、この国の舵《かじ》を握っていた者たちはいったい何をしていたんだろう。

聞く人が聞けば「参謀本部への批判」になることを恐れずに、吐露する。軍服を脱ぎ、シャツ一枚になった少佐は悔しそうな目をしていた。

——米英との戦争に勝てないことは開戦の時からわかっていたはずだ。始まった以上は早期終戦、と言っていた連中は今日この日までいったい何をやっていたんだ。

「あの夜、若い技手だった俺に、少佐はカモシカの硬い肉を噛《か》みながら本音で語った。こんなに山が美しい風光明媚《ふうこうめいび》な里まで軍需工場だらけにして。本土決戦などになれば、この国が滅びることはもう皆わかっているはずなのに、と」

無量は酒に口をつけずに聞いている。

「あのひとはね、『秋水』は間に合わないって言ってたよ。常滑の丘から、四日市の燃料廠《しょう》が、空襲で真っ赤に燃えているのを見たそうだ。海軍から来た将校が、崩れるように膝《ひざ》をついて『終わった……』と呟いた。それを聞いて心を決めたそうだ」

——ここからは皆が生き延びるために行動する。

喜一郎を通して板垣少佐の声が、無量の耳にも聞こえた気がした。

「俺は少佐の役に立ちたかった。だから引き受けた。研究所の誰にも言わなかった」

「そうだったんすか……」

「少佐はな、ある秘密作戦のために〝クサナギ〟を輸送しようとしとったんだ。だが、少佐たちの動きを警戒する者たちの監視と検閲が厳しく、ことを進めるのが難しかった。そこで〈ム号作戦〉に便乗することにした。近衛《このえ》師団の貨車は憲兵もチェックしない。万一受けても菊の紋章が守ってくれると」

「……」

「あの日、俺は駒ヶ根駅で指定された汽車を待った」

停車時間は三時間。貨物の積みおろしに紛れて陶管に近づき、密《ひそ》かに刀剣箱を取り出す段取りだった。鉛箱を手に入れた後は、元通りに刀剣箱を陶管に戻す。陶管に蓋をするのは、漆喰《しっくい》に見せかけた登戸研究所特製の硬化剤で、五時間もあれば硬化する。目的地の松代につく前に、貨車の中で硬化が完了するはずだった。

だが「丙25607」の陶管はどこにも載っていなかった。

「……首をくくろうかと思ったわ」

何度もくまなく必死で捜したが、陶管はなく、駅を出ていく汽車を呆然《ぼうぜん》と見送るしかなかった。少佐に報告の暗号電報を打つのも、つらかった。

どこかで主戦派に露見したのだろう。そうとわかったら、これ以上計画を進めることはこの身が危うくなる。少佐は身を隠すと言って、それきりになった。

「俺には少佐がスパイだったのかどうかは、わからん。だが行動した理由だけはわかるんだよ」

無量は手のひらでコップ酒の冷たさを感じていた。

「喜一郎さんは、なんで俺らに教えてくれたんすか」

振り子時計の音がしんみりと聞こえている。喜一郎はコップの酒をあおり、

「……登戸での研究は、いまだに後ろ暗い。人様に堂々と言えるようなものでもない。

だが若い君たちなら先入観なく聞いてくれると思った」

俺も老い先短い。喜一郎はそうつぶやき、

「君たちだから話した。墓場まで持ってくつもりだったが、もうええだろ」

冷え込んできたせいか、秋の虫の音も絶えて、もう聞こえない。

無量は清酒を一口、飲んだ。

＊

無量が客間に戻ってくると、風呂上《ふろあ》がりのソンジュが布団の上にあぐらをかいている。スマホを見るでもなく、考え事をしているようだった。

「起きてたのか？　電気消すぞ」

「ひとつ聞いてもいいですか。無量さん」

布団に大の字で倒れた無量に、ソンジュが真顔で訊《たず》ねてきた。

「……なんでわかったんです？　あそこにハヤタロウが埋まってたこと」

無量は天井の木目を見上げながら、記憶をなぞった。

「あー……。あのカモシカが教えてくれたっつーか……」

「さっき現れたやつが？　動物と話せるんですか？」

「まさか。カモシカって神様の使いっていうでしょ。そういう動物には敬意払うっつーか、肉をいただいても骨は適当なとこには埋めないだろうなって。俺だったら一番気持ちのいい、眺めのいい場所に埋める」

土の痕跡《こんせき》にだけ注意を払っていたソンジュからすると、想像もしない発想だ。

「だからって一発で当てるのはおかしいでしょ」

「あー……。それはただの勘。なんとなくここじゃね？　って」

「右手ですか」

ソンジュが険しい表情で問いかけた。

「〈鬼の手〉がここだって教えてくれるんですか」

無量は驚いたが、眠気のせいか、面倒くさくなって、

「教えてくれるってことはないけど、……まあ、なんとなくね」

忍が言っていたのはこれか、とソンジュは思った。〝西原無量の右手は遺物に反応する〟──眉唾《まゆつば》だと思っていたが、こうも間近でまともに目撃してしまっては、信じないわけにいかない。なんてやつだ、とソンジュは肝が冷えた。

「それはともかく、例の地図に載ってた地下壕《ちかごう》、喜一郎さんが明日《あした》案内してくれるって。行ってみるけど、おまえどうする？」

「行きますよ。そのために来たんだから」

「しかし、あの河野内《こうのうち》って男、なにもんなんだろな。大海省悟の代理人って言ってたけど」

「大海省悟のほうは何者かわかりましたよ」

無量が身を起こした。

わかったのか？　と聞かれたので、ソンジュはスマホを見せ、

「大海省悟。東海セラミックっていう大手メーカーの元執行役員だそうです」

よくCMで名を聞く有名な素材メーカーだ。経団連の会長も出したことのある会社で、ファインセラミックスで国内シェアトップを走っている。

「役員を退いてから、セラミック専用3Dプリンタの開発会社を立ち上げたとかで、ついこの間もネットに取り上げられてました」

「セラミック……」

——実験データのようなものまであります。原料や化学式が書いてあって、何か新しいセラミック素材を模索しているような。

原山貢の言葉と結びついた。

陶磁器は、近代、工業製品に発展してセラミックと呼ばれた。

それらがさらに発展したものがファインセラミックスだ。

高度に精製された天然原料や化学的プロセスで合成した人工原料、天然には存在しない化合物を調合して、あらゆる性質を生み出すことができる。

特徴は従来のオールドセラミック同様、必ず「焼成」という工程を経て作られる。ファインセラミックスは厳重で緻密《ちみつ》な温度管理のもとで「焼成」され、高い寸法精度と機能

を備えている。金属材料とも接合できるので、いまでは半導体や自動車部品、食品から機械まで、あらゆるジャンルで、なくてはならない工業材料だ。

だが、それらが登場したのは戦後のことだ。

板垣少佐はいち早くその研究にとりかかっていたに違いない。

ロケット推進剤の製造管理をするかたわら、ファインセラミックス研究も同時進行で進めていた。おそらく原山製陶にあった謎の小屋も、そのためのものだろう。

河野内《こうのうち》が持っていた部品も、その「新素材」でできていたとしたら。

「板垣少佐は『秋水』のロケットエンジンの部品に使う新素材を研究してたってことか。あの河野内ってやつは〝部品〟でなく〝部品の素材〟を調べてる？」

「かもしれませんね。例の地下壕に研究の痕跡があるのかも」

だが、戦時中に開発されたファインセラミックスなど調べてどうするのだろう。

「とりあえず、河野内のことは永倉に調べてもらって、俺たちは明日地下壕に行くぞ」

地下壕……、と呟いてソンジュはやけに真率な目をした。

「やっぱり、行かないとだめですか？」

意外なほど弱気な言い方をしたので、無量は不思議に思った。

「いや、だめってこたないけど、……〝クサナギ〟の正体を突き止めないと」

「ですよね。やっぱ行ったほうがいい」

無量は怪訝《けげん》に思いつつ、布団にもぐりこんだ。

ソンジュも横になった。

「……にしても、おまえ、ほんと調べんの早いな」

「僕じゃないです。マネージャーが調べてくれるんです」

「例の事務所の？　めっちゃ有能じゃん」

それが忍であることは黙っている。

ソンジュの胸の内はいつになくざわついている。

電気を消した後もすぐには寝付けず、無量の寝息を聞きながら、暗い天井の木目をにらんで考え込んでいる。

第七章　眠れる翼

「河野内《こうのうち》が同じホテルにいた？　マジか！」

翌朝、萌絵《もえ》から連絡を受けた無量《むりょう》は歯を磨いている最中だった。

スマホから聞こえてくる萌絵の声も、若干興奮して甲高かった。

『いま朝食会場で見つけちゃった。まちがいないよ。乃木倉庫にいたあいつだよ』

たまたま同じホテルに宿泊していたようだ。伊那で待ち伏せる気満々なのだろう。無量は口をゆすいで、

「そいつを引き留めろ。なんなら追い返せ」

『やってみる。西原《さいばら》くんたちは？』

濾過筒《ろかとう》に入っていた坑内図の場所を探しにいく、と答えると、萌絵は了解して、

『もし見つけても先走って勝手に地下壕に入ったりしちゃだめだよ。許可がとれるまで待つこと。わかった？』

通話を終えた無量のそばにソンジュがいた。装備を整えるため、ホームセンターに行こうとしていたところだった。

「俺たちが駒ヶ根に来るの見越して待ち伏せされてる。やっぱりあいつ、板垣《いたがき》少佐のクサナギ作戦のこと知ってるな。どこで知ったんだろう」

大海大悟《おおうみだいご》は具体的な作戦内容は知らなかったはずだ。

「作戦に関わっていたのは喜一郎《きいちろう》さんだけじゃなかったのかもしれませんね」

「そいつが嗅《か》ぎつけると面倒だ。永倉《ながくら》が足止めしてる間に出かけるぞ」

喜一郎はあの坑内図の地下壕に心当たりがあるという。その場所まで案内してもらうことになった。中郡家《なかごおり》の軽トラをソンジュが運転し、無量たちは出発した。


一方、萌絵はロビーで河野内《こうのうち》を待ち伏せすることにした。

「来た」

荷物を持って降りてきた河野内に、萌絵はここぞとばかりに声をかけた。

「あら？　奇遇ですね。こんなところで会うなんて」

河野内は不意を打たれてびっくりしたようだ。萌絵は偶然鉢合わせしたという演技をしてニコニコしながら、

「覚えてませんか。名古屋城でお目にかかった者です。乃木倉庫の案内をしてくれたじゃありませんか」

「あ……ああ。あのときの」

河野内の表情がひきつったのは、まさか萌絵のほうから声をかけてくるとは思っても

みなかったからだろう。とはいえ、初めから萌絵たちが喜一郎のもとを訪れると踏んで駒ヶ根に来ていた河野内は、すぐに「しめた」とばかりに眼鏡の奥の目を光らせた。

「名古屋から伊那まで足を延ばしたんですか？　通ですね」

「いえ、今日は仕事なんです」

河野内は萌絵が法円寺の発掘調査関係者だと知っている。案の定、

「食後の珈琲《コーヒー》でも飲みませんか」

と河野内のほうから誘ってきた。探りを入れるためだろう。萌絵は快く応じた。こちらもそれが狙いだ。ソファーに移動してホテルサービスの紙コップ珈琲を飲みながら、ふたりは向き合った。

「へえ、遺跡発掘のお仕事を？　どうりで歴史にお詳しいわけだ」

河野内は乃木倉庫での萌絵の反応をみて「相手の話を素直に信じる女」という印象を持っただろう。その印象を利用して、萌絵は河野内の質問に疑いもなく応じるふりをしてみせた。

「陶管の中に刀剣が！　あの噂は本当だったんですか！」

「ええ、河野内さんが言っていた草薙剣の本物かもしれません。それで私たち、陶管の持ち主に関する情報を必死に探し出してですねぇ。それがなんと戦時中の……」

ぺらぺら、とあえて手の内を明かしたのは、河野内からの質問を引き出すためだ。

「……そういうわけで、駒ヶ根でその陶管を受け取る予定だったひとのことを調べにき

たんですよ」

もちろん河野内《こうのうち》も陶管のことは全部把握している。発掘現場にも足を運んでいたくらいだ。河野内が何を知ろうとしているのか、それを知るのが萌絵の目的だった。

「それで陶管を受け取る予定だったというひととは会ったんですか」

「昨日会えたんですけど、残念ながら、空振りです。お年を召されているせいもあるかもしれないですけど、何も覚えてないみたいで」

手の内を明かしたのは「偽の情報」を与えるためだ。だが河野内は用心深く、探りを入れる目になり、

「でもその陶管の中には何か手がかりは入っていたんですよね。物証的な」

「ええ、ありました。謎の粉末が」

「それはどういう」

「白い粉ですね。小さな試験管に。薬品でしょうか」

萌絵は「これくらいの」と手で大きさを示した。河野内は核心に迫る時、眼鏡に触れる癖があるようだ。この時も眼鏡に手をかけ、

「その薬品について何か記した書類が入っていたということはありませんか。たとえば、それを扱っていた戦時中の施設の場所とか」

質問の意図に考えを巡らせつつ、萌絵は珈琲を飲んだ。

「さあ、入っていたのはそれだけです」

「それだけ？　そんなことはないのでは」

「なんでそう思うんです」

「いや、研究者の習性といいますか」

河野内は取り繕い、

「もしかするとそれは何かの原料かもしれませんね」

「原料？　薬品ではなく、ですか」

「ええ、たとえば、こんな」

河野内が取り出したのは、あの部品だ。

喜一郎にも見せていた「リング状の白い物体」を萌絵にも披露した。

「私が扱う建築構造材にファインセラミックスを使用したものがありましてね。特殊セラミックの開発は従来戦後から始まったと言われていましたが、実は戦時中にはもう行われていたようなのです」

萌絵は「触ってもいいですか」と聞き、手に取った。軽い。見た目は陶製品のようなのだが、びっくりするほど軽い。

「原料は主に窒化ケイ素と炭化ケイ素でできています。天然では存在しない人工化合物なんです。非常に軽い上に耐熱性も耐衝撃性もある。現代で言うところのファインセラミックスの、おそらく最古のものでしょう」

「これをどこで」

「陸軍の技術研究所にいた将校から手に入れました。ロケットのスラスタに使うはずだった部品だと」

「ロケットの！　ス……スラスタ？」

「推進剤の噴出口のことです。一般的には金属の部品を使います。セラミックは耐熱性・耐摩耗性・耐腐食性に優れるかわりに、脆《もろ》い。金属のようなしなやかさがないので、機械的衝撃や急熱急冷の熱的衝撃に弱い。なのでロケット部品には使えない……はずでした。が、現在の最先端技術ではこれらを克服したファインセラミックスが存在します。それを信じられないことに戦時中に完成させていたということになります」

立て板に水、といった調子でペラペラと語ると、河野内《こうのうち》は「ここが肝要」というように眼鏡を指先で持ち上げた。

「実際、いま金星の周回軌道にいる観測衛星のスラスタにはセラミックが使われている。非常に高度な技術です。……ですが、この部品を分析したところ、実はそれよりも優れた性能を持っていることが判明しました」

「戦時中にですか」

「まるでオーパーツだ。戦時中にあるはずのない技術で作られているのです。マルロに関わっていた技術将校って言いましたね。この部品を開発したのも、そのひとかもしれません」

原山製陶に残っていたデータが頭に浮かんだ。

やはり板垣少佐が手がけた部品なのか。

「日本は戦争に負けて七年間航空禁止令を出されていました。ロケットの開発も途絶え、一九五五年に東大の糸川《いとかわ》教授によるペンシルロケット実験から始まったが、もし板垣少佐らの研究が途絶えなければ、日本のロケット開発はアメリカのアポロ計画よりも進んでいたかもしれない」

河野内の喋《しゃべ》りに気圧《けお》されて、萌絵は思わず聞き入ってしまった。

「でも、そうはいっても過去の技術ですよね」

「七十年も前の工業技術でこれが作れたんですよ。現代の技術でも不可能なことをブレークスルーする手がかりがあるかもしれない」

萌絵は気づいた。それで板垣少佐が遺《のこ》したものを手に入れたがっているのか、と。

河野内は我に返り、

「ああ……すみません。一度喋ると止まらないのが悪いところで」

「あのう、建材会社の方ですよね」

こいつ絶対セラミックメーカーの技術者だ、と萌絵は思った。自分の専門について喋り出すと止まらなくなって、しまいには聞き手を置いていくタイプの人間を、何人か知っている。河野内は間違いなくそういうタイプだ。

「永倉さん、その陶管に入ってた白い粉末を私に調べさせてもらえませんか」

「いや、私の一存では……」

「板垣少佐はデータを持っていたはずです。それがどこかに必ず残されているはずなんです」

熱に浮かされたように前のめりだった河野内《こうのうち》の手元で、スマホが着信を報《しら》せた。「ちょっと失礼」と言い、電話に出た河野内は「なんだと」と急に野太い声を発した。

「そうか、動きがあったか。やはりな。すぐに行く。目を離すな」

その言葉で萌絵は気づいた。しまった。昨日は河野内ひとりだったから、油断していたが、仲間がいたのか。

「すみません、急用ができました。失礼します」

「待って！　板垣少佐の件でお話が」

「またあらためて連絡を」

と河野内は名刺を渡して飛び出していってしまう。名刺には「大海インダストリー株式会社」の事業課長とある。

大海？　大海省悟《しょうご》の会社？

いや、こうしている場合ではない。萌絵は自分も追いかけるべく、急いで荷物を抱え、駐車場へと走ろうとした。自動ドアが開くと同時に、向こうから来た背の高い男性とぶつかりそうになった。

「すみません」

とお互いに言い、顔を上げた萌絵は「えっ」となった。

「あなたは……！」

＊

喜一郎の案内で、無量たちがやってきたのは飯島町《いいじままち》にある小野沢《おのざわ》という地区だった。伊那富士と呼ばれる戸倉山《とくらやま》のふもとだ。山間の林道をあがり、紅葉の美しい小さなダム湖が見下ろせるところで車は止まった。

「ほんとにこんなとこに地下壕《ちかごう》があるんすか」

「ある。こっちだ」

喜一郎は九十歳を超えているとも思えない足取りで、山道へと踏み入っていく。半信半疑でついていき、十分ほど進んだところにその入口を見つけた。山の斜面に、樹木に埋もれるようにして暗く口を開いた洞穴のようなものが見えた。

「こんなとこに入口が？」

「ここは裏口だ。昔は山の反対側に表口があったが、今は閉鎖されて入れん」

坑内図を取り出す。確かに裏口のようなところが数カ所見受けられる。そのひとつがここのようだ。ベニヤ板で覆われ、立ち入りはできないようになっている。

「中はどうなってるんすかね」

「上にいくつか通気口もあるから通風はしてるはずだ」

ベニヤ板は立てかけられただけなので容易に動かせた。暗い坑口はレンガとコンクリートで固められている。天井がアーチ状になった細いトンネルになっていて軽トラ一台くらいなら入れるほどの大きさだ。

「元々、疎開工場のために作られたが、終戦になってそのまま放置された。地元のモンが収穫物の貯蔵庫に使っとったが、今はわからん」

濾過筒《ろかとう》に入っていた坑内図と照合する。ここだ、と喜一郎が指さしたのは「第六坑」と書かれた部分だ。枝分かれした道がいくつもある。「第三抗」の一番奥に、印がつけられた部屋がある。

「工事中に少佐が視察に来たことがあった。今思えば下見だったんだろう」

呼んでいる、と無量は思った。

何かが、この坑口の奥のほうから自分を呼んでいる気がする。

だが生半可に踏み込んではいけない気配もある。この地下壕には何があるんだ？

「坑道の保存状態はよさそうだ。中が見たい」

「でも許可とってないでしょ。勝手に入るなって萌絵さんが」

「様子みるだけ。危険そうなら引き返す」

声が聞こえてしまった無量には「行かない」という選択肢はもう、ない。用意してきたヘルメットをかぶり、ヘッドランプをつけた。ひとりでは行かせられないので、ソンジュも後に続く。残った喜一郎が「これを持っていけ」と巾着袋《きんちゃくぶくろ》を渡した。中を見ると、夜光テープが入っている。

「目印に使いなさい」

「あざっす」

喜一郎に見送られ、無量とソンジュは「立ち入り禁止」の板をくぐって中に入った。中は思ったよりも暖かく感じた。四季を通じて気温の変化が少ないのだろう。奥は真の暗闇だ。懐中電灯とヘッドランプとで照らして進む。足下には岩屑《ズリ》もなく、きれいにされている。時々、奥からこうもりが飛んでくるところを見ると空気は大丈夫そうだ。

「そろそろ引き返しましょうよ。引き返さないと萌絵さんが」

「まだ行ける。もう少し」

途中から壁は岩肌がむき出しになってきた。発破で吹き飛ばした岩盤の表面は、陰影も荒々しく、褐色の岩からは所々地下水がにじみ出ていて床を濡《ぬ》らしている。天井を伝う当時の配線の束が船内を思わせる。壁には古い型の電灯も残されている。

T字路にさしかかり、曲がると、背後の入口から漏れていた光も見えなくなった。闇に飲み込まれていくようだ。ソンジュが遅れだした。暗闇が怖いのか、閉塞感が苦手なのか。昨日も気が進まないようなことを言っていた。

「大丈夫か。引き返すか」

「いえ……行けます」

ゴツゴツとした岩肌に時々、赤錆《さ》びた鉄の棒が刺さっている。岩にダイナマイトを仕掛けるための穴を開ける削岩機のロッドだ。岩石をくりぬく時に折れて残されたもののようだった。ロッドで岩を削った際にできる棒状の痕跡《こんせき》もあちこちに残り、ここが自然な洞窟《どうくつ》ではなく、人工の空間であることを伝えている。

「こんなところを工場にしようとしたのか。よく掘ったな……」

松代の大本営もだが、戦争末期は日本中にこんな地下壕がいくつも掘られたのだろう。

遅れていたソンジュが、とうとう立ち止まってしまった。

「どうした？　具合悪いのか、大丈夫か？」

ソンジュは息苦しそうに肩を上下させている。そういえば、昨夜から調子が悪そうだった。朝食もあまり手をつけなかったし、時々、重苦しく塞ぎ込むような目をしていた。

ヘッドランプに浮かび上がる顔色が真っ青だ。過呼吸の兆しだ。

「やっぱ引き返そう」

無量が肩に触れようとしたら強く手を払われた。ソンジュはまるで何か重たい物が肩にのしかかってでもいるかのように背を丸め、低く呟いた。

「これは、僕のハラボジが掘ったんですよ」

え？　と無量は聞き返した。韓国語で祖父のことだ。

「そういえば、おまえのじいちゃん、伊那の生まれだって」

「生まれじゃない。連れてこられたんです。朝鮮から」

その一言で、無量は事情を飲み込んだ。

「徴用で……連れてこられたのか」

ソンジュは暗い半眼で岩壁に突き刺さったロッドを見つめている。

「ここじゃないだろうけど……おじいさんたちが掘ったのも、きっとこんな地下壕だ」

戦時中の日本では、大陸から連れてこられた朝鮮人や中国人が強制労働に従事させられていた、という話を無量も聞いたことがあった。この地下壕に当時の痕跡が生々しく残っていることが、ソンジュに過去を実感させたのか。

「……中には自分からすすんで働きに来たり、技術者として雇われて家族と来た人もいたようだけど、おじいさんは違った。ある日トラックに乗せられて、日本のナガノって土地に連れてこられて働かされたって」

暗闇の閉塞感がソンジュの心を戦時中へと引きずり込んでいくのだろう。静寂の向こうから発破の残響が聞こえてくる気さえする。岩盤に残された錆びたロッドのように、祖父の言葉はソンジュの脳に深く刺さっているようだった。

「給料は親方にピンハネされて雀の涙ほどしかもらえず、食事も悪く、腹が減りすぎて蛇を捕って喰《く》った。雨漏りのする三角小屋でノミやシラミに悩まされて、薄い服で凍えながら、毎日くたくたになるまで地下壕を掘らされた。仲間が発破の事故で死んだり、病気になったり、暴力を振るわれたり」

耳に残る祖父の言葉をそのままなぞっているのか。ソンジュはまるで誰かが乗り移ったかのようにしわがれた声で、

「それでおじいさんは日本が嫌いになった。父さんが母さんと結婚するのも最後まで反対した。韓国では結婚式を挙げられなかったから日本で挙げた。おじいさんは日本人の血が入った僕を、最後までかわいいとは思えなかった」

無量は言葉もなく、ソンジュの独り言を聞いている。目は一点を見つめている。

「おじいさんは毎年、光復節（解放記念日）を親戚《しんせき》たちとお祝いした。……日本の〈終戦記念日〉だ。日本が戦争に負けた日を祝うんだ。僕にとっては針のむしろに座らされてるような日だった。祖父に認めてもらうために誰よりも韓国人らしくあろう、と思った。韓国籍を択《と》って、十九で真っ先に兵役に就いた」

その祖父も兵役中に他界したが。

他のいとこたちとは年も離れていて、本来なら目に入れても痛くないほどかわいがられる一番末の孫だ。なのに一度も名を呼ばれたことがないという。

「……これのせいだったんだなぁ」

祖父にそうさせた理由にこの地下壕でようやく出会った。そんな顔をしている。自分を理不尽に扱う祖父の、その呪いを生み出した場所に、自分は踏み入ったのだと。

「この岩壁にはここで苦しんだ人間の恨みつらみが染みこんでる。日本人はこの岩から染み出た水を飲み干した。日本が負けたのも、自業自得だ」

「おまえ……」

ある意味ソンジュは日本人以上に、韓国の当事者から恨まれる肩身の狭さを知っている。日本人が味わうべき罪悪感や後ろめたさを、幼いその身で味わってきた。母親が日本人だからという理由で、祖父から差別を受けてきたソンジュは、誰よりも勉学に励んで優秀であろうとしたという。

——だから、あんまり考えないようにしてます。

自分と同年代の人間が、もう七、八十年も前の戦争のせいで、リアルに傷ついているということに、無量は少なからず衝撃を受けていた。

「すみません。変な話して」

いや、と首を振った。

「なんか……悪い」

「無量さんが謝ることでも」

「いや。考えなしにつきあわせた」

知らなかったで済むことでもない。無量は引き返そうとしたが、ソンジュは拒んだ。

「行きましょう。まだ先がある」

息をととのえ、無量の前を歩き始める。引き返すのは祖父の過去から逃げることとでも思っているのか。ソンジュはどんどん奥に進んでいく。萌絵の言いつけも忘れている。祖父から受けた心の傷に抗《あらが》おうとするソンジュの気持ちもよくわかるので、むげにはできなかった。無量はその背中が闇に飲まれて消えないうちに後を追った。

分かれ道に出た。喜一郎から渡された夜光テープを思い出し、分かれ道の手前の地面に貼り付けた。念のため、ペンでテープに数字を書いた。戻ってきた時に方向がわからなくなっても、テープを辿《たど》れば、必ず出られるはずだ。

「こっちですね」

地図と照合しながら目的の坑道を目指す。思いのほか勾配《こうばい》もある。いくつか掘りかけの部屋があった。やはりこの地下壕《ちかごう》は完成していないのか。広かったのは入口だけで、奥に行くほど幅が狭くなり、施工も雑になってくる。限られた工期にどうにか間に合わそうと突貫工事をしていた様子がうかがえる。足下には岩屑《ズリ》も増えてきた。

「行き止まりだ」

目の前にむき出しの岩盤が立ちはだかっている。引き返して別のルートから迂回《うかい》することになった。

「これマジで迷いそうだ。少佐はほんとにここに?」

「隠したんでしょ。だからあの濾過筒《ろかとう》を埋めた」

息苦しくなるような閉塞感《へいそくかん》だ。真っ暗闇の坑道をライトを頼りに進んでいく。

だが進むほど、おかしなことに気がついた。坑道の作りと地図が合っていない。地図にあるはずの十字路がT字路だったり、あるはずの部屋がなかったり、地図にはない道ができていたり。

「この地下壕が完成してないせいだ。こいつはあくまで設計図か」

もし着工していない交差路があろうものなら、それだけで見逃してしまう。そうなったら今いる位置もわからなくなる。完全な暗闇の迷路と化してしまう。

すでにそうなりつつあった。地図には未完坑や未着工と思われる箇所を書き込んではいるが、どんどん地図があてにならなくなってきた。十字路があるべき場所になく、ないはずの部屋が現れる。進めば進むほど認識と現実が狂っていくようで、焦りが募り始めた。現にいまどこにいるかも確証が持てない。

そうでなくても真っ暗闇で、狭い。少しでも閉所恐怖症の気があったら耐えられないだろう。前も後ろも同じ闇だ。なんて重い闇だ。しかも坑内図には環状の道もある。出口が前にあるか後ろにあるかもわからなくなったらおしまいだ。自分の居場所がわからなくなるのは恐怖でしかない。洞窟《どうくつ》のような場所には慣れているはずの無量でさえ、冷たい汗がにじんでくる。このルートは正しいのか。自分の判断は正しいのか。

まさかこのまま出られなくなるということは……。

一度疑心暗鬼に陥ると、負の連鎖が始まる。自分の判断が信用できず、あらゆることに確信が持てなくなる。こういう場所ではそれが一番危険なのだ。不安に駆られ、恐怖に耐えきれなくなり、パニックを起こす。錯乱して走り出してしまった者がはぐれて命を落とす話も聞く。わかっていても不安がせり上がってくる。呼吸が浅くなる。落ち着け落ち着け、と自分に言い聞かせても、不安とプレッシャーで平常心が保てない。こういう場所に慣れているのは自分だ。しっかりしろ。冷静に判断しなくては。だが、この道でいいのか。自分たちのいる位置は、認識と合っているか。もし、ちがっていたら──。

「大丈夫。次の角を左です」

ソンジュがやけに冷静に言い切った。

「わかるのか」

「言ったでしょう。僕は頭の中でパズルが解けるって」

しかもただの平面パズルではない。立体パズルだ。

「大丈夫。僕の脳はアリの巣も正確に再現できる」

無量は絶句した。

ソンジュは坑道の中の実際の状況を頭の中で地図にしていた。勾配も加えた立体図面だ。頭の中で作り上げた立体図面と手元の坑内図を重ねることで正確な居場所を特定できるのだという。ソンジュは指さし、

「この先のクランクに変電設備があるはず」

指示通り進んだところ、突然、広い空間に出た。坑口が大きく、船の機関室のような場所だ。壁に浅黄色に塗られた大きな配電盤がある。メーターが並び、スイッチ類まである。まさに変電所だった。

「合ってるぞ」

「この先を左です。たぶん二十メートルくらい先に管理室がある」

距離感まで正確だ。前も後ろも真っ暗闇なのに、まるで透視でもしているように言い切る。不安が晴れていくのを無量は感じた。今は何より目の前のソンジュが頼もしい。

その後もソンジュの正確なナビに従って歩き続け、ついに行き止まりにたどり着いた。大きな扉がある。地図の矢印はここを示している。目的の場所はこの奥だ。錠前がある。濾過筒に入っていた鍵《かぎ》は、おそらくここのものだ。

無量が胸ポケットからケースを取り出した。

鍵は金属ではない。プラスチックでもない。感触からするとセラミックのようだが、こんなに細かく精密な加工が戦時中にできたとはとても思えない。だが事実、濾過筒の中に入っていた。戦時中に埋めて一度も掘り返されていない濾過筒の中に。

これも板垣少佐たちが生み出した技術の結晶か。

「開けるぞ」

鍵を差し込むと、カチリ、と音がして錠前が開いた。

ノブを回して押すと重い扉が動いた。

ゆっくり押し開く。淀《よど》んだ空気が流れ込んで渦を巻くのを感じた。部屋の中はドーム状の空間になっている。目の前に何か大きな物体がある。

「これは……」

大きなテントが張られている、と思った。幅十メートルほどあって、真ん中が小山のように高くなっている。横に回ると縦五、六メートル。しげしげと覗《のぞ》き込んだソンジュが、

「テントじゃない。これはカバーですね。中に車輪が見える」

「車輪？　なんの？」

レンガの重石《おもし》に結ばれたロープをほどき、ふたりがかりでカバーを外した。舞い上がる埃《ほこり》の中から現れたものを見て、ふたりは息をのんだ。

飛行機だ。

単座の飛行機がある。

古い戦闘機のようだが、零戦《ゼロせん》のようなものとは全くフォルムが違う。オリーブ色に塗られた機体はやけにずんぐりとしていて翼が分厚い。ぱっと見、ふくらスズメに似ている。プロペラがどこにもついておらず、垂直尾翼はあるが水平尾翼がない。子供向けアニメに出てきそうなシンプルなフォルムで、尾翼と両翼には赤い丸が描かれている。

「……〈秋水〉……？」

とソンジュが呟《つぶや》いた。

「これはロケット戦闘機――〈秋水〉だ」

戦時中に開発されたロケット戦闘機がふたりの目の前に鎮座している。

「いや、まて。そんなわけないだろ。こんなとこにあるわけが」

「でも見てくださいよ。そっくりです」

とスマホの画像を見せてくる。復元機と確かに似ている。プロペラがないかわりに、機体のお尻《しり》に現代のジェット戦闘機のような排出口の穴が空いている。ずんぐりしているのは大量の燃料を積むためだ。ブリキのおもちゃを巨大にしたような、戦時中の戦闘機とは思えない近未来的なフォルムだ。

「マジか……。まさか実物が残ってたなんて」

〈秋水〉はドイツが開発した史上唯一の実用ロケット推進戦闘機メッサーシュミットMe163B「コメート」の「簡易な図面」をもとに製造された。

開発開始からわずか十一ヶ月後、昭和二十年七月七日に初の試験飛行を行っている。だが、それが最初で最後の飛行になってしまった。試験飛行は失敗し、機体は大破、テストパイロットを務めた犬塚《いぬづか》大尉は重傷を負い、翌日、息をひきとったという。燃料タンクの欠陥によるエンジントラブルだった。第二回の試験飛行もエンジンの爆発事故で死者が出たため中止。終戦を迎えた。ロケット戦闘機〈秋水〉はたった一度きりの試験飛行のみで、すべての計画に幕を引いた。

「なのに、なんでこんなとこに」

〈秋水〉は、試作機が長野県松本市《まつもと》に疎開した三菱《みつびし》重工の工場で製造され、量産一号機は日本飛行機の山形工場で製造されている。終戦間際の長野県は、航空兵器の生産工場がとても多く、百三十近くあって、伊那にも十二ほどあったというが、

「伊那でも作っていた？　それとも試作機をわざわざ運んできて隠したと？」

無量は壁際に立てかけてある脚立を持ってきてコックピットを覗き込んでみた。メーター類も操縦桿《そうじゅうかん》もそろっているように見える。

下に潜った無量は、機体の底が抜けて空間があることに気づいた。

「エンジンがない」

機体だけだ。

試作機の原寸模型か？

「疋田《ひきた》夫妻が言ってた〝終戦工作〟の正体は、これ、ですかね」

ソンジュが揶揄《やゆ》するように言った。

「板垣少佐はこんな大きな〝ブリキのおもちゃ〟をマッカーサーにプレゼントして国体護持を嘆願しようとしてたのかな」

いや、と無量が言い、

「ただのおもちゃじゃない」

翼の付け根に見つけたのは、小さなネームプレートだ。

「〝草薙《くさなぎ》　初號機〟……クサナギ」

無量は思わず機体を見上げた。

〈秋水〉……ではない？

〈草薙〉。

もしかして、これがこの機の名前？

「まさか、別の種類のロケット戦闘機なのか？」

確かによく見ると〈秋水〉より流線形に近く、風防のシルエットも異なる。〈秋水〉は上昇で燃料を使い切り、あとは滑空しておりてくるため、タイヤも落として、そりのようなもので胴体着陸するが、この機体は一歩進んで、タイヤが収納できるようになっている。〈秋水〉ではなく全く別のロケット戦闘機だというのか。

懐中電灯をランタンモードに切り替えると、格納庫とおぼしき部屋全体がぼんやりと浮かび上がった。壁際にもうひとつ、カバーを掛けられているものがあることにソンジュが気づいた。陶管のようなサイズ感だ。

カバーをとったふたりは再び息を止めた。

大砲のような姿をした物体だ。筒身には配管がなされ、先端にはノズルのようなものもある。もう一方の先端には箱のような機械がついている。

「ロケットエンジン……だ」

まちがいない。この機に載せられるはずのロケットエンジンに違いない。

「はりぼてじゃなかったのか……」

「でも妙ですね。アルミが使われてない」

エンジンは一般にアルミ製だが、素材が違う。白っぽい素焼きのような色で、金属ではないものが使われている。

「模型……ですかね」

近づいてみると、筒身に小さなプレートがついている。

「〝25607〟……板垣少佐のいた部隊番号だ」

その横には大きな箱が積んである。

蓋《ふた》を開けてみると、中に大量の書類が入っている。

手に取ってみると、どれも表紙に「秘密」の判が捺《お》してある。

「原山製陶にあったのと同じ帳簿……いや、研究データだ」

しかも大変な量だ。箱にぎっしり詰められたノートには細かい字で数値データの一覧や化学式のようなものが書かれている。何かの温度や分量、時間。膨大な回数の実験を繰り返して、部品の硬さや耐熱性を詳細に調べあげているのが伝わる。

喜一郎は、陸軍の技術研究所では終戦時にすべての書類を焼却処分したと言っていた。本当ならこの書類も焼却処分しなければならなかったはずだ。だが、残った。この場所に隠したのか。研究データを残すために。

「無量さん、こっちには部品が」

籾殻《もみがら》の詰まった木箱に、まるでりんごか何かのようにコネクタやバルブのようなものが入っている。河野内《こうのうち》が持っていたのと同じもののようだ。

ロケット戦闘機〈草薙〉に関するすべてを、ここに集めて、隠したのか。

「おい、これ」

無量がノートの山の底から封書を見つけた。

〝新郷治実《はるのり》中佐　殿〟

と宛名が書いてある。裏を見ると差出人のところに「板垣辰五郎」と記してある。

開けてみた。

便せんに記されていたのは走り書きの文字だ。短い文面だった。

〝丙第二五六〇七部隊
新郷治実中佐　殿
草薙　初號機
特呂参號
我ラガ心血ヲ注ギシ叡智《えいち》ノ結晶ガ
皇国ノ民ガ迎エルベキ新時代ノ
光タランコトヲ祈ッテオリマス。
板垣辰五郎〟

「特呂三号……」

ソンジュも、それが目の前のエンジンの名前だと気づいた。

「〈秋水〉のエンジンは特呂二号です。つまり、これは……」

新型だ。記録には無い。

おそらく陸軍の丙第25607部隊で秘密裏に開発されていたものだ。

「これも模型じゃない。多分、完成品」

無量は置かれていた非金属製のエンジンを見やった。

「……セラミックエンジン、だ」

二枚目の便せんに研究目録が記されている。

その中のひとつに「セラミックエンジンに関する研究」とある。

「なんかで聞いたことがある。セラミックでできたエンジンの話」

それは自動車業界では「未来のエンジン」と呼ばれてきた。一般的な自動車のアルミエンジンと違って、セラミックエンジンは高温に耐えられるため冷却装置がいらない。燃焼効率を大幅にあげられるので軽くてコンパクトなのが利点だ。が、デメリットも多く、開発にのぞんだ企業も撤退して、今では「幻のエンジン」になってしまっていた。

板垣少佐は戦時中に「オールセラミックでできたロケットエンジン」を作り上げようとしていたのだ。

「いくらアルミ不足だったからって、無理ですよ。だって当時のセラミックなんて、電《でん》纜《らん》管とか電線の碍子《がいし》ぐらいでしょ。いくらなんでもロケットエンジンを非金属で作るなんて発想、ぶっ飛びすぎてる」

「でも可能性があると気づいてしまったんだ。少佐は」

その短い文面から、無量は板垣の真意を読み取っていた。

「今でいうところのファインセラミックスなら、それが可能だと」

何十回もの燃焼実験のデータが保存されている。

これによると、エンジン自体はすでに完成していたようだ。

あとは機体に載せて飛ばすだけだった。

「こいつの素材が……あの白い粉か」

板垣少佐は常滑の業者の力を借りて、新たなセラミック素材の開発に取り組んでいた。いち早くセラミックの可能性に気づいていたからだ。

「たぶん、実用化するには何十年もかかるって、少佐だってわかってただろう。だけど、たとえ荒唐無《こうとうむ》稽《けい》でも、何か戦況をひっくり返すようなチートな技術を発明しないと、圧倒的な物量で勝るアメリカとの戦争には到底勝てない、そう思ってた。登戸研究所だって、そういう焦りがあったから、あんな怪しい研究を大真面目にやってたんだろ？」

過剰な期待があったことも否めない。

マルロの燃料が日本の石油不足を大転換する「救国の無限エネルギー」になるだとか、〈秋水〉がB29と戦える「制空の切り札」になるだとか。

「切羽詰まった挙げ句、無茶な計画に飛びついて、『起死回生』だの『一発逆転』だの過剰な期待をかけて、みんなを巻き込んで……。本当はヤバいのに『どうにかなる、どうにかなる』だなんて甘い見通しで、きっと万事が万事そんな調子だったから、……日本は負けたんだ」

無量のつぶやきをソンジュはやけに真顔で聞いている。

「そんな日本のせいで、海の向こうから連れてこられて命がけで地下壕《ちかごう》掘らされた人たちは、どうすればいいんです」

「………。そのとおりだよな」

しわよせはいつも弱い立場の者にいく。

無量は目の前にある「第二のロケット戦闘機」を眺めた。

「こんな飛行機一機を引き渡しただけで終戦工作になったとは思えないけど」

「どうですかね。この眺めを見て、思い出した。ドイツでV2ロケットを開発したフォン・ブラウンの話。敗戦間近に自分の研究チーム五百人を率いてアメリカに亡命しようとしてたっていう」

アメリカのアポロ計画の前身となったロケットのことだ。

「研究データを坑道に隠してアメリカ軍との接触を試みたんだそうです。ブラウンたちの計画に気づいたSSは、彼らを殺せと命令したんだとか。ドイツの降伏後にロケットチームはアメリカに投降したんですけど、アメリカはその価値がわかっていたから、すぐさまロケットを回収し、最終的にブラウンたちをアメリカに迎え入れたそうです」

「まさか板垣少佐も投降して、亡命を……？」

「まあ、当時の日本人には、投降はともかく亡命って発想はなかったと思いますけど。

それでもアメリカみたいな科学技術の値打ちを知ってる国に対しては、何らかの交換条件を引き出す材料のひとつにはなれたんじゃないかと」

無量の胸に苦々しい思いが広がった。

「技術を売って命乞《いのちご》いしようとした、と……？」

「少佐は迷わなかったと思いますね」

――ひとりでも多く生き延びるために……。

無量は板垣の胸中を思った。

「陶管が届いていれば、実現したんだろうか」

「もし奇跡的にアメリカと接触できてたなら、あるいは。でも主戦派に見つかって殺されてたかもしれませんね」

「終戦工作に貢献できたかどうかは、微妙ってことか」

「貢献できたとしても、ささやかだったかも」

それでも板垣少佐は覚悟したに違いない。この世界初の技術をアメリカに差し出すことで一日でも半日でも早く講和が調い、ひとつでも空襲を減らせれば、それで失われたはずの命を失わずに済む。

「そのために、心血注いだ研究を手放そうって決意した。そういうことだもんな」

亡命を望まず、日本に留《とど》まる、とはそういうことでもある。

日本が降伏すれば、研究も終わる。積み上げてきた研究データもどうなるかわからない。実際、終戦後、軍の研究に関する資料はすべて焼却処分になった。あの「秋水」だって焼かれて埋められたくらいだ。確かに、自分たちの研究が敵国に奪われるくらいなら、焼いたほうがマシだと思う者もいただろう。

だが少佐は――。

――迎エルベキ新時代ノ光タランコトヲ……。

その一言にこめられた「断腸の思い」が、無量には伝わった。

「……。少佐は誰かに殺されたって言われてたけど、本当は自殺だったのかもしれない」

「自殺」

ソンジュが「まさか」と呟《つぶや》くと、無量は〈草薙〉に近づいていき、

「作戦が失敗して、命を絶った少佐の気持ちは、……わかる気がする」

板垣の絶望を思って、無量は右手で機体に触れた。

手のひらに熱を感じた。思わず機体を見上げた。

何かが伝わった気がした。

「終戦工作に関わっていた〝上の人間〟はともかく、少なくとも少佐は『国体護持のために』とは思わなかったんじゃないかな」

「……人が好《い》いですね。無量さんは」

揶揄《やゆ》したソンジュは意外にも穏やかな目をしていた。

「実は僕もそう思ってたんですよ」

「ソンジュ」

岩肌むき出しの壁に機体の大きな影が映っている。少佐はきっと飛ばせてやりたかったただろう。この翼に。大空を教えてやりたかっただろう。洞窟《どうくつ》を思わせる静まりかえった地下壕で、ふたりはしばらく「幻の戦闘機」と向き合っていた。

この発見をどうやって人々に伝えるか。

思案していたときだった。突然、扉がガシャンと大きな音をたてた。ハッと気づくと、閉まった扉の前に人影がある。

「誰だ！」

「……〈草薙〉……」

と人影が呟いた。現れたのは軽装の男だ。三十代くらいの眼鏡をかけた中背の男は、昨日、喜一郎宅で見た人物だ。「河野内《こうのうち》」ではないか。

どうしてこんなところにいるのか。

河野内は〈草薙〉の機体を目の前にして「信じられない」というように立ち尽くしている。

「本当に存在したのか。……〈草薙〉は」

「あんた、なんでそのこと……」

〈草薙〉に目を奪われていた河野内が、ふたりを見て、

「エンジンはどこだ。〈特呂三号〉は」

「え……ああ、そこに」

と指さした。河野内《こうのうち》は駆け寄って思わずひざまずき、

「〈特呂三号〉……。なんてことだ、実物をこの目で見ることができるとは」

「あんた河野内さんっすよね。なんで〈草薙〉と〈特呂三号〉のこと知ってるんすか。つか、なんでこんなとこにいるんすか」

「君たちを追ってきた。板垣少佐の鉛箱からここにたどり着くのを待っていた」

無量とソンジュは「はあ?」と怒りをあらわにした。河野内は籾殻《もみがら》の詰まった木箱から部品を掘り出し、懐から蝶番《ちょうつがい》付きの箱を取り出した。昨日喜一郎に見せたあの部品が入っている。河野内は興奮しながら、両方を見比べた。

「……まちがいない。これだ」

無量たちの反応をよそに、感慨にふけっている。

「やっと見つかった……。〈特呂三号〉は本当にあったんだ」

まるで伝説の神殿にでもたどり着いた探検家のようなことを口にして、河野内は座り込んだまま、感動を噛《か》みしめている。無量たちは困惑し、

「その部品、どこで手に入れたんすか。なんで持ってるんすか」

「昔、うちの社長が新郷氏から譲ってもらったものだ」

板垣少佐の上官だ。

あの手紙の宛先人「新郷治実中佐」のことではないか。

「うちの社長ってのは大海省悟氏のことっすか。あの、疋田昌子《まさこ》さんの元許嫁《いいなずけ》の」

「そんなことまで知っているのか。君たちこそ本当にただの発掘屋か？」

「ただの発掘屋ですけど、聞きました。フラれた腹いせに、週刊誌に板垣少佐がスパイだったって書かせたって」

突然、河野内の表情が険しくなった。いきなり立ち上がると、冷たく厳しい表情でふたりと向き合った。その手が内ポケットをまさぐったので、無量たちは身構えた。

凶器でも出す気か。口封じ？

〈草薙〉を見た者には死を、とでも？

身の危険を覚えた無量たちは、河野内が取り出したものを見て、意表をつかれた。

「なんすか。それ」

差し出されたのは封書だった。

「弊社の社長から預かってきた詫《わ》び状だ。疋田さんへの」

無量とソンジュは顔を見合わせた。

「少佐の名誉を傷つけたことを詫びておられる。あれは間違いだったと」

「河野内さんでしたっけ。陶管が見つかったって聞いて電話かけてきたのは、やっぱり大海省悟さんだったんすか」

「そうだ。〈草薙〉を捜すためだった」

「その省悟さんのお兄さんが陶管を隠したんですよね」

「そうだ。だが大悟さんは亡くなるまで在処《ありか》を教えてはくれなかった」

無量たちは首をかしげる。

事情を訊《たず》ねると、河野内は「すべて話す」とふたりに向き直った。

「板垣少佐の密謀が参謀本部の主戦派に露見したのは、うちの社長が『刀剣箱』のことを明かしてしまったせいだ」

当時、大海省悟は学生だった。板垣少佐からかわいがられ、自身もまた技術将校を目指していた。

近衛《このえ》師団で〈ム号作戦〉の特務を担った兄・大悟は、尾張徳川家から預かった〈無名〉を陶管に収める作業を任されることになったという。その際に板垣少佐が用意した「陶管に入れる特注の菊花紋箱」を使用することになったのだが、省悟は取り扱い中にうっかり落としてしまい、箱の二重底のからくりに気づいてしまったのだ。

早期講和派将校の動きは、主戦派に察知されていて、板垣少佐たちもマークされていた。スパイ疑惑は周囲に及び、ついには大悟の身辺まで憲兵が嗅《か》ぎ回るようになっていた。大悟は〈ム号作戦〉に支障が出ることを恐れ、板垣少佐の不審行動を探り、省悟を問い詰めたのだが、省悟は「スパイ」の三文字に怖くなってしまい、からくりのことをしゃべってしまったのだ。

奇《く》しくもそれは陶管を載せた汽車の出発直前だった。

大悟は輸送を急遽《きゅうきょ》中止し、御側組たちを駅に走らせ、「丙25607」の陶管を下ろした。迫っていた憲兵の目を逃れるため、陶管ごと大須にあった大海家近くの防空壕《ぼうくうごう》に隠したのだ。

「その刀剣箱には十六弁菊花紋が入っている。憲兵に見つかれば、こちらにまでスパイ疑惑がかかって面倒なことになりかねない。結局、刀剣箱を陶管から取り出すことができないまま、二週間が経ち、終戦を迎えたそうだ」

板垣少佐の訃報《ふほう》を知った省悟の心境は、複雑だった。自分たちは利用されていたのだ。失望と怒りに駆られた反面、「スパイなど兄の親友に限って絶対にない」という気持ちも捨てられなかった。

省悟は大学を出て、昔、板垣から「面白いぞ」と勧められたセラミック研究を仕事にするため、メーカーに入社した。

残された昌子を自分が守るつもりだった。自分が密告したせいで少佐は死んだ。罪滅ぼしの気持ちもあったのだ。が、昌子は他の男と結婚してしまった。それでも義侠心から、経営が傾いた疋田の会社を救おうと名乗り出たが、あてつけのように省悟たちのライバル会社へと身売りしてしまったため、どうにも怒りがおさまらず、腹いせのように少佐のスパイ疑惑を雑誌に書かせてしまったのだという。

「その記事を読んで、抗議の手紙を寄せたのが、新郷氏だったんだ」

「板垣少佐の上官」

「社長は出版社を通じて新郷氏と会い、はじめて真相を知った。『今となっては証拠は何もないが』と前置きした上で、この部品を社長に見せたそうだ」

それがいま、河野内の手にある特呂三号の部品だったのだ。

――分析してみてくれ。この素材のすごさがわかる。

その数ヶ月後。新郷元中佐は病没したという。

部品は遺族に懇願して、譲ってもらった。

「知れば知るほど、この最古のファインセラミックスは高性能だった。当時の技術でいったいどうやってこれを作ったのか、いまだにわからない。私は社長から、この素材の復元を任されてね。ずっと試行錯誤していたんだが」

いったい何が違うのか。組成を解析して原料の分量も割合も同じはずなのに、どれだけ試しても同じ性能にならない。工程なのか、焼成温度なのか、それとも別の要素なのか。

「陶管に粉末が入っていただろう。それが原料見本なのはまちがいない。大きな手がかりになるはずなんだ」

「それで陶管を手に入れようとしてたんですか」

河野内は認めた。無量は念を押し、

「スパイ疑惑の証拠にするためではない、と？」

「当たり前だ。それどころか、新郷氏の証言通り、講和派による交渉の一環だった。ここに〈草薙〉が存在することが証拠だ」

無量は簡単には信用しない。

「なら、喜一郎さんに『盗品だと主張する』と言ってたのは？　板垣少佐が盗んだことにするって」

「き……聞いていたのか？」

「聞いてたっす」

河野内はしどろもどろになった。

「あ……あれは、君たちが遺物の所有証明ができないと引き渡せないと言うからだ。そうでもしないと陶管の中身が手に入らないと思った。だからやむをえず」

「ほんとっすか？　つか〈無名〉を手に入れたいだけなんじゃ」

「ちがう。私の目的は〈草薙〉だ。刀剣になど興味はない」

無量とソンジュは不信感を拭《ぬぐ》えない。

その空気を察したのか、河野内はとうとう事情を打ち明けた。

「コンペがあるんだ。宇宙機の。ファインセラミックス部品で当社の実績を作りたい。板垣少佐の特呂三号の素材は非常にマッチしていて、インパクトがある。だから研究データが欲しいんだ」

「あ、そういう……」

「手に入れるのが難しければ、分析と閲覧だけでもいい。このとおりだ」

とうとう土下座した。そのためにここまでするとは……。

とはいえ、無量たちの一存で決められるものでもない。

「つか、ココ立ち入り禁止の場所だから、勝手に持ち出すのはまずいすよ」

「だめか」

「だめでしょ。あらためて調査って名目で入らないと」

目の前にお宝のデータがあるのに持ち帰れないのが口惜しいのか、河野内は「せめて書類を写真に」と懇願したが、無量たちは断った。文書の内容が表に流出するのは、遺物が流出するのと同じ意味だからだ。

「とにかく出直しましょ。長居もよくない」

名残惜しげな河野内を引きずって扉を開けようとした時、ソンジュの顔色が変わった。

「開かない」

入口の扉が開かない。無量たちは開けっぱなしにしていたが、河野内が入室する時に閉めてしまったため、その衝撃で劣化した扉のどこかが不具合を起こしたらしい。

三人がかりで開けようとするが、びくともしなくなっている。

「閉じ込められた……」

「うそだろ」

無量たちは真っ青になった。

他に出口はない。ここだけだ。

これはまずい、とあの手この手で扉に挑むが、完全に固まったままだ。飛行機の部品はあるが、工具はない。扉を壊そうにも、壊せるような道具も機械もない。

「まずいな……。助けを呼んだほうがよさそうだ」

「スマホは……マジか。圏外だ」

ソンジュの顔も引きつった。岩盤の下で電波が届かない。そもそも山中で届きにくい。

「助けが呼べないってことかよ」

非常にまずい事態になった。

このままでは通報もできない。

「喜一郎さんは入口にいました？」

「ああ、中に入るのを止められたが、振り切って入った」

「だめでしょ、入っちゃ。つか、ひとりで入ったんすか。無茶でしょ」

「途中で引き返そうとしたが、君たちの声が聞こえてきたものだから、声を頼りについていったら、ここに出た。同行者に二時間たって出てこなかったら通報してくれ、とは頼んでおいたが」

「通報されたら、僕らが立ち入り禁止の地下壕《ちかごう》に入ったこともバレちゃいますね」

「そんなこと言ってる場合か」

なんとか自力で脱出したいところだが、この鉄扉が開かないことにはどうにもならない。ありったけの知恵をしぼって扉を動かそうとしたが、そもそも錆《さ》び付いていたことともあり、どうにもだめだった。

「……あれは、通気口か？」

河野内が天井を指さした。天井の一部に金属製の板がはまっている。火災時などの排煙設備のようだ。木箱を積み、肩車をしてどうにか板をどけた。覗《のぞ》き込んだソンジュが、

「煙突っぽくなってますね。でも上で蓋《ふた》がされてる」

山に入った人が落ちないように誰かが蓋をしたのだろう。上部にはしごのような足場があるが、届きそうにない。そこまで登るのは難しそうだ。

「まずいな。このまま助けが来ないとそのうち酸欠になりかねないぞ」

そうでなくとも何十年も密室だった場所だ。

「なんか息苦しくなってきた……」

ソンジュは座り込んでしまう。

「どうしてくれるんです。あんたが増えたせいで、ひとり分早く、空気がなくなっちゃうじゃないですか」

「それを言うなら、私が扉を閉めたせいだ。すまん」

「いいから、ふたりとも余計なことしゃべんな。酸素なくなる」

その後もあがいて鉄扉と格闘したが、どうにもできず、疲れ果てて三人そろって床に座り込んでしまった。

万事休す、だ。

諦《あきら》めかけた、そのとき。

無量の耳が何かをとらえた。カンカン、と遠くで何かを叩《たた》く音がする。

また聞こえた。誰かが、どこかで何か叩いている。

無量は答えるように、金属板を叩いた。

しばらく待っていると、音が返ってきた。上のほうからだ。確かにこちらの音に応《こた》えている。かすかに人の声も聞こえるようだ。無量は力一杯、金属板を叩いて、

「おーい！　誰かいるのか！　答えてくれ、おーい！」

ソンジュと河野内も気づいた。一緒になって「おーい」と声を張り上げた。

「俺たちはここだ、ここにいるぞ！」

声では足りない、と思った無量が携帯していた非常用ホイッスルを吹いた。甲高い音が響き渡った。三人は板を叩き、声をあげ、ホイッスルを鳴らし続けた。

すると――。

上の排煙口のほうで何かゴトゴト音がして、やがて、するりと一本、ロープがおりてきたではないか。

しばらく待っていると、物音が近づいてきて、排煙口から身を乗り出すように男がニュッと現れた。クライミング装備をした長身の若い男だった。

「そこにいるのは、西原さん、ですか！」

「あなたは？」

「疋田です。疋田雅樹《まさき》です」

無量たちは「あ！」と声をあげてしまった。あの軍服男だ。疋田昌子の孫の。さすがに今日は軍服は着ておらず、ヘルメットと登山服、さらにハーネスやカラビナを身につけている。ボルダリングの元選手でクライマーでもある雅樹はロッククライミングの要領で排煙口から降りてきたのだ。無量たちの姿を確認すると、排煙口のふちで膝《ひざ》と足を使って上手に体を支えながら、声をかけてくる。

「大丈夫ですか！　けがは？」

「ない。扉が開かなくて閉じ込められた！」

「了解。今から縄梯子《なわばしご》をおろします！」

無量たちは状況がうまく理解できていなかったが、そうこうしている間に雅樹が段取りよく救出の支度をしてくれる。登山用の縄梯子も用意していて、無量たちのいる場所までおろしてくれた。

「排煙口に鉄梯子があるんで、そこまでがんばってください！」

無量が下で縄梯子を固定し、河野内とソンジュを先に行かせた。不安定に揺れる縄梯子に苦戦していたが、ふたりともどうにか排煙口にとりついた。そこからは壁に設置してある鉄梯子で二階分ほど垂直に登る。煙突の出口は山林の中にあり、斜面から突き出た井戸筒のようになっていた。

最後に無量が脱出し、煙突の出口からなんとか外へ這《は》い出すと、そこには萌絵もいる

「西原くん！　よかった無事で！」

ではないか。

「永倉、おまえが呼んだのか？」

上で雅樹をサポートしていたのは萌絵だった。雅樹も煙突からあがってきた。

「ありがとうございました。おかげで命拾いしました」

「いえいえ、お役に立ててよかった」

聞けば、夏場は山岳ガイドをしていて、山岳救助のノウハウも教わったことがあるという。

「でもどうしてここに」

「昨日、シム・ソンジュさんのマネージャーと名乗る方から連絡をいただいて。大伯父《おおおじ》の件でサポートが必要になるかもしれないから、伊那に行ってほしいと。着いたら永倉さんと合流するように言われまして」

「マネージャー？　ソンジュの？」

無量は驚いたが、ソンジュは「ああ、そういうことね」と腑《ふ》に落ちている。

萌絵は雅樹とホテルで合流したのだが、マネージャーなる人物はこの事態まで予測していて、打ち合わせ済みなのだという。終始、雅樹を通してやりとりをしていたので、萌絵は一度も話してはいないが、あまりに見事な状況判断だったので、いまもって信じられない様子だ。

五人は喜一郎が待つ地下壕の裏口まで戻ることにした。

無量とソンジュ、そして河野内の三人は、萌絵たちに続いて山道を歩き出した。

無量は排煙口の出口を振り返った。鬱蒼《うっそう》とした山林に残された無味乾燥なコンクリートの塊が、この地下に確かに存在するロケット戦闘機の証《あかし》に思えた。

俺を呼んでいたのは、おまえだったのか……。

「またすぐ戻ってきてやるから、待ってろよ。〈草薙〉……」

そうつぶやいて、無量は再び歩き出した。

＊

地下壕の入口では喜一郎が待っていた。しかも警察官がふたりいる。

三人がなかなか戻ってこないので、警察に捜索要請をしていたのだ。

無量たちは警察官からたっぷり叱られた。平身低頭で謝り続け、なんとか厳重注意だけで放免された。帰っていく警察官を見送って、無量はあらためて喜一郎に頭を下げた。

「〈秋水〉じゃないロケット戦闘機だと？」

地下壕で見たことを洗いざらい話すと、喜一郎は仰天した。

しばらく言葉がなかった。

そして、目を潤ませている。

心配になって声をかけると、喜一郎はこう答えた。

「ああ……すまん。あの日、俺が陶管を受け取れていれば、もっと早く見つけてやれたのに、と思ったら、つい、な……」

喜一郎のせいではなかったが、暗い地下壕で待ち続けていた飛行機に、終戦から今日までの自身の人生を重ね合わせて、胸に去来するものが溢《あふ》れたのだろう。

「そうか。ずっと地の底で待っててくれたのか……」

空を飛ぶために生まれてきたロケット戦闘機〈草薙〉は、だが一度も空を知らず、蒼《そう》穹《きゅう》を目にすることもなく、七十年もの間、地下で眠り続けていたのだ。

「早く外に出して、空を見せてやらんとな」

河野内が喜一郎に非礼をわびている横で、ソンジュが萌絵に事情を話していた。

「……実はゆうべ、マネージャーに地下壕《ちかごう》の坑内図を送ってたんです。勝手にごめんなさい。ちょっと危険そうだから、いろいろ備えてくれって僕が頼んだので」

「そうだったのかぁ。でもびっくりしちゃったよ。さすがだね」

雅樹と合流した萌絵は、その後、地下壕に駆けつけて、喜一郎と河野内の同僚と四人で待っていたという。だが無量とソンジュの電話が圏外になったまま繋《つな》がらず、いよいよ心配になった萌絵と雅樹は地上から捜索することにしたのだ。

「けど、よくあの排煙口の出口を見つけましたね」

「マネージャーさんがこの地下壕のこと調べてくれてたみたいで、情報くれたの。五十年前の調査報告書に、山中に排煙口らしきコンクリート壁が載ってるって。ただ場所も曖昧《あいまい》だったから、さすがに無理かと思ったんだけど」

その時、不思議なことが起きた。

萌絵と雅樹の前にニホンカモシカが現れたのだ。

昨日、香花社にいた個体ともそっくりだったので、萌絵は驚いた。そのカモシカは逃げようともせず、ふたりに「ついてこい」とでもいうように悠然と歩き出したので、ついていったら、あの排煙口を見つけたのだという。

これにはソンジュも驚いた。

「まさか、それ、ハヤタロウの生まれ変わりだったんじゃ……」

「はは。そうだったら、すごいね」

その残像を探そうとするかのように、ソンジュは深い森を眺めた。

「……カモシカは神の使いだとも言いますからね」

無量にもいきさつを語って聞かせたら、こちらはなぜかさほど驚きもしなかった。そんなことも起こるだろう、ぐらいの反応だった。

偶然だとしても、偶然とは思えない何かの力が、働いているように感じられたからだ。

無量は右手に残る機体の感触を思い出している。

ほんのりと熱かった。まるで人肌のように。

もちろん、熱いはずがない。熱源もない地下の暗闇だ。機体はひんやり冷たくなっていたはずなのに、手のひらはその奥深くにほのかな熱を感じとった。

あれはなんだったのか。

鬱蒼とした山林の木々の隙間から、ふいに光が差し込んできて、無量の目にまぶしく刺さった。

宿っていたのだろうか。板垣少佐の魂が。

いや、その願いが。

——迎えるべき新時代の光たらんことを。

鳴き交わす鳥の声が響いている。

足下に生い茂るシダの葉が光を受けて輝いている。

無量たちは忘れられた地下壕の入口に立ち、遠ざかっていく時代の声に耳を傾けている。

終章

河野内《こうのうち》の行動は速かった。

今時の技術者らしからぬ押しの強さが取り柄で、柳生《やぎゅう》と無量《むりょう》のアドバイスのもと「戦争遺跡の調査」という名目で小野沢地下壕の調査計画にとりかかった。社長の大海省悟《おおうみしょうご》は河野内の報告を受けて即座に決断したという。

小野沢地下壕は五十年ほど前に一度、市の教育委員会が調査していたが、〈草薙〉と特呂三号があった倉庫には入れなかったため、発見に至らなかったという。その後、土砂崩れで入口が塞《ふさ》がれたり、老朽化して立ち入り禁止になったりして廃坑扱いになったため、山奥の地下壕は誰からも忘れられていた。

昨今、戦争遺跡の調査の気運が高まっていることも受け、河野内が専門家や地権者、自治体など各方面に働きかけた結果、たったの三ヶ月後には調査にこぎつけてしまったのだ。

とはいえ、河野内も大海も、調査が始まるまでの間は地下壕の中にある〈草薙〉(の研究データと論文)が心配で心配で、夜も眠れなかったという。

その調査に無量はオブザーバーとして加わることになるのだが、それはまだ少し、先の話だ。

＊

結局、あの地下壕で〈草薙〉を発見したことは、無量たちだけの秘密となった。外部には明かさず、正式な調査を待って発表することになり、柳生もそれまでは報告書にも書かないという。

例外もある。

疋田《ひきた》家の人々だ。板垣《いたがき》少佐の妹・昌子《まさこ》も雅樹《まさき》を通じて真実を知ることになった。大海省悟の詫《わ》び状も、無事、昌子に渡された。

省悟は四十年前の事件で少佐の名誉を傷つけたことを詫びるとともに、若き日の自分の密告が計画を中止に追い込んだことを打ち明けた。

──罪滅ぼしになるかはわからないが……。

と地下壕の調査費用も、会社ではなく、自分個人で持つという。そして〈草薙〉の件が世間に詳《つまび》らかになった暁には、改めて板垣少佐らの技術者としての決断を、マスコミを通じて世の人に知らしめ、名誉回復の道筋とすることを約束した。

昌子たちは省悟の謝罪を受け入れた。

一方で、疋田雅樹も作業所に無断で立ち入ったことを改めて柳生たちに謝罪した。その雅樹には無量たちが助けられてもいる。

──借りもできたし、今回はそれでチャラってことにしてあげますか。

柳生は被害届を取り下げ、疋田家も全面的に調査に協力することになった。

そして、肝心の発掘調査は……。

法円寺の発掘現場に萌絵《もえ》が現れたのは三日ぶりのことだった。

街の真ん中にある現場でも秋風を感じるようになってきた。通りの喧騒《けんそう》から取り残されたように静かな境内で、コスモスが揺れている。本堂の前で合掌する参拝者たちをよそに、奥では発掘調査が進んでいる。数日前よりも深くなったトレンチの中で、無量たちが仕上げの測量をしていた。

「西原《さいばら》くん、お疲れ様。はい、天むすの差し入れ。皆さんでどうぞ」

「なんでいんの？　東京帰ったんじゃないの？」

「帰ってたけど、お礼回りでまた来たんですー。調査のほうはどう？」

「測量は今日まで。あとは埋め戻して終わり」

陶管事件のせいで作業日程は押してしまったが、途中から高遠《たかとお》がヘルプに入ってくれたおかげで、なんとか終了に漕《こ》ぎ着けた。ソンジュもやってきた。

「やったあ。天むす、僕、大好物なんですよ」

「どうぞどうぞ、たくさん食べて。デザートもあるよ」

ソンジュが相手だと顔が緩んでいる。わかりやすい奴だ、と無量はあきれている。

昼休みになった。

ソンジュは腹が膨れるといつものベンチに寝っ転がってSNSに見入っている。

そんなソンジュを眺めながら、萌絵と無量も天むすをつまんだ。

「ふたりとも、いいコンビになったね。これも地下壕効果かな」

「吊《つ》り橋効果みたいに言わないでくんね？」

「ソンジュくん、このままうちに登録してくれないかなあ。そしたら、西原くんとふたりセットで売り出せるのに」

芸能事務所のような口ぶりだ。無量は無関心そうにお茶を飲み、

「あいつ、人前では愛想いいけど結構めんどくせーぞ」

「めんどくさいもの同士でお似合いだと思うけど？」

萌絵は徳川美術館の田中《たなか》学芸員に会ってきたところだった。後水尾天皇から下賜された鉄剣〈無名《むみよう》〉について意外な事実が浮かび上がってきたという。

「天武天皇の頃に作られた……？　まじか」

萌絵はうなずいた。

「盗まれた草薙剣が天皇の手元にあったって言われてる頃の話だよね」

飛鳥時代だ。天智天皇から天武天皇の御代にかけての十八年間。『日本書紀』にはそ

の所在は明言されておらず、宮中にあったのではないかと推測されている。

一方、〈無名〉は尾張藩初代藩主・徳川義直が後水尾天皇から受け取り、将軍家が激怒したため、名古屋城の奥深くに隠されてきた御下賜剣だ。その存在を徹底的に隠すため、記録にすら残されていなかった。

「ただ、明治時代に一度調査がされたみたいで、箱書きの記録が出てきたって」

そこには「天皇家に伝わってきた神剣」とあった。

徳川義直に下賜される際に、禁裏から「天武天皇が打たせた」「熱田ミ剣の写し」だという説明を受けたのだという。

「熱田のミ剣……。それって」

「草薙剣のことじゃないかって」

無量はあと少しで天むすが喉《のど》につかえるところだった。

「ミ剣」とは「御剣《みつるぎ》」。熱田神宮では「草薙剣」のことを「神剣《みつるぎ》」と呼んでいるという。

「確か言い伝えでは、天武天皇の病が草薙剣の祟《たた》りのせいだって言われて、熱田に戻したんでしょ？　〈無名〉が写しだとすると、天皇のもとには、本物と形代と写し、三つもあったことになるけど」

「鍵《かぎ》はね、壬申の乱」

と萌絵が人差し指を立てた。

天智天皇の死後、弟の大海人皇子《おおあまのおうじ》（後の天武天皇）と第一皇子である大友皇子《おおとものおうじ》の間で起きた後継争いだ。

「天智天皇の都は近江大津宮《おうみおおつのみや》だったでしょ。近江の都には大友皇子軍がいたの」

「あれ？　大海人皇子は」

「吉野《よしの》。つまり、草薙剣は近江にいる大友皇子のほうにあったんだよね」

勝利したのは吉野宮の大海人皇子——天武天皇だ。

「その後、天武天皇は飛鳥に都を遷《うつ》したの。『日本書紀』によれば、天武天皇の時に熱田へ草薙剣を送った、とあるから、即位して飛鳥に遷った時には手元にあったってことだよね。じゃあ、なぜ写しを作ったか」

「あれか？　本物は近江から取り戻せたけど、形代は手に入らなかったから、とか？」

「なので熱田に返すと決まった時に形代が必要になった。それで打たせた」

「それが〈無名〉」

「うん。でも、その後、天智天皇の近江にあった形代が見つかったとしたら？」

形代が二振りになってしまう。

「それで新しく打ったほうはお役御免になった。そんな流れかな」

「逆に、近江にあった形代のほうがお役御免になった可能性もあるんじゃね？」

無量と萌絵は黙り込んでしまう。

「どっちなのかは、分析で年代判定できるか」

「まあ、どのみち、形代でなくなったほうからは、仏像みたいに魂を抜くと思うから、その時点で草薙剣ではなくなっちゃうと思う」

草薙剣ではなくなって無名になった〈無名〉は、そのまま宮中の奥深く、しまわれていたのだろう。

「安徳天皇にもってかれた時に、次の天皇がそれを使うってことはしなかったんだな」

「確か、伊勢神宮から送られた剣を形代にしたっていうから」

「スペアは忘れられてたのかもね。しかし、そんな経歴の剣を、尾張徳川に贈るとは……」

無量もちょっと歴史の「if《イフ》」に思いを馳《は》せてしまった。

「後水尾天皇、割とマジで徳川義直に反乱起こさせようとしてたんじゃ……」

「三代将軍家光も警戒するわけだよね」

とはいえ、その「箱書き」が誰によって書かれたものかは、わからない。

「その箱は今どこにあんの？」

「板垣少佐の用意した〝からくり箱〟に剣を移し替えた時に、どこかに隠したんだと思うけど、見つかってないみたい」

箱書きがあまりに大それていたので、戦時中は表に出せなかったのだろう。

「まあ、替え玉になるだけの経歴はあったんだな」

そちらの調査もこれからだ。

無量は天むすをまたひとつ、ほおばった。秋の青空に鰯雲《いわしぐも》が浮かんでいる。

ベンチに寝転がっていたソンジュがスマホにむかって何か話している。

「あいつ、隙あらば生配信してんな……」

「有能マネージャーさんにはほんと助けてもらったよね」

萌絵は伊那での地下壕《ちかごう》騒動を振り返った。

「疋田さんのお店に来てたのも、結局マネージャーさんだったみたいだし」

「アサクラシノブさん？」

「名前が似てるから早とちりしちゃったけど、考えてみれば相良《さがら》さんなわけないよね」

萌絵は苦笑いだ。

「一度ちゃんと挨拶《あいさつ》がてらお礼しにいかないと。ソンジュくんをうちの派遣発掘員にさせてもらうんだ。あんな即戦力な発掘員、なかなかいないもん」

無量のスピードについてこられる上に知識も豊富だった。無量も意思疎通するのにストレスを感じなかった。ここまでツーカーで仕事ができるのは柳生くらいだ。こいつと組めたらもっといい仕事ができる、と無量も思ったほどだ。……口にはしないが。

「ま、ムリじゃね？　配信してるほうが儲《もう》かるだろうし」

「聞いてみないとわからないよ」

そんなやりとりをしているふたりを、ベンチに寝っ転がったソンジュが遠くからチラ見している。スマホに向かって話している。

「……まあ、こないだのことは感謝してますよ。助けてもらえたし」

配信中ではない。ソンジュは通話中だった。

「でも、なんでわかったんですか。〈草薙〉のある部屋に排煙口があること」

画面には温泉マークのアイコンが表示されている。

イヤホンからは若い男性の柔らかい声が聞こえていた。

『五十年前の調査報告書に排煙口らしき縦坑があると載ってたんだよ。ただその直下がどうなっているのかは調査してなかったみたいだ。君たちを見つけられたのは、たまたまだ。強運だね』

通話相手は相良忍《しのぶ》だった。

『それにしてもロケット戦闘機を見つけるとは……。また、とんでもない発見をしたもんだ』

「どうかな。試験飛行に成功してたならともかく」

幻のロケット戦闘機〈草薙〉の調査もこれからだ。機体とエンジンの製作は〈秋水〉同様、民間の航空機製造会社が手がけたものと思われるが、そのどこにも記録がなかったところを見ると、板垣少佐が徹底して資料を回収したのかもしれない。

「すごいと言ってもロケット戦闘機なんて無用の長物じゃないですか。現に普及しなかったし。大気圏外で戦うわけでもあるまいし」

『手厳しいね』

「僕の中のおじいさんが言うんですよ。終戦工作なんていいこと言うけど、……兵器は兵器だって」

調べたんだけどね、と忍は言った。

『〈丙第25607〉部隊の新郷中佐というのは、早期講和派だった陸軍省の松岡《まつおか》秘書官とつながりがあったようで、対米工作というよりは、陸軍の主戦派が暴発しないよう、探りを入れて、クーデターなど起こさせないために、これを防ぐ役目をしていたようだ。そういう意味では確かにスパイだな』

主戦派の軍人たちの動きを探り、講和派に報告していた。

終戦の日の宮中クーデターにもいち早く気づいたという。

『〈草薙〉をどう使うつもりだったのか、ほんとの真相は謎のままだが、〈秋水〉と〈草薙〉が万一成功してたら、本土決戦の口実に使われかねない。阻止するために、あんな形で開発をやめさせたのかも』

ソンジュは興味がないのか、寝転がったまま、空に浮かぶ雲を見上げている。

『……で、無量の印象はどうだった？』

「あなたの言うとおり、タダ者じゃないことはわかりましたけど、今回の発掘だけじゃ、まだなんとも。早く次の機会をくださいよ」

『次の機会か……。今回の参加を根回しするのもなかなか骨が折れたんだが……』

そんな話をしていると、向こうから萌絵が近づいてきた。

ソンジュは驚いて、スマホを腹の上に伏せた。

「なんですか？」

「ねえ、ソンジュくん。正式にうちの派遣発掘員になってみる気はない？　いま、ちょうど人を探してる現場があって西原くんも一緒なんだけど」

ソンジュは身を起こした。

「無量さんと掘れるんですか？」

「え？　うん。ほかの子も一緒でよければ」

やります！　とふたつ返事でソンジュが答えた。

「いつからですか。やります」

びっくりするほど好反応だったので、萌絵は手放しで喜んだ。

「じゃあ、マネージャーさんとも話をしないとね。アサクラシノブさんだっけ？　この間の御礼もしたいし、一度会ってみたいんだけど」

アサクラ？

と聞いてソンジュは名前を訂正しようとしたが、思いとどまり、

「あー……、訊《き》いてみます」

爽《さわ》やかに答えた。萌絵は機嫌をよくして「よろしくね」と言い、足取り軽く、無量のもとに戻っていく。ソンジュはスマホを持ち上げ、

「聞いてました？」

『ああ、聞こえてたよ』

「どうします？」

忍は気が進まないようだった。

幸い萌絵たちはマネージャーの名を勘違いしている。メールのやりとりだったらいくらでもごまかせるし、サポートだけなら、あえて表に出ていく必要もない。忍は断るだろう、とソンジュも思っていたのだが、忍の答えは予想に反するものだった。

『……わかった。会おう』

＊

法円寺での試掘調査は無事、終了した。

近世の遺構の下から中世の屋敷跡が出土して、正式に「本調査の必要あり」となったので、続きは高遠たちに託されることになった。

トレンチはきれいに埋め戻され、陶管が出土した防空壕《ぼうくうごう》も今はもう土の下だ。すべての片付けを終え、用具をトラックに載せると、ソンジュとはここでお別れだ。

「お疲れさん。本当によく働いてくれた。ありがとう」

柳生にねぎらわれ、ソンジュは「こちらこそ」と品のいい笑顔を返した。

「勉強になりました」

「発掘以外のことまでいろいろやらせて、すまなかったな。でも、おまえさんがいてくれて本当に助かったよ。俺は普段は東京で発掘やってっから、気が向いたら、こっちの現場にも来てくれ」

「ええ、ぜひお願いします」

無量は、といえば「またな」と素っ気ない。

「インスタ、早くフォローしてくださいね」

「つか、今度会ったら五平餅《ごへいもち》おごれよ」

加藤《かとう》住職夫妻にも挨拶をして柳生と無量はトラックに乗り込む。十日間通いつめたおかげで、線香の煙が作業服にまで染みついた。本堂の甍《いらか》が夕日に輝いている。皆に別れを告げて、法円寺を後にした。

通行量の多い名古屋のど真ん中をトラックで走りながら、柳生が言った。

「面白いやつだったな。バイトでおまえのスピードについてこれるやつなんて、初めて見たぞ」

「そっすね。なんにもなければ三日で終わってましたね」

ほんの七、八十年前のものでも、あの防空壕や伊那の地下壕も立派な遺跡だ。「戦争遺跡」だ。今ならまだぎりぎり証言者が存命している。発掘で出土した遺物の意味を知ることもできる。あと十年もすれば、戦争経験者の数はぐっと減ってしまう。

「今のうちに調査できることは調査して、証言をもらっておかないといけないんだろうな」

無量はソンジュとその祖父の話を思い出していた。

戦争が生んだ当事者の恨みや苦しみは死ぬまで消えない。だが、それらを与えた者たちの中にはその深い恨みや苦しみを真っ向から受け止めることができず、時代のせいにして、彼らがこの世を去るのをじっと息を潜めて待っている者もいることだろう。記憶は風化する。だが遺構や遺物は雄弁で、そこで起きたことをなかったことにはさせない。

「自分がやったことでもないのに、日本人ってだけで恨まれるのって、……つらいっすよね」

ソンジュを思い浮かべている。

柳生が汲《く》み取って、言った。

「……人間の心は、弱くてな。自分のまちがいを認めようとすると感情が邪魔をする。生々しい感情と感情がぶつかりあっている間は、真実が隠されてしまうこともある。戦争を知らない俺たちには、心の距離がある。距離があるからこそ直視できる真実もある」

それでもこたえるものはあるが……。

「当事者でない後世の人間だからこそ、言えることもある。どうすればそうならずにすんだのか。答えを出していくのも、俺たちの仕事かもな」

――君たちだから話した。

無量は喜一郎の言葉を思い出した。背負わされた気がした。

だが戦時中のことは知れば知るほど、自分も彼らと同じ行動をとってしまうだろうと思えてならない。喜一郎たちのように与えられた仕事に――目の前のことだけを遂行するのに精一杯で、むしろそうなることで、なにも考えないようにしていたかもしれない。

「だからその時代の研究が必要なんだ。研究だけじゃなく、その成果も伝えていかないとな。NOと言える人間を少数派にはさせないように」

共有するということか。そうならずに済む方法を。

「……それがいちばん難しいんすけどね」

ソンジュのようなインフルエンサーならできるのだろうか。

結局、何者だったのかはわからずじまいだが。

「ま、発信力のあるやつが、現代じゃ一番強いよな」

「中身はうまい食いもんとかおしゃれな場所とか、そんなんばっかっすよ？」

「ははは。今度韓国に行ったら、うまい店教えてもらおうぜ。あいつの名前も覚えておこう。シム・ソンジュか。シム・ソンジュ……シム……シム……ソンジュ？」

信号待ちをしていた柳生の顔色が、変わった。

「まさか〝シム・ソンジュ〟か」

「だから、シム・ソンジュですって」

ちがう！　と柳生は言い、

「韓国の若手考古学者だ。八歳で大学に入って十八歳で博士号とったっていう」

無量の目が点になった。柳生はまくしたて、

「朝鮮半島の三国《さんごく》時代にあたる遺構で次々と新発見を重ねてる。東アジアでいま一番注目を浴びてる超若手発掘屋だ」

なんで気づかなかったんだ、と柳生が焦っている。ハングルで検索しなかったのも迂《う》闊《かつ》だった。後ろからクラクションを鳴らされて、信号が変わっていたことに気づき、柳生は慌ててアクセルを踏んだ。無量はまだ理解できていないようで、

「え……大学って八歳でも入れるんすか……十八で博士号……？」

「十九で兵役に入ったから二年ほどブランクがあるが、戻ってきてからは、掘るたびに新発見が続いてて韓国の学界に激震が走ったくらいだ」

二十四になったばかりだと言っていたから、発掘歴は二、三年か。いや、十代の頃から始めていたなら、もっとだ。兵役のブランクを鑑《かんが》みると無量と同じくらいか。

「なんで、そんなやつが日本に」

「わからん。中国で皇帝の墓の発掘調査に参加しててもおかしくないやつが、なんでこんな小さな試掘調査なんかに」

困惑して興奮している柳生をよそに、無量はなにかわかった気がした。

ソンジュから伝わるスケール感、スピード感、いままでのどの発掘屋ともちがう。

「そういうことなのか……」

――僕は頭の中で立体パズルが解ける。

腑《ふ》に落ちた。ソンジュという若者の全体像がやっと見えたと感じた。

無量がはじめて「こいつにはかなわないかもしれない」と思った発掘屋――。

「シム・ソンジュ……」

陽が落ちた街に明かりが灯《とも》り始める。ヘッドライトとテールライトが数珠《じゅず》つなぎになって交差する。夕焼けを背にしたビルの群れを窓の明かりが飾りたてる。

名古屋城のシルエットが赤く染まる街並に浮かんでいる。

ビルの谷間にクラクションが高く鳴り響いた。

＊

ソンジュから連絡をもらい、萌絵はこの日、名古屋駅にやってきた。

ターミナルビルの上層階にあるホテルのラウンジで待ち合わせをした。

「御礼の品、ヨシ。名刺、ヨシ。服装、ヨシ」

エレベーターの鏡で指差し確認して、萌絵はジャケットの襟を直した。

これからソンジュのマネージャーと対面する。

「アサクラシノブさん、か。インスタグラマーのマネージャーってどんな感じなんだろ」

日本語で話ができるのはありがたい。芸能事務所のような感じだろうか。「自然体のお兄さん」とソンジュは言っていたけれど、その自然体のラインがわからない。ソフトなのか、チャラいのか、はたまたビジネス系なのか。接したことのない業界なので、手土産選びに半日かかってしまった。

華やかで稼ぎもあるだろうインフルエンサーを、遺跡発掘調査などという泥臭い業界で働かせるのは、かなりハードルが高そうだ。だが、あわよくばソンジュの発信力でこの業界を広く世に知らしめてほしいとの欲もある。

きっと高額なギャラを請求されるだろうが、ソンジュは無量と発掘したいと言ってくれているし、交渉して、そこはなんとか折り合いをつけなければならない。

「よし、いくぞ」

萌絵は颯爽《さっそう》と歩き出した。

天井の高いエントランスに入るとハロウィンのディスプレイが迎えてくれる。チェックアウト時間と重なってロビーはほどよく混んでいる。ホテルマンに案内され、ラウンジに向かうと、奥まった席にソンジュがいた。

「お疲れ様です。萌絵さん」

「ひとり？　マネージャーさんは？」

十分ほど遅れるという。先に注文してふたりで待つことになった。

「ソンジュくんは去年、大学を卒業したあと、仕事はSNS一本だって言ってたけど、ほかにアルバイトとかは？」

あー、とソンジュはカフェラテを飲みながら、

「いまは全然。仕事内容に応じて韓国と往復してるって感じです」

「履歴書には大学の名前がなかったけど、韓国の大学？」

「いや、アメリカです。留学してたんです。親の方針で」

ということは、韓国語と日本語と英語を操れるということか。萌絵は感心し、

「学部や学科は？　どっち方面？」

「あー、理系です。たぶん」

「たぶん？」

「それより、この間、現場で撮った動画、載っけてもいいですか？　一応、場所はわからないように編集したんですけど」

額を突き合わせて動画チェックをしていると、ソンジュがふと顔をあげて入口を見た。

「あ、来た」

長身の若い男性がテーブルに近づいてくる。

つられて顔をあげた萌絵は、固まってしまった。

目を疑った。

「……さがら……さん？」

すらり、と背が高い、ジャケット姿の男性は、萌絵を見ると優しく微笑んだ。萌絵の頭の中では状況が繋《つな》がらず、そっくりさんか、忍ロスでバイアスがかかっているだけなのか、などといろんな考えが瞬時に巡ったのだが。

「久しぶりだね、永倉さん」

と声をかけられて、萌絵はぼうぜんとした。

「ほんもの……」

「紹介します。僕のマネージャーの相良忍さんです」

忍は深く一礼した。まるで初めて会うかのように。

言葉も忘れて座り込んでいる萌絵に、忍は名刺を差し出し、こう言ったのだ。

「マクダネル発掘調査事務所の相良忍です。以後、お見知りおきを」

主要参考文献

「常滑と液体ロケット秋水」柴田一哉（『とこなめ陶の森　研究紀要Ⅱ』所収）とこなめ陶の森
「第二次世界大戦における日本の戦争終結――「終戦」の意味と要因」庄司潤一郎（『平成二十七年度　戦争史研究国際フォーラム報告書』所収）防衛研究所
『しらべる戦争遺跡の事典』十菱駿武　菊池実編　柏書房
『日本の謀略機関　陸軍登戸研究所』木下健蔵　文芸社
『本土決戦と外国人強制労働』長野県強制労働調査ネットワーク編著　山田朗監修　高文研
『熱田神宮昭和造営誌』篠田康雄　熱田神宮宮庁
『幕末　城下町名古屋復元マップ』名古屋市博物館

作中の発掘方法や手順等につきましては実際の発掘調査と異なる場合がございます。
考証等内容に関するすべての文責は著者にございます。
執筆に際し、数々のご示唆を賜った皆様に厚く御礼申し上げます。

本書は、文庫書き下ろしです。
この作品はフィクションです。実在の人物、
団体等とは一切関係ありません。

遺《い》跡《せき》発《はつ》掘《くつ》師《し》は笑《わら》わない

マルロの刀剣《とうけん》

桑《くわ》原《ばら》水《みず》菜《な》

令和６年７月25日　初版発行

発行者●山下直久

発行●株式会社KADOKAWA
〒102-8177　東京都千代田区富士見2-13-3
電話　0570-002-301（ナビダイヤル）

角川文庫 24242

印刷所●株式会社暁印刷
製本所●本間製本株式会社

表紙画●和田三造

ISBN 978-4-04-115108-2　C0193

◇◇◇

角川文庫発刊に際して

角川源義

第二次世界大戦の敗北は、軍事力の敗北であった以上に、私たちの若い文化力の敗退であった。私たちの文化が戦争に対して如何に無力であり、単なるあだ花に過ぎなかったかを、私たちは身を以て体験し痛感した。西洋近代文化の摂取にとって、明治以後八十年の歳月は決して短かすぎたとは言えない。にもかかわらず、近代文化の伝統を確立し、自由な批判と柔軟な良識に富む文化層として自らを形成することに私たちは失敗して来た。そしてこれは、各層への文化の普及滲透を任務とする出版人の責任でもあった。

一九四五年以来、私たちは再び振出しに戻り、第一歩から踏み出すことを余儀なくされた。これは大きな不幸ではあるが、反面、これまでの混沌・未熟・歪曲の中にあった我が国の文化に秩序と確たる基礎を齎らすためには絶好の機会でもある。角川書店は、このような祖国の文化的危機にあたり、微力をも顧みず再建の礎石たるべき抱負と決意とをもって出発したが、ここに創立以来の念願を果すべく角川文庫を発刊する。これまで刊行されたあらゆる全集叢書文庫類の長所と短所とを検討し、古今東西の不朽の典籍を、良心的編集のもとに、廉価に、そして書架にふさわしい美本として、多くのひとびとに提供しようとする。しかし私たちは徒らに百科全書的な知識のジレッタントを作ることを目的とせず、あくまで祖国の文化に秩序と再建への道を示し、この文庫を角川書店の栄ある事業として、今後永久に継続発展せしめ、学芸と教養との殿堂として大成せんことを期したい。多くの読書子の愛情ある忠言と支持とによって、この希望と抱負とを完遂せしめられんことを願う。

一九四九年五月三日

遺跡発掘師は笑わない

ほうらいの海翡翠

桑原水菜

天才・西原無量の事件簿！

永倉萌絵《ながくらもえ》が転職した亀石《かめいし》発掘派遣事務所には、ひとりの天才がいた。西原無量《さいばらむりよう》、21歳。笑う鬼の顔に似た熱傷痕のある右手“鬼の手《オーガ・ハンド》”を持ち、次々と国宝級の遺物《レリック》を掘り当てる、若き発掘師《ディガー》だ。大学の発掘チームに請われ、萌絵を伴い奈良の上秦《かみはた》古墳へ赴いた無量は、緑色琥珀《りよくしよくこはく》“蓬莱《ほうらい》の海翡翠《うみひすい》”を発見。これを機に幼なじみの文化庁職員・相良忍《さがらしのぶ》とも再会する。ところが時を同じくして、現場責任者だった三村《みむら》教授が何者かに殺害され……。

角川文庫のキャラクター文芸

ISBN 978-4-04-102297-9

遺跡発掘師は笑わない

キリストの土偶

桑原水菜

青森の〈きりすと土偶〉の謎を解け!

青森県新郷《しんごう》村の縄文遺跡で、天才発掘師・無量《むりょう》たちは国宝級の赤い大型土偶を発見。だが作業員のいろはは「早く埋め戻さないと人が大勢死ぬ！」と慄《おのの》く。死んだ祖父がイタコの口寄せで予言したというのだ。さらに謎の古文書・奥戸来《おくへらい》文書に傾倒する手倉森《てぐらもり》は「きりすと土偶はやはり存在した！」と異様な興奮を見せる。そこに「その古文書の真偽を暴いてやる」と、無量の父・藤枝《ふじえだ》教授まで現れて――⁉　大人気発掘ミステリ、青森編！

角川文庫のキャラクター文芸

ISBN 978-4-04-114294-3